L'ÉLITE

– Allons-y.

La cérémonie se déroule dans le parc, au milieu des stands de pâtisseries et de lait frais. La colonie au grand complet sera présente. C'est logique car tous les colons ont un lien de parenté avec au moins un des étudiants. Nous sommes quatorze à passer de l'enfance à l'âge adulte, huit garçons, six filles, plus nombreux que toutes les années précédentes. C'est le signe que notre colonie est dynamique et florissante.

Mon père et mes quatre frères, vêtus de l'habit de cérémonie violet, nous attendent devant la maison. Mon frère aîné, Zeen, m'ébouriffe les cheveux en souriant.

– Alors gamine, prête à dire adieu à l'école et à rejoindre les ratés comme nous dans la vraie vie ?

Ma mère fronce les sourcils. Je ris.

Zeen et mes autres frères sont loin d'être des ratés. D'ailleurs les filles ne s'y trompent pas et passent leur temps à se jeter à leur tête. Mais s'ils ne refusent jamais une soirée en bonne compagnie, ils s'intéressent plus à la création d'un plant de tomate hybride qu'à l'idée de s'installer pour fonder une famille. Dans ce domaine, Zeen est certainement le pire des quatre. Grand, blond, beau garçon, il est surtout très intelligent. Pourtant, il n'a pas été choisi pour le Test et cette idée me donne le cafard. Peut-être que c'est la première règle que l'on doit intégrer en devenant adulte : on n'obtient pas toujours ce que l'on veut. Zeen aurait sûrement préféré continuer ses études et entrer à l'université. Marcher dans les pas de notre père. Il doit savoir ce que je ressens. J'aimerais pouvoir en parler avec lui, lui demander comment il a vécu la déception que je m'apprête très certainement à expérimenter. Notre colonie aura de la chance si un des siens est choisi pour le Test. Ce n'est pas arrivé depuis cinq ans. Je

L'ÉLITE

Correction : Ingrid Pelletier
Mise en pages : Pascale Darrigrand
Titre original : *The Testing*
Published by special arrangement with Houghton Mifflin Harcourt Publishing Company (Boston, USA).

1, rond-point du Général-Eisenhower, 31101 Toulouse Cedex 9, France
Loi 49-956 du 16 juillet 1949
sur les publications destinées à la jeunesse
editionsmilan.com

L'ÉLITE

JOELLE CHARBONNEAU

Traduit de l'américain
par Amélie Sarn

MILAN

Pour Stacia Decker,
pour tant de raisons.

CHAPITRE 1

Jour de remise des diplômes.

Je me trémousse pendant que ma mère m'ajuste ma tunique. Apparemment satisfaite, elle me glisse une mèche de cheveux derrière l'oreille, puis me tourne vers le réflecteur de notre aire de séjour. Rouge. Je porte maintenant du rouge. Fini le rose. Je suis une adulte. En avoir la preuve sous les yeux me noue l'estomac.

– Tu es prête, Cia ? me demande ma mère.

Elle aussi est vêtue de rouge. Sa robe arachnéenne ondoie élégamment jusqu'au sol. En comparaison, ma robe sans manches et mes bottes de cuir paraissent un peu enfantines mais ça ne me gêne pas trop. J'ai tout le temps de m'approprier mon nouveau statut d'adulte. Je suis encore jeune. À 16 ans, je suis d'ailleurs la plus jeune de ma classe.

Je jette un dernier coup d'œil au réflecteur en souhaitant de toutes mes forces qu'aujourd'hui ne soit pas le dernier jour de ma scolarité. Mais ça ne dépend pas de moi. J'ai beaucoup travaillé, j'ai fait de mon mieux, je ne peux qu'espérer être choisie. Une boule d'angoisse dans la gorge, je parviens à articuler :

– Allons-y.

La cérémonie se déroule dans le parc, au milieu des stands de pâtisseries et de lait frais. La colonie au grand complet sera présente. C'est logique car tous les colons ont un lien de parenté avec au moins un des étudiants. Nous sommes quatorze à passer de l'enfance à l'âge adulte, huit garçons, six filles, plus nombreux que toutes les années précédentes. C'est le signe que notre colonie est dynamique et florissante.

Mon père et mes quatre frères, vêtus de l'habit de cérémonie violet, nous attendent devant la maison. Mon frère aîné, Zeen, m'ébouriffe les cheveux en souriant.

– Alors gamine, prête à dire adieu à l'école et à rejoindre les ratés comme nous dans la vraie vie ?

Ma mère fronce les sourcils. Je ris.

Zeen et mes autres frères sont loin d'être des ratés. D'ailleurs les filles ne s'y trompent pas et passent leur temps à se jeter à leur tête. Mais s'ils ne refusent jamais une soirée en bonne compagnie, ils s'intéressent plus à la création d'un plant de tomate hybride qu'à l'idée de s'installer pour fonder une famille. Dans ce domaine, Zeen est certainement le pire des quatre. Grand, blond, beau garçon, il est surtout très intelligent. Pourtant, il n'a pas été choisi pour le Test et cette idée me donne le cafard. Peut-être que c'est la première règle que l'on doit intégrer en devenant adulte : on n'obtient pas toujours ce que l'on veut. Zeen aurait sûrement préféré continuer ses études et entrer à l'université. Marcher dans les pas de notre père. Il doit savoir ce que je ressens. J'aimerais pouvoir en parler avec lui, lui demander comment il a vécu la déception que je m'apprête très certainement à expérimenter. Notre colonie aura de la chance si un des siens est choisi pour le Test. Ce n'est pas arrivé depuis cinq ans. Je suis certes une excellente élève, mais d'autres sont meilleurs que moi. Bien meilleurs. Je n'ai pratiquement aucun espoir.

Je me force néanmoins à sourire.

– Bien sûr que je suis prête. Je n'ai pas le choix si je veux diriger la colonie avant que vous soyez mariés.

Hart et Win rougissent jusqu'à la racine des cheveux. Ils ont deux ans de plus que moi et la simple idée du mariage leur donne envie de prendre leurs jambes à leur cou. Ce qu'ils aiment, c'est travailler ensemble à la pépinière, s'occuper des plantes que notre père a conçues pour qu'elles résistent aux sols corrompus qui entourent la colonie.

– Personne ne dirigera rien du tout si on ne se remue pas !

Le ton de ma mère est sec. Déjà, elle remonte le chemin d'un bon pas et mes frères et mon père la suivent sans discuter. Elle aimerait tellement voir Zeen et Amin mariés et installés que le sujet la met toujours un peu en colère.

À peine avons-nous quitté le jardin que mes frères et mon père ont créé autour de la maison que nous nous retrouvons entourés d'une terre craquelée et aride. Seules quelques touffes d'herbe et un arbuste malingre parviennent à y survivre. D'après mon père, c'est encore pire à l'ouest et si nos dirigeants ont choisi la région des Cinq Lacs pour monter notre colonie, c'est qu'elle avait un potentiel.

Nous habitons à presque huit kilomètres du centre-ville et habituellement, je les parcours à vélo. Aujourd'hui, ma famille et moi les feront à pied. Quelques citoyens possèdent des voitures mais l'essence et les cellules solaires sont trop rares et précieuses pour une utilisation quotidienne.

Avec son centre ovale et ses extensions sur les côtés, le parc communautaire a un peu la forme d'une tortue. Au milieu, une magnifique fontaine projette une eau incroyablement cristalline. C'est un luxe car l'eau propre n'est pas facile à obtenir. Ce gaspillage au nom de la beauté est autorisé en l'honneur de l'homme qui a découvert le moyen de décontaminer les lacs et les nappes phréatiques après l'Époque Sept. Pour les océans, ou ce qu'il en reste, la solution reste à trouver.

À mesure que nous approchons, le paysage devient plus vert et on entend les oiseaux chanter. Maman est silencieuse. Zeen la taquine en affirmant qu'elle ne veut pas que je grandisse mais je ne crois pas que ce soit le problème.

Ou peut-être que si.

Je m'entends bien avec ma mère mais ces deux dernières années, elle est devenue plus distante. Plus réticente à m'aider pour mes devoirs. Plus intéressée à marier ses fils et à parler de l'apprentissage que je choisirai après l'école. Comme si les discussions sur le Test étaient devenues taboues. Alors je me suis éloignée d'elle et rapprochée de mon père. Au moins, s'il ne m'encourage pas, il ne me décourage pas non plus. En général, quand je lui parle de mes envies d'université, il m'écoute sans rien dire. Je suppose qu'il a peur que je sois déçue.

Le soleil est chaud et alors que nous gravissons la dernière colline, je sens la sueur dégouliner dans mon dos. Des échos de musique et de rires nous parviennent et me font accélérer le pas. Juste avant le sommet, papa passe son bras autour de mon épaule et me murmure de ralentir et d'attendre que le reste de la famille ait pris un peu d'avance. L'excitation me pousse en avant mais j'obéis en lui demandant :

– Il y a un problème ?

Son sourire reste éclatant mais son regard s'assombrit.

– Non, pas de problème, m'assure-t-il. Je voulais juste un moment en tête à tête avec ma petite fille avant le grand chambardement. Dès que nous commencerons à descendre le versant de cette colline, plus rien ne sera comme avant.

– Je sais.

– Tu es nerveuse ?

– Je crois.

La peur se mêle à une foule d'autres émotions que je ne parviens pas à identifier.

– C'est bizarre de ne pas savoir ce que je vais faire en me levant demain matin.

La plupart de mes camarades de classe ont déjà décidé de leur avenir. Ils savent s'ils seront apprentis ou s'ils déménageront dans une autre colonie pour trouver du travail. Certains ont même déjà prévu la date de leur mariage. Ce n'est pas mon cas. Mon père m'a bien proposé de travailler avec lui et mes frères, mais je n'ai pas comme eux la main verte. La dernière fois que j'ai aidé mon père, j'ai failli détruire les graines de tournesol qu'il avait mis des mois à créer. Mon domaine à moi, c'est plutôt la mécanique.

– Tu vas devoir affronter la réalité, reprend mon père d'une voix douce. Et n'oublie pas que je serai fier de toi, quoi qu'il arrive.

– Même si je ne suis pas sélectionnée pour le Test ?

– Surtout si tu n'es pas sélectionnée pour le Test, sourit-il en me donnant un petit coup dans l'estomac.

Quand j'étais petite, ça me faisait hurler de rire. Aujourd'hui encore, ça me fait sourire. Certaines choses ne changent pas. C'est rassurant. Pourtant, les paroles de mon père ne me convainquent pas.

Il est allé à l'université. C'est là qu'il a appris à modifier génétiquement les plantes pour qu'elles survivent et se développent dans une terre profondément polluée. Il ne parle pas beaucoup de cette période de sa vie. Pas plus d'ailleurs que de la colonie où il a passé son enfance. Probablement parce qu'il est modeste et ne veut surtout pas nous écraser par son succès.

– Tu penses que je ne serai pas acceptée, c'est ça ?

Mon père fronce les sourcils.

– Je pense que tu te sous-estimes. Tu es très intelligente, Cia. On ne sait jamais qui le comité choisit et on ne connaît pas les critères de sélection. Dans ma classe nous avons été cinq à passer le Test. Les quatre autres avaient de meilleurs résultats scolaires que moi mais je suis le seul à être entré à l'université. Le Test n'est pas toujours juste et ce n'est pas une fin en soi.

– Mais tu es content d'être allé à l'université, ai-je protesté. Si tu n'avais pas fait d'études, tu ne serais pas capable de réaliser tous ces miracles !

À deux pas de nous, un pommier explose de fleurs, autant de promesses de fruits délicieux dans quelques mois. Non loin, des buissons de myrtilles poussent à côté de marguerites et d'autres fleurs dont j'ignore le nom. Sans mon père, rien de tout ça n'existerait. Quand j'étais petite, cette colline n'hébergeait que des plantes rabougries aux fruits rares ou inexistants. À cette époque, nous avions souvent l'estomac vide. Quand il a pris en main les cultures, tout a changé. Bien sûr, nous devons toujours faire attention à ne pas gaspiller, mais la faim n'est plus un problème.

– Je ne peux ni me réjouir ni me désoler d'être allé à l'université, a soupiré mon père. Je n'ai pas eu le choix.

Son regard se perd dans le vague pendant un moment, puis il sourit de nouveau. Mais les nuages n'ont pas quitté ses yeux.

– Si je n'étais pas allé à l'université, je ne serais jamais venu vivre ici et je n'aurais pas rencontré ta mère. Qu'est-ce que je serais devenu sans elle et sans vous ?

– Probablement un vieux garçon qui vivrait chez ses parents et dont la mère se demanderait chaque jour quand il va se marier.

Il m'ébouriffe les cheveux, les yeux pétillants de malice.

– Un destin pire que la mort, rit-il.

C'est aussi ce que je pense à chaque fois que ma mère répète à Zeen qu'il passe à côté de la vie.

– Allons-y, lance-t-il, ta mère va faire sonner le tocsin si on traîne plus longtemps. Je veux juste que tu n'oublies jamais une chose : je crois en toi, quoi qu'il arrive.

Son bras sur mon épaule, le mien autour de sa taille, nous franchissons les derniers pas qui nous séparent du sommet de la colline. Je souris mais tout au fond, je me demande, le ventre noué, si papa n'a pas toujours pensé que je n'aurai jamais la capacité d'atteindre son niveau. Que je le décevrai, quoi qu'il arrive.

La colonie est très étendue et la cérémonie de remise des diplômes est la seule véritable occasion qui permette à tous les habitants des Cinq Lacs de se retrouver. Bien sûr, il y a les réunions obligatoires durant lesquelles nos dirigeants nous délivrent les messages officiels, mais elles sont somme toute très rares. Avec à peine plus de neuf cents citoyens, notre colonie est une des plus petites et aussi une des plus éloignées de Tosu, la capitale où vivent les membres du gouvernement de la Communauté Unifiée. Nous ne les intéressons pas beaucoup, ce qui convient à la plupart d'entre nous. Nous nous débrouillons très bien sans eux. Ici, nous ne rejetons personne, mais chacun doit faire ses preuves par lui-même.

Le parc est assez grand mais aujourd'hui, ainsi bondé, il paraît tout petit. Tout le monde a revêtu son costume d'apparat. Des stands de bougies, de gâteaux, de chaussures et de toutes sortes d'objets pour la maison s'alignent sans fin. Ils fermeront quand la cérémonie débutera mais pour l'instant, ils bourdonnent comme des ruches. Les citoyens qui ne viennent pas souvent en ville en profitent pour acheter ce dont ils ont besoin. La monnaie de la Communauté Unifiée est rare dans notre colonie mais les employés du gouvernement, comme mon père, l'utilisent.

– Cia !

Une main s'agite au-dessus de la foule. Ma meilleure amie Daileen se fraie un passage jusqu'à moi. Ses boucles blondes et sa robe rose flottent dans son sillage et une glace en cornet fond dans sa main. Elle me serre contre elle avec ferveur.

– Je n'arrive pas à y croire ! s'exclame-t-elle. Tu vas recevoir ton diplôme ! C'est dingue ! Et regarde, ils distribuent des glaces ! Gratuitement ! Je suis tellement excitée !

Je lui rends son étreinte en essayant d'éviter d'être tachée. Ma mère me tuera si je ruine ma tenue avant la cérémonie.

– Tu as raison, Daileen, c'est excitant, mais ça fiche la trouille aussi!

Daileen est la seule à qui j'ai confié mes craintes concernant l'avenir. Ma peur de ne pas être choisie pour le Test. Elle jette un bref coup d'œil autour de nous pour s'assurer que personne ne nous écoute.

– Mon père m'a dit qu'un invité spécial était prévu.

Le jour de la remise des diplômes est aussi le jour des discours et il y a beaucoup d'intervenants. Nos professeurs vont prendre la parole, ainsi que le magistrat et de nombreux responsables des Cinq Lacs. Quand toute la colonie est rassemblée, on n'est jamais à court de sujets à aborder. C'est pour ça que cet invité spécial ne me semble pas si spécial. Du moins, jusqu'à ce que Daileen ajoute :

– Il vient de Tosu.

– Ah bon ?

La dernière fois que des officiels se sont déplacés de Tosu, c'était il y a trois ans pour le décès de notre vieux magistrat. Deux hommes et une femme sont venus désigner le nouveau. Tosu se contente en général d'envoyer les proclamations à notre magistrat par radio. Ce dernier se charge de nous en faire part.

– En tout cas, c'est ce que mon père a entendu, reprend Daileen en léchant sa glace.

Elle commence à en avoir plein les mains.

– Il pense qu'il est venu escorter le candidat choisi pour le Test. Ce sera peut-être toi.

Pendant un instant, son sourire s'évanouit.

– Tu vas me manquer.

Daileen et moi n'avons que deux semaines d'écart et nous sommes amies depuis que nous avons 3 ans. Ses parents l'ont envoyée à l'école à 6 ans alors que j'y étais déjà depuis un an. C'est pour ça que nous ne sommes pas dans la même classe. De nous deux, c'est la plus timide, la plus douce et la plus intelligente. C'est aussi celle qui aura le plus de mal à se faire de nouveaux amis si nous sommes séparées. Si je ne la poussais pas à parler aux autres élèves de sa classe, elle serait probablement toujours seule. Sa mère est morte il y a deux ans dans un accident et son père est souvent absent. Leur maison respire la tristesse et Daileen doit se débrouiller sans aide avec toutes les corvées. Ce n'est pas toujours facile. Quand nous sommes ensemble, j'essaie de la faire rire mais parfois, les ténèbres la rattrapent et j'ai peur que sans moi, ces ténèbres l'engloutissent entièrement.

Je la serre une nouvelle fois contre moi et je hausse les épaules.

– Il y a tous les ans des rumeurs sur la venue d'un officiel de Tosu.

Mais au fond, je souhaite que cette fois, la rumeur soit fondée. Pour nous changer les idées, j'ajoute :

– Je veux une glace moi aussi ! Tu m'emmènes ?

Sur le trajet, nous croisons d'autres amis de la classe de Daileen et, ensemble, nous partons en quête de sorbet à la framboise. J'espère secrètement que ce petit groupe s'occupera de mon amie quand les cours reprendront dans quelques semaines. Si ce n'est pas le cas, je devrai trouver un moyen de rendre la vie de Daileen plus gaie.

Ma mère me fait signe. Elle semble préoccupée. J'abandonne Daileen et les autres pour la rejoindre près de la fontaine. Presque tous les gens que je croise me saluent. Si nous connaissons autant de monde, c'est parce que nous déménageons presque tous les ans. Papa se rend là où le magistrat pense qu'on a le plus besoin de lui. Du coup, je ne me suis jamais attachée à une maison.

Des enfants trop jeunes pour aller à l'école et vêtus de jaune et vert dansent autour de la fontaine. Ils jouent à s'éclabousser mais évitent soigneusement l'endroit où se tient ma mère. Son expression sévère les intimide sans doute. Elle s'apprête probablement à me faire des reproches.

Elle me regarde des pieds à la tête avant de lâcher :

– Tu es toute décoiffée ! Qu'est-ce que tu as fabriqué ?

En réalité, mes cheveux frisés ne sont jamais bien coiffés. J'ai proposé à ma mère de me les couper mais elle affirme que cette cascade qui me tombe jusqu'au milieu du dos est un atout indispensable pour une jeune fille célibataire. Si mes cheveux ressemblaient vraiment à une cascade, je serais peut-être d'accord avec elle.

Alors que des tambours et des trompettes résonnent, ma mère cesse de s'en prendre à moi.

Mon estomac se rétrécit à la taille d'un petit pois.

Je dois aller rejoindre mes camarades. La cérémonie va commencer.

Mon père et mon frère apparaissent et me serrent dans leurs bras chacun leur tour. Puis je me dirige vers l'estrade dressée pour l'occasion. On dit souvent que deux heures passées sur cette estrade paraissent plus longues que les onze années d'école. J'espère que c'est seulement une blague.

Nous nous alignons dans le fond. Les garçons derrière, les filles devant. Heureusement pour moi, parce que sinon, je ne verrais rien. Mes frères ont hérité de la taille de mon père et de ma mère mais moi j'ai récolté les gènes d'une autre génération. Je fais à peine un mètre soixante et je suis la plus petite de ma classe.

Dix fois, Mlle Jorghens, notre professeur, nous change de place. Cent fois elle nous rappelle de nous tenir droits, de sourire et d'être attentifs. C'est sa première cérémonie de diplômes aux Cinq Lacs et elle est très nerveuse. Alors qu'elle va se poster au centre de la scène, les tambours et les trompettes retentissent à nouveau.

La magistrate Owens apparaît sur le seuil de sa porte – elle vit dans la seule maison à trois étages de la ville – et traverse la foule d'un pas raide. C'est une femme robuste aux cheveux gris et aux rides marquées. Sa robe est un ton plus foncé que celle des autres. Presque rouille. Elle monte sur l'estrade et se penche vers le micro :

– Je vous souhaite à tous une excellente cérémonie de remise des diplômes.

Le public répond en chœur : « Bonne cérémonie des diplômes. » Nous nous joignons à eux. Certains applaudissent.

– Cette journée représente beaucoup pour chacun d'entre nous, reprend la magistrate, mais surtout pour les étudiants alignés derrière moi. Dès demain, ils feront partie des forces vives de notre colonie. Il y a vingt-cinq ans, le gouvernement de la Communauté Unifiée a envoyé cent cinquante hommes et femmes pour vivre sur ce territoire. Ensemble, ils ont fondé la colonie des Cinq Lacs dans l'espoir que leur travail pourrait aider notre terre abîmée à revivre. Autrefois, cette région était celle des Grands Lacs. Elle était couverte de forêt et de champs cultivés. De toute notre force, nous espérons lui redonner sa beauté d'antan, et chaque membre de cette communauté participe à ce combat quotidien. Nous avons besoin de tous. La journée de remise des diplômes célèbre l'ajout de quatorze citoyens dévoués à notre cause et nous nous en félicitons. Chaque progrès nécessite des bras supplémentaires afin que nous continuions à avancer. Nous avons toujours besoin de renfort. Je sais que nombre d'entre vous n'ont pas encore décidé quelle carrière ils allaient embrasser mais nous vous sommes reconnaissants de ce que vous accomplirez dans les années à venir.

Les applaudissements crépitent. Quand la magistrate Owens lance enfin : « que la parade commence », mon corps entier bouillonne d'excitation.

Je me mords la lèvre pour l'empêcher de trembler. La fanfare entame une marche. Ma vision se brouille et je distingue à peine le cortège de mes bientôt ex-camarades. Chaque année, toute l'école défile dans le parc. Les classes portent des bannières qui annoncent ce qu'elles ont appris dans l'année. Les bannières sont ensuite exposées dans le parc et un vote est organisé pour récompenser la meilleure. Souvent, les adultes parient amicalement sur la classe gagnante. Pour la première fois, je ne fais pas partie du cortège et je réalise que je n'en ferai plus jamais partie.

Les plus jeunes sont en tête et les autres suivent par ordre d'âge. Ils font le tour de la fontaine au rythme de la musique et s'arrêtent à la gauche de notre estrade. La parade terminée, la magistrate Owens reprend la parole pour nous parler du nouveau train qui relie Tosu à dix colonies de la communauté. Il est prévu que les travaux se poursuivent afin qu'à terme toutes les colonies soient reliées à la capitale. C'est une grande nouvelle. La magistrate invite ensuite les responsables des secteurs eau, énergie, agriculture ainsi que ceux de tous les projets en lien avec la revitalisation à passer leurs annonces. Entre les rappels sur l'usage raisonné de l'eau, les appels à volontaires pour la construction d'habitations de jeunes mariés et le reste, ça prend une bonne heure. Le discours de mon père porte sur la nouvelle variété de pomme de terre développée par son équipe.

Je suis surprise.

J'étais bien sûr au courant de son succès. À cause de certaines modifications génétiques nécessaires, les pommes de terre qu'il avait obtenues jusqu'à présent avaient une peau très épaisse qui noircissait à l'air. Ça n'était pas réellement gênant : une fois la peau ôtée, la chair du tubercule était parfaitement comestible. Mais Zeen a tenté une nouvelle version et a brillamment réussi.

Ce qui me surprend, c'est que mon père ne le cite pas une seule fois, alors que la semaine dernière, il nous a lui-même annoncé que mon frère aurait droit à des félicitations publiques pour son travail.

Pourquoi a-t-il changé d'avis ?

Je tends le cou pour essayer d'apercevoir la mine de Zeen. Est-il déçu ? Vexé ? Ce moment était censé être son heure de gloire. Est-il aussi surpris que moi ?

Je le découvre, les bras croisés, un peu en retrait, appuyé contre un arbre. Quelques personnes lui donnent des claques dans le dos parce qu'il fait partie de l'équipe de notre père mais je ne suis pas dupe de son sourire. Sa mâchoire crispée et ses yeux plissés trahissent sa contrariété.

Papa descend de l'estrade sous les applaudissements et notre professeur prend sa place devant le micro. Mon estomac se contracte et les battements de mon cœur s'accélèrent déraisonnablement. Voilà. C'est maintenant.

Mlle Jorghens nous sourit avant d'énoncer lentement :

– Je suis fière de tous nos élèves qui deviennent des adultes aujourd'hui.

Puis vient l'énumération des noms. Un par un, mes camarades avancent au centre de l'estrade, serrent la main de la magistrate et reviennent à leur place. La liste est dans l'ordre alphabétique. Je suis appelée la dernière.

– Malencia Vale.

Mes jambes tremblent et menacent de se dérober. Je traverse le podium et comme mes camarades avant moi, je serre la main de Mlle Jorghens, puis celle de la magistrate Owens. Le public applaudit. Daileen pousse des cris de joie et d'encouragement. Je souris. Mon cœur est sur le point d'exploser. Je suis officiellement une adulte.

Sans cesser de sourire, je retourne à ma place. La magistrate revient devant le micro. La foule se tait. Je suis si nerveuse que je ne peux empêcher mes poings de s'ouvrir et de se refermer. Si des étudiants ont été sélectionnés pour le Test, nous allons le savoir maintenant. J'essaye de repérer un visage inconnu parmi les spectateurs – l'officiel envoyé par Tosu.

Mais il n'y a personne. Ce n'était qu'une rumeur. La magistrate Owens sourit et nous félicite une dernière fois.

– Bravo à tous et particulièrement à nos étudiants. J'ai hâte de voir ce que l'avenir vous réserve.

La foule applaudit encore. Je n'ai pas cessé de sourire mais le cœur n'y est plus. La déception forme une énorme boule dans ma gorge. Pendant des années, je me suis préparée à ce jour et maintenant, c'est terminé.

Mes rêves d'avenir viennent de s'envoler en fumée.

J'ai travaillé dur, mais pas assez pour être choisie.

Alors que je descends de l'estrade à la suite de mes camarades, une seule question me hante : Et maintenant ?

CHAPITRE 2

– Tu te caches ?

La voix de Zeen me fait sursauter. Son sourire entendu me fait ravaler le mensonge que je m'apprêtais à lui servir. Je me contente de hausser les épaules.

– La journée a été difficile. J'avais juste besoin de me retrouver seule deux minutes.

Tambours, guitares et cornes jouent devant la boulangerie et plusieurs personnes se sont mises à danser ou à taper dans leurs mains. De l'autre côté du parc, nous parvient une odeur de viande rôtie. Des torches enflammées et des lampes électriques illuminent les allées. Les gens rient, chantent, s'amusent.

J'ai pris soin de me réfugier dans l'ombre.

Ces dernières heures, je me suis mêlée aux autres uniquement parce que c'est ce que l'on attendait de moi. Je refuse d'afficher ma déception et de révéler en même temps mon arrogance. Je me suis crue assez intelligente pour être choisie. Quelle idiote !

– Tiens.

Zeen me tend un gobelet.

– Ça te fera du bien.

Je laisse le breuvage sucré me couler dans la gorge. Un arrière-goût plus fort me brûle les papilles. De l'alcool. La colonie a besoin de toutes les céréales et de tous les fruits pour se nourrir ; l'alcool est donc très rare. Néanmoins, une petite quantité est fabriquée pour les grandes occasions – comme la soirée de la remise des diplômes. Seuls les adultes sont autorisés à en consommer mais mes frères m'ont déjà permis de tremper les lèvres dans leur verre les années passées. En réalité, je n'aime pas vraiment ça. J'avale une minuscule gorgée avant de rendre son verre à Zeen.

– Tu te sens mieux, gamine ?

Je baisse les yeux.

– Pas vraiment.

– Mouais.

Il s'adosse au tronc d'un gros chêne et vide son verre d'un trait.

– Tout ne se passe pas toujours comme on le voudrait, soupire-t-il. C'est comme ça. Dans ces cas-là, il faut rebondir et trouver de nouveaux objectifs.

Son amertume à peine déguisée me fait dresser l'oreille.

– C'est ce que tu vas faire ? Trouver de nouveaux objectifs ?

Ces dernières années, Zeen a passé pas mal de temps à réfléchir à des opportunités en dehors des Cinq Lacs. Je détesterais qu'il se décide maintenant. Qu'il quitte la colonie serait triste. Qu'il la quitte en colère me briserait le cœur.

Ses doigts se crispent autour de son verre, mais il répond d'une voix étrangement douce.

– Je n'ai pas envoyé de demande d'emploi à Tosu, si c'est ce que tu veux savoir. Si papa a changé sa déclaration cet après-midi, c'est à la demande de la magistrate. Tu me connais, je vais être de mauvaise humeur pendant quelques jours et puis ça va me passer.

Son regard balaie le parc. Il est tard et si certains dansent et chantent encore, beaucoup commencent à partir. La grande journée touche à sa fin.

Après quelques minutes de silence, Zeen lâche :

– Tu pourrais le faire, tu sais ?

– Quoi ?

– Parler à la magistrate. Envoyer une demande d'emploi à Tosu.

L'idée est à la fois tentante et terrifiante. Avec l'accord du magistrat, tout colon désireux de travailler à Tosu ou dans une autre colonie peut envoyer un formulaire d'application. Si un emploi correspondant est disponible, il reçoit une offre en bonne et due forme de la Communauté Unifiée. En seize ans, je n'ai connu que deux personnes qui ont obtenu un poste après avoir effectué cette démarche. Après la déception d'aujourd'hui, je ne suis pas sûre d'être capable d'en affronter une autre.

Mes doutes doivent se lire sur mon visage car Zeen me prend par les épaules et me serre brièvement contre lui.

– T'en fais pas, gamine. Tu as tout le temps pour décider de ce que tu feras du reste de ta vie.

Dommage que notre mère ne soit pas du même avis.

Le lendemain matin, nous nous levons tous assez tard, mais je viens à peine de m'habiller qu'elle lance la première offensive :

– Si tu ne veux toujours pas travailler avec ton père, Kip Drysten a une place dans son équipe. Tu devrais le rencontrer avant qu'il embauche un autre diplômé.

Kip Drysten est le chef de l'équipe qui s'occupe de l'entretien et des réparations des machines-outils agricoles de la colonie. C'est vrai que j'adore la mécanique mais l'idée de passer ma vie à réparer des tracteurs me désespère. Je marmonne :

– Je vais y penser.

Cette réponse évasive ne convient pas à ma mère. Il lui suffit d'un froncement de sourcils pour que je me retrouve perchée sur mon vélo, direction le centre-ville.

Les Drysten habitent dans une jolie petite maison de l'autre côté de la colonie. Je frappe à la porte, le cœur lourd. Je ne peux m'empêcher de pousser un soupir de soulagement quand Mme Drysten m'apprend que son mari est parti tôt ce matin à la ferme Endress. Il ne sera pas de retour avant plusieurs jours. Je viens de gagner un sursis.

Le lendemain de la remise des diplômes est traditionnellement un jour de repos. Les gens restent chez eux et reçoivent des amis ou de la famille. Ma mère a prévu un repas et je devrai probablement rentrer pour l'aider à le préparer. Mais je n'en ai aucune envie.

Arrivée au parc, j'appuie mon vélo contre un arbre et je m'assois au bord de la fontaine. Un ou deux citoyens me font signe mais aucun ne s'arrête pour discuter. Ça m'arrange. Le menton dans les mains, je regarde l'eau couler en essayant d'oublier le vide qui grandit en moi depuis hier. Je suis une adulte. Depuis que je suis toute petite, j'observe mes parents en attendant le jour où je serai comme eux. Pleine d'assurance. Forte.

Je ne me suis jamais sentie aussi désemparée.

L'horloge sur la façade de la maison de la magistrate sonne 3 heures. Il est grand temps de rentrer si je ne veux pas que ma mère s'inquiète.

Je suis à mi-chemin quand j'aperçois mon frère Hart. Il court vers moi en m'adressant de grands signes. Zut. Si ma mère l'a envoyé me chercher, c'est que je suis dans le pétrin. Sûr que je vais avoir droit à un sermon.

Mais il s'agit de tout autre chose.

– La magistrate Owen a envoyé un message radio à papa juste après ton départ. Tu dois être chez elle à 4 heures pour discuter de ton avenir. Quand maman a vu que tu ne revenais pas, elle nous a tous lancés à ta recherche, m'explique mon frère. Et t'as plutôt intérêt à te dépêcher si tu veux y arriver à temps, ajoute-t-il sur un ton narquois.

Il a raison. Quand j'arrive au parc, je suis en nage, échevelée et surtout tendue. La magistrate convoque parfois mon père ou mes frères pour évoquer l'avancée de leurs travaux, mais c'est une première pour moi. Elle veut discuter de mon avenir ? Je me demande si ma mère l'a contactée pour lui faire part de son inquiétude à mon égard. À moins que mon indécision ne soit si évidente… l'idée que quiconque ait remarqué ma déception me remplit de honte.

Après avoir tiré sur mon tee-shirt et m'être maladroitement lissé les cheveux du plat de la main, je frappe à la porte de la magistrate.

– Tu es là ! s'exclame-t-elle en guise d'accueil. Parfait !

Elle m'adresse un sourire qui me semble un peu forcé.

– Entre, Cia. Tout le monde est déjà là.

Tout le monde ?

La magistrate me guide jusqu'à un salon moquetté où quatre visages se tournent vers moi. Les trois personnes assises me sont familières : Tomas Endress, yeux gris, mignon ; Malachi Rourke, timide mais très gentil ; et Zandri Hicks, très belle, genre artiste. Comme moi, ils ont tous reçu leur diplôme hier. Je les connais depuis toujours.

Je n'ai jamais vu la quatrième personne de ma vie.

Tomas me fait signe de m'asseoir à côté de lui. Ses fossettes interdisent de ne pas lui sourire en retour. La magistrate Owens va se placer près de l'inconnu et se lance :

– Merci à tous d'être venus aussi vite. Je suis désolée de vous arracher aux fêtes de famille mais je n'avais pas le choix.

Elle nous scrute un par un avant de poursuivre :

– Je vous présente Michal Gallen, officiel de la ville de Tosu. Il devait arriver hier mais des soucis mécaniques ont retardé sa venue.

Tosu.

Mon estomac se contracte désagréablement.

Michal Galen fait un pas en avant et sort une feuille de papier pliée de sa poche. Il n'est pas beaucoup plus vieux que nous. Il doit avoir l'âge de Zeen. Malgré ses cheveux bruns en bataille et son allure dégingandée, il se dégage de lui une certaine autorité, sans doute propre aux citoyens de Tosu.

Son regard sombre est sérieux, voire grave. Il commence à lire :

– Chaque année la Communauté Unifiée examine attentivement le dossier des diplômés des dix-huit colonies. Les meilleurs étudiants sont sélectionnés pour se rendre à Tosu afin de passer le Test. Être choisi est un honneur. Les diplômés de l'université sont l'avenir et le plus grand espoir de tous. Nous comptons sur eux pour régénérer la terre et améliorer notre qualité de vie. Ils seront les médecins, les ingénieurs, les professeurs et les membres du gouvernement de demain. L'élite dont notre communauté a besoin.

Je commence à avoir des picotements dans les doigts. Je regarde les autres pour m'assurer que j'ai bien entendu. Tomas sourit jusqu'aux oreilles. C'était le meilleur élève de la classe, ce n'est pas étonnant qu'il ait été choisi. Et si je comprends bien, je l'ai été moi aussi. Ce n'est pas un rêve. Nous allons tous les quatre passer le Test. Ma vie ne consistera pas à réparer des tracteurs. Je vais passer le Test.

Je vais passer le Test !

– Le départ est prévu pour demain.

Ces quelques mots me font brusquement revenir à la réalité. *Demain.*

– Pourquoi si tôt ? demande la magistrate Owens. Les élèves avaient plus de temps autrefois entre la remise des diplômes et le Test.

– Votre colonie n'avait pas eu de candidats depuis longtemps et les choses ont changé, répond l'officiel d'une voix où perce un léger agacement. Le processus débute cette semaine et vous m'accorderez qu'ils ont plus de chances de réussir s'ils arrivent à temps.

– Et si on ne veut pas passer le Test ?

Tous les visages se tournent vers Zandri. Ses joues sont presque aussi rouges que sa tunique. Mais elle n'est pas gênée comme je l'ai d'abord cru. À la manière dont elle dresse le menton, il est évident qu'elle est en colère. Ses yeux bleus lancent des éclairs. Je suis étonnée qu'elle ait été choisie. Elle est intelligente sans aucun doute, mais pour elle, l'art a toujours été plus important que le travail scolaire. Elle ne réussit que dans les matières qui lui donnent de l'inspiration pour de nouvelles œuvres.

Pourtant, même si à ma connaissance elle n'a jamais exprimé le désir de poursuivre ses études, je ne comprends pas son attitude rebelle. Pourquoi refuser l'honneur de passer le Test ?

Le sourire glacial de l'officiel me fait frissonner.

– Vous n'avez pas le choix, lâche-t-il. La loi oblige tout citoyen de la Communauté Unifiée choisi pour passer le Test à se présenter à l'examen faute d'encourir un châtiment.

– Quel genre de châtiment ? rétorque Zandri en fixant la magistrate dont le regard croise aussitôt celui de l'officiel.

Il se passe une seconde entière avant que la magistrate se décide à répondre, non sans prendre une profonde inspiration.

– La non-présentation au Test est considérée comme une trahison.

Et chacun sait que la trahison est punie de mort.

Quelqu'un – Malachi peut-être – laisse échapper un soupir de protestation. J'ai soudain l'impression que ma poitrine s'est rétrécie de moitié. Ma joie et mon excitation se sont évanouies pour laisser place à la peur. Une peur que je n'ai pourtant aucune raison de ressentir. Je n'ai jamais eu l'intention de refuser le Test, bien au contraire.

Et si c'était le cas de Zandri, le terme « trahison » lui a visiblement fait changer d'avis.

Pour atténuer notre choc, la magistrate Owens s'empresse d'expliquer que cette loi remonte aux premiers temps de la Communauté Unifiée alors que des factions hors la loi tentaient de déstabiliser l'unité nouvelle du gouvernement en convainquant les candidats de ne pas participer au Test. On parle aujourd'hui de changer cette loi, mais ce genre de chose prend du temps.

D'apprendre que l'on n'a pas eu recours à cette loi depuis plusieurs dizaines d'années m'apaise un peu et mon excitation refait surface. La magistrate énumère la liste de ce que nous sommes autorisés à emporter avec nous à Tosu : deux tenues de rechange complètes, un pyjama, deux paires de chaussures, deux objets personnels. Pas de livre, pas de papier. Rien qui puisse donner l'avantage à un candidat sur un autre. Tout doit tenir dans les sacs qui nous sont fournis. Nous avons rendez-vous demain à l'aube devant le parc. L'officiel Michal Gallen nous attendra pour nous escorter jusqu'au centre d'examen.

Elle nous félicite et nous répète à quel point elle est fière de nous. Elle affirme être certaine que nous réussirons tous le Test. Mais je sais qu'elle ment. Ma mère a le même ton forcé, faussement joyeux quand elle est profondément perturbée. La magistrate Owens ne croit pas que nous réussirons tous. Craint-elle que notre échec donne mauvaise réputation aux Cinq Lacs ?

Je n'ai pas la réponse à cette question alors qu'elle nous raccompagne à la porte.

Un soleil éclatant nous attend dehors. Je suis la dernière des quatre à prendre le sac marron orné du logo rouge et violet de la Communauté Unifiée. Je le passe en bandoulière en me disant que le dîner que ma mère avait prévu va devoir être écourté. Sinon, je n'aurai pas le temps de me préparer pour le départ.

Je rejoins Malachi et Tomas. Zandri est déjà partie. Pendant un moment, nous nous regardons sans savoir quoi nous dire. Tomas est le premier à retrouver la voix.

– Je crois que nous devrions rentrer chez nous, lâche-t-il, plus souriant que jamais. Demain est une grande journée.

Il a raison. Il est temps pour moi de rentrer et d'annoncer à ma famille que je quitte la maison pour ne plus jamais revenir.

CHAPITRE 3

Ce sont des rires qui m'accueillent quand je franchis la porte de chez moi. Une banderole de félicitations a été accrochée au mur et la table de la cuisine est couverte de nourriture. Nous devions fêter mon diplôme. Nous allons également fêter mon départ.

– La voilà ! s'exclame Zeen. Je vous avais dit qu'elle ne serait pas en retard pour sa fête. Elle aime trop les roulés à la cannelle !

Mon père sourit mais à la seconde où il remarque le sac à mon épaule, son visage devient grave.

– Tu as été choisie pour le Test, souffle-t-il.

Plus de rire, ni même de sourire. Tous attendent ma confirmation. Malgré ma joie et ma fierté, j'acquiesce la gorge serrée. Après l'université, les étudiants sont envoyés dans une colonie choisie par la Communauté. Là où les besoins sont les plus prégnants. Je n'ai pratiquement aucune chance de revenir aux Cinq Lacs.

Les jumeaux sont les premiers à se remettre du choc. Avant d'avoir le temps de réagir, je me retrouve écrasée en sandwich entre les deux qui me serrent dans leurs bras en criant. Hamin me félicite plus calmement mais avec plus de chaleur. Puis c'est au tour de ma mère. Ses mains tremblent mais c'est avec un sourire fier qu'elle me demande quand je dois partir et ce que je peux emporter. J'ai à peine le temps de répondre et d'apercevoir Zeen s'éclipser que mes amies frappent à la porte.

Je suis si heureuse de les voir. Surtout Daileen. Si heureuse de pouvoir la serrer dans mes bras avant mon départ. Il y a encore des cris de joie et des larmes quand j'annonce la nouvelle. Daileen est la plus heureuse et la plus triste de tous. Elle essaie de dissimuler son chagrin derrière de grands sourires mais au fur et à mesure de la soirée, je la vois s'éloigner de moi et de nos amis qu'elle a toujours plus considérés comme les miens que comme les siens. J'ai peur pour elle. Je manquerai bien sûr à ma famille, mais ils se soutiendront les uns les autres. Daileen sera seule.

Alors que ma mère annonce la fin de la fête, je m'arrange pour me retrouver en tête à tête avec Lyane Maddows. Contrairement aux autres, elle ne saute pas, ne crie pas pour attirer mon attention, mais se tient tranquillement près de la porte. Lyane n'est pas ma meilleure amie. On se dit bonjour mais on s'assoit rarement côte à côte à la cantine et on ne se retrouve presque jamais après les cours.

Pourtant, je tenais à ce qu'elle soit présente ce soir car nous sommes liées par un souvenir. Et parce que j'espère pouvoir compter sur elle.

Pendant que les filles continuent de bavarder et de rire, je l'enlace et la serre contre moi. Elle sursaute, surprise, mais ne s'écarte pas. Je lui murmure à l'oreille :

– Daileen aura besoin d'une amie quand je serais partie. Tu veux bien veiller sur elle et faire en sorte qu'elle ne soit pas trop seule ? S'il te plaît.

Lyane me rend mon étreinte. Je la sens presque peser ma requête. Ce qu'elle chuchote à mon oreille m'ôte un poids. Je ne m'étais pas trompée.

Elle sort de la maison sans un regard derrière elle et je me retourne pour dire au revoir aux autres. Daileen attend pour être la dernière. Elle retient ses larmes et me promet de me retrouver l'an prochain à Tosu.

– Je vais travailler plus dur que jamais, ils seront obligés de me choisir.

Seule la voix de Lyane qui l'appelle empêche mon cœur de se briser.

– Daileen ? On rentre ensemble ?

Quelques instants plus tard, les deux silhouettes disparaissent dans la nuit. Lyane connaît les ténèbres de la solitude. Il y a quatre ans, alors que je faisais un tour à vélo de l'autre côté de la colonie, je suis tombée sur elle. Debout, au bord d'un ravin, prête à sauter. Je l'en ai empêchée et je l'ai obligée à me confier ce qui l'avait poussée à une telle extrémité. Son père, officiel à Tosu, n'était presque jamais là. Sa mère détestait les Cinq Lacs et reportait toute sa frustration et sa colère sur sa fille en la battant. À ma connaissance, je suis la seule à qui Lyane ait jamais montré les marques de coups. Avec l'aide de mon père et de la magistrate Owens, la mère de Lyane a pu rejoindre son mari à Tosu et Lyane est restée vivre avec une autre famille de la colonie. Elle a retrouvé le sourire. Elle saura aider Daileen.

Mes frères sont partis raccompagner mes amies et la maison me semble soudain immense. Elle est d'ailleurs assez grande en réalité. En plus de la pièce commune, nous avons deux chambres. Une pour mes parents, l'autre que je suis censée partager avec mes frères. Sauf qu'ils ronflent tellement fort que j'ai pris l'habitude de venir dormir sur une pile de couvertures devant la cheminée dans le salon.

À Tosu, je vais dormir dans un lit pour la première fois depuis longtemps.

J'aide mes parents à débarrasser et à ranger. Ma mère ne tarit pas de conseils et de recommandations sur ce que je devrais emporter avec moi pour le voyage et comment je devrais me comporter dans cette grande ville. À plusieurs reprises, elle s'arrête et fond en larmes. Je suis son premier enfant à quitter la maison. Mon père reste silencieux, pourtant, je sens qu'il meurt d'envie de parler.

Une fois la vaisselle finie, il me propose une promenade. Ma mère ouvre la bouche pour protester mais mon père déclare d'une voix grave :

– Je sais que Cia a besoin de faire son sac mais j'aimerais passer un peu de temps seul avec ma petite fille.

Ma mère renifle et mon père et moi sortons dans la nuit.

Il me prend la main comme quand j'étais une petite fille et nous nous dirigeons vers le jardin à l'arrière de la maison. La lune et les étoiles sont voilées, comme toujours. Il paraît qu'à une certaine époque, quand le ciel était encore clair, la lune et les étoiles scintillaient comme des diamants. C'est peut-être vrai mais c'est difficile à imaginer.

Mon père appuie sur un interrupteur et dans un bourdonnement, un spot éclaire les marguerites, les roses et le potager. Les légumes et les fleurs sont l'œuvre de mon père et de mes frères, la lumière est la mienne. Les lois de la colonie sur l'usage de l'électricité sont très strictes. La production et le stockage sont extrêmement limités dans notre zone. La plupart des familles sont dépourvues de courant sauf celles qui parviennent à en générer elles-mêmes. Peu s'en donnent la peine ; après tout, les bougies et les lanternes fonctionnent très bien. Il y a quelques années, j'ai décidé de relever le défi et papa a accepté de me donner des tuyaux d'irrigation dont il ne se servait pas. J'ai également récupéré à droite à gauche du fil et des morceaux de cuivre. Le plus difficile a été de persuader ma mère de me céder des bocaux en verre, un peu de notre précieux sel et quelques autres objets dont j'avais besoin. J'ai ainsi réussi à créer un réseau de quinze lampes toutes alimentées par l'énergie solaire que mes panneaux emmagasinent dans la journée. Je pourrais fabriquer un système beaucoup plus sophistiqué aujourd'hui, mais papa veut garder celui-ci. Nous le démontons et le remontons à chacun de nos déménagements. Pendant un instant, je me demande quand nous aurons à le déplacer à nouveau puis, je me rappelle que cette question ne me concerne plus.

Mon père m'entraîne jusqu'au banc de chêne qu'Hamin a fabriqué pour l'anniversaire de maman. Nous nous asseyons.

Les criquets stridulent et le vent fait bruisser les feuilles de l'arbre au-dessus de nous. Dans le lointain, en tendant l'oreille, on distingue le hurlement des loups.

Après une éternité, papa serre ma main plus fort. Quand enfin il se décide à prendre la parole, il parle si bas que je dois me rapprocher de lui pour l'entendre.

– Il y a des choses que je ne t'ai jamais dites, Cia. Que j'espérais ne jamais avoir à te dire. Même maintenant, je ne suis pas sûr que je devrais.

Mon dos se raidit.

– C'est à propos du Test ?

J'ai beau l'avoir harcelé de questions, papa ne nous a jamais parlé des jours qu'il a passés au centre de Test de Tosu, pas plus que de ses années d'université. Pendant un instant, je me sens plus proche de lui que jamais : je m'apprête à vivre ce qu'il a vécu. Mais en quelques mots, il fait voler cet instant en éclats.

– Tu n'aurais jamais dû être choisie.

C'est comme s'il me giflait. J'essaie de récupérer ma main, mais il s'y accroche. Son regard se perd dans la nuit et c'est la peur que je lis dans ses yeux. L'angoisse me serre soudain la poitrine.

– Quand j'avais ton âge, reprend mon père, j'avais le même rêve que toi. Mes parents me soutenaient. Nous vivions dans la colonie d'Omaha, une des plus grandes de la Communauté Unifiée. Et nous avions à peine de quoi manger. Nous étions trop nombreux. Il n'y avait pas assez de ressources pour nourrir tous les citoyens. Tout le monde connaissait au moins une personne morte de famine. Mes parents croyaient que j'avais les capacités de changer le monde, de restaurer l'équilibre de la Terre. Moi, je voulais qu'ils reçoivent l'argent que le gouvernement alloue aux familles des candidats pour compenser la perte d'une force de travail. Je reconnais aussi que j'étais flatté de la confiance qu'ils m'accordaient. J'avais envie de croire que je possédais ces qualités qu'ils me prêtaient. Je voulais essayer.

J'ignorais que les familles recevaient de l'argent et j'ai envie de lui demander si eux aussi vont recevoir cette allocation, mais je ne veux pas l'interrompre.

– À l'époque, il n'existait que quatorze colonies. Nous étions soixante et onze au centre de Test. L'examen a duré quatre semaines. Je ne me rappelle pas une seule journée. Seize d'entre nous ont réussi. Le doyen de l'université nous a expliqué que la mémoire des candidats était effacée après le Test, afin d'assurer la confidentialité des épreuves.

– Tu ne peux pas du tout me dire comment ça va se passer ?

Je suis déçue. J'espérais que l'expérience de mon père serait un atout. Mais évidemment, le gouvernement ne prend aucun risque.

– Je me rappelle mon arrivée au centre, poursuit mon père. Je me rappelle mon camarade de chambre, Geoff Billings. Je me rappelle que nous avons trinqué à notre brillant avenir avec du lait et des biscuits. Il y avait beaucoup à manger, nous étions tous les deux très excités. Nous avons à peine fermé l'œil cette première nuit car nous savions que notre rêve pouvait s'arrêter dès le lendemain si nous n'étions pas assez bons. Ensuite, plus rien. Puis je me retrouve dans une grande pièce face à des examinateurs et on m'annonce que j'ai réussi. À la rentrée universitaire, trois semaines plus tard, Geoff n'était pas là. Pas plus que les deux filles de ma colonie qui avaient voyagé avec moi.

Une chouette pousse un cri perçant, mais mon père ne semble pas l'entendre.

– Les cours à l'université étaient stimulants, je travaillais beaucoup et j'aimais ça. J'aimais savoir que je participais à quelque chose d'important. Mes parents ont réussi à me faire savoir qu'ils allaient bien et qu'ils étaient fiers de moi. J'étais heureux. Je n'ai plus jamais accordé une pensée à Geoff et aux autres candidats qui avaient échoué.

Il ferme les paupières et moi, je me demande ce que ça fait de perdre une partie de ses souvenirs. Que ressentirais-je si je ne me rappelais rien d'autre de Daileen que le jour de notre rencontre ? Si j'oubliais nos aventures et nos fous rires ? Cette seule idée me donne envie de pleurer et j'entrecroise mes doigts avec ceux de mon père pour lui faire sentir que je suis là. Pour nous rassurer tous les deux.

– Après l'université, j'ai été envoyé à la colonie Lennox. Un botaniste était sur le point de faire une importante découverte et le gouvernement a estimé que je pourrais l'aider. J'ai travaillé là-bas pendant un an et puis, un jour, j'ai croisé un garçon qui m'a rappelé Geoff. La nuit suivante, j'ai commencé à faire des cauchemars. Je me réveillais en nage au milieu de la nuit, le souffle court. Mon travail souffrait de mon manque de sommeil et les médecins officiels m'ont prescrit des pilules. Ça n'a pas arrêté les rêves, au contraire. Je me suis mis à avoir des visions en plein jour. Au début, ce n'était que des images sans lien entre elles. Geoff dans une pièce blanche avec des pupitres noirs qui m'adressait un sourire et un geste d'encouragement, une grande horloge rouge dont la trotteuse cliquetait pendant que je manipulais trois fils électriques bleus, une fille en train de hurler.

Mon père me lâche brusquement et se lève. Il se passe la main dans les cheveux et se met à faire les cent pas devant le banc.

– Ces visions se sont arrêtées brusquement. Elles ont été remplacées par un rêve récurrent. Geoff, une fille du nom de Mina et moi-même marchons dans une rue bordée de bâtiments en ruines. Des éclats de verre jonchent l'asphalte. Nous cherchons à boire et un endroit où passer la nuit. Les bâtiments en ruines menacent de s'effondrer mais nous y trouvons tout de même refuge pour la nuit à cause des prédateurs qui rôdent. Mina boite. Je vais couper une branche à un arbre et lui propose de lui en faire une canne. Pendant que je me mets au travail, Geoff part explorer les environs. Mina lui recommande de ne pas s'éloigner. Il acquiesce. Quelques minutes plus tard, il nous appelle. Il a trouvé quelque chose. Et à ce moment, le monde explose.

Papa se tait. Mon cœur bat à tout rompre contre ma cage thoracique.

– C'est Mina que je retrouve en premier, souffle mon père d'une voix si basse que je l'entends à peine. À moitié brûlée sous un morceau de béton. Elle a du sang plein le visage.

Il ouvre et referme les poings comme pour se forcer à continuer. Mais moi, je veux qu'il se taise. Son histoire est trop réelle. Je vois le sang. Je sens sa peur.

– J'aperçois la botte de Geoff non loin du corps de Mina. Il me faut quelques secondes pour réaliser que son pied est toujours dedans et je me mets à hurler. Et là, je me réveille.

Nous sommes environnés par la nuit et le silence. Les animaux se sont tus. Mon père n'est plus mon père mais un garçon à peine plus âgé que moi, seul dans une rue inconnue en compagnie du cadavre de ses amis.

– Ce n'était qu'un rêve.

C'est ce que papa me chuchotait quand j'étais petite et qu'un cauchemar me réveillait en pleine nuit.

– Peut-être.

Ses yeux reflètent un désespoir insondable.

– C'est ce que je me suis répété pendant des années. Je me consolais en me disant que je ne connaissais personne du nom de Mina. Au laboratoire, nous faisions des découvertes extraordinaires. Des variétés de plantes que j'avais contribué à créer poussaient merveilleusement. Je n'ai jamais parlé à personne de ces rêves. Être muté aux Cinq Lacs m'a mis en colère. C'était une humiliation. Je n'avais même pas de maison à moi et je devais dormir dans le salon de Flint Carro.

Je connais cette partie de l'histoire. Habituellement, il la raconte en souriant. Il est devenu ami avec Flint, le médecin de la colonie, il a rencontré ma mère, la fille du tailleur et est tombé amoureux de sa grâce et de sa gentillesse.

Mais aujourd'hui tout est différent.

– La maison de Flint était minuscule et il n'a pas tardé à se rendre compte que mon sommeil était agité. Il m'a posé des questions, je l'ai rembarré. C'est alors qu'il m'a parlé de ses rêves à lui. Pas aussi effrayants, mais également perturbants. Des visages de gens qu'il ne se rappelait pas avoir rencontrés. Des amis qui avaient passé le Test en même temps que lui et dont il n'avait plus jamais entendu parler. L'année qui a suivi, Flint et moi avons essayé de discuter de tout ça avec d'autres anciens étudiants. Nous étions sept en tout. Nous devions nous montrer prudents car tous les employés de la Communauté Unifiée sont en contact régulier avec des officiels de Tosu. Nous ne voulions pas risquer de perdre nos postes. Je suis certain que quatre des autres dormaient comme des bébés mais la doyenne de l'école avait un regard hanté que je reconnaissais. Elle a toujours nié avoir des cauchemars, mais je ne l'ai jamais crue.

Je me lève, les bras croisés sur la poitrine.

– Tu ne peux pas être sûr !

Je voudrais qu'il hoche la tête, qu'il reconnaisse que tout ça n'est que pure hypothèse. J'ai besoin qu'il le fasse.

Mais il se contente de me regarder droit dans les yeux.

– Pendant tout le temps où elle a dirigé l'école, aucun élève des Cinq lacs n'a été choisi pour le Test. Ce n'était pas un hasard.

Un frisson me parcourt. Je ne sais plus quoi croire. Que les rêves de mon père soient plus que des rêves est inimaginable. Demain, je pars pour Tosu. À la fin de la semaine, je commencerai le Test. Je ne peux refuser sous peine d'être accusée de trahison. J'ai envie de hurler mais je sais qu'aucun son ne sortirait de ma bouche.

Mon père passe son bras autour de mes épaules et me ramène vers le banc. Je me laisse aller contre lui comme quand j'étais petite. Pendant un instant, je me sens en sécurité. Mais ça ne dure pas.

– D'après Flint, ces rêves sont peut-être provoqués par le procédé utilisé pour effacer notre mémoire. Notre cerveau créerait de faux souvenirs pour remplacer ceux auxquels il n'a pas accès.

– Mais tu n'y crois pas une seconde...

Mon père secoue la tête.

– J'ai été heureux que tes frères ne soient pas choisis. Si hier j'ai décidé de ne pas citer Zeen dans mon discours, c'est parce que je venais d'apprendre qu'un officiel de Tosu était en route pour notre colonie. Je ne voulais surtout pas que quiconque se demande pourquoi aucun élève n'avait été sélectionné depuis si longtemps. J'avais peur qu'une réévaluation soit demandée.

Il pose son menton sur le haut de mon crâne. Une larme coule sur ma joue mais elle ne vient pas de mes yeux. Mon père, qui a toujours été si fort et si intelligent, est en train de pleurer.

– Et alors ? Et maintenant ?

Je me tortille pour me dégager de son étreinte. Je me lève, prise d'une soudaine colère. Il m'a laissée travailler, étudier, espérer sans jamais me parler de ses doutes et de ses peurs.

– Je pars demain matin ! Pourquoi me raconter tout ça maintenant ? À quoi ça sert ?

Mon père ne hausse pas la voix pour me répondre.

– Peut-être à rien. Peut-être que Flint a raison et que nos rêves ne sont que des hallucinations. Mais peut-être qu'il se trompe et dans ce cas, je préfère que tu saches. Que tu ailles à Tosu les yeux grands ouverts et préparée à ne rien laisser au hasard. Ça pourrait faire la différence entre l'échec et la réussite.

Il se lève à son tour et pose ses mains sur mes épaules. J'ai envie de m'écarter de lui mais les larmes brillent encore dans ses yeux. Je chuchote :

– Est-ce que maman est au courant ?

– Ta mère sait que ma mémoire a été effacée et elle sait aussi que je fais des cauchemars, mais je ne les lui ai jamais racontés.

Je réfléchis un instant. Certaines choses deviennent plus claires.

– C'est pour ça qu'elle ne voulait pas que je sois choisie ?

Mon père me caresse la joue avec le pouce.

– Cia, je n'ai jamais revu mes parents depuis que j'ai participé au Test. C'est un honneur d'avoir un enfant choisi, mais c'est aussi une grande perte. Et ta mère ne veut pas te perdre.

Je ne sais pas combien de temps nous restons debout, face à face, en silence. Nous entendons mes frères rentrer et ma mère qui leur reproche de finir les assiettes. Tout semble si normal.

Quand mes larmes se sont enfin taries, mon père me ramène à l'intérieur. Hamin taquine les jumeaux en affirmant que mes amies flirtaient avec eux. Maman prépare un thé et pose une assiette de biscuits sur la table. Les garçons sortent un paquet de cartes et nous jouons, tous ensemble, une dernière fois. Sauf que Zeen n'est pas encore rentré et qu'il me manque. Je ne cesse de lever les yeux vers la porte, espérant le voir enfin apparaître. J'aime tous mes frères mais c'est à Zeen que je me confie quand j'ai un problème. Il se montre invariablement patient et de bon conseil. Discuter avec lui me fait toujours du bien.

Mais ce soir, il n'est pas là.

La partie terminée, ma mère me rappelle gentiment que je dois préparer mes affaires. Je prends le sac de la Communauté Unifiée et je vais dans la chambre que je partage avec mes frères. C'est sans doute parce que je ne la reverrai sûrement plus jamais, mais ce soir, elle me paraît étonnamment accueillante et chaleureuse. Un feu crépite dans la cheminée ; un tapis élimé couvre une partie du sol ; contre les murs, les lits superposés ; le mien, un peu à l'écart, est le seul dont les couvertures sont tirées. Quand les garçons ont obtenu leur diplôme, ma mère a déclaré qu'ils étaient assez grands pour faire leur lit tout seuls. Et ils ont décidé qu'ils étaient assez grands pour ne pas le faire du tout. Nous avons chacun une commode pour ranger nos vêtements de tous les jours. Les tenues de fête ou de cérémonie sont pendues dans une armoire.

Selon ma mère, la première impression est capitale. Je me mordille la lèvre inférieure en me demandant quels habits choisir. Je me sens toujours plus sûre de moi quand je suis sur mon trente et un, mais les images que mon père m'a décrites tout à l'heure sont présentes à mon esprit et les deux robes que je possède ne me seront d'aucune utilité dans les rues d'une ville en ruines. Et même si ses rêves ne sont que des rêves, je sais au fond de moi que de jolis habits ne me serviront à rien pour le Test.

Je me décide finalement pour deux pantalons en grosse toile, deux chemises robustes et mes bottines les plus confortables. Tout me vient de mes frères et je suis contente d'emporter un peu d'eux avec moi. Il me reste maintenant à choisir deux objets personnels.

Je serais tentée de prendre ma flûte ou le collier en argent que ma mère m'a offert pour mon seizième anniversaire, mais là encore, j'ai intérêt à penser pratique. Après plusieurs minutes de réflexion et d'hésitation, j'opte pour mon petit couteau pliant. Papa en a offert un à chacun d'entre nous. Il est aussi muni d'un tournevis et de quelques autres outils. Pour le deuxième objet, j'ai bien une idée mais il faudrait que je demande la permission à Zeen et il n'est pas là.

L'an dernier, papa a autorisé Zeen à mettre en place ses propres projets. Certains l'ont amené loin au-delà des frontières de la colonie. Ces frontières matérialisées par une clôture n'ont pas tant pour but d'empêcher humains ou animaux venant de l'extérieur de les franchir que d'informer les citoyens de la colonie qu'ils pénètrent dans une zone non sécurisée. Les plantes vénéneuses et les prédateurs ne représentent qu'une infime partie du danger. Durant les trois époques de la guerre, de violents tremblements de terre ont formé de profondes crevasses. Si un voyageur solitaire tombe dans un de ces ravins, il peut se briser le cou, mourir d'hypothermie ou de faim. C'est la raison pour laquelle papa a donné à Zeen un transcommunicateur. C'est un minuscule appareil alloué aux employés du gouvernement par la Communauté Unifiée. Il est équipé d'une boussole, d'une machine à calculer et d'un système de communication qui permet à Zeen d'entrer en contact avec mon père en cas de problème. Je ne l'ai jamais utilisé mais si j'en ai besoin je trouverai bien comment le faire fonctionner.

Quand Zeen ne travaille pas en dehors de la colonie, il garde son appareil sur une étagère au-dessus de son lit. J'aimerais vraiment qu'il soit là et qu'il me le donne lui-même. Je voudrais qu'il me pardonne d'avoir été choisie alors qu'il ne l'a pas été. J'aimerais aussi lui dire que notre père essayait seulement de le protéger en ne citant pas son nom lors de la cérémonie. Qu'il n'était pas motivé par l'ego mais par l'amour.

J'enveloppe le transcommunicateur dans une paire de chaussettes et je le glisse dans mon sac. J'espère que Zeen rentrera à temps pour que je lui dise que j'ai pris son appareil, mais je sais que ce ne sera pas le cas. Zeen est le plus intelligent de mes frères et c'est aussi le plus sensible. Win, Hart et Hamin sont gentils et aimants mais ils cultivent une désinvolture qui agace terriblement ma mère. Zeen, lui, est un passionné. Il s'emporte facilement mais son empathie est infinie. La perte d'un proche lui est pratiquement insupportable. Il n'a pas ouvert la bouche pendant un mois après la mort de notre grand-père.

Assise sur son lit, je lui écris un petit mot. Je veux le prévenir pour le transcommunicateur mais surtout lui dire que je l'aime et que je ne l'oublierai pas.

Maintenant que mon sac est prêt, je sens la panique s'emparer de moi. Demain, je vais quitter tout ce que je connais pour un endroit potentiellement plein de dangers. Là, tout de suite, je n'ai qu'une envie : me coucher et me cacher sous mes couvertures. Mais bien sûr, je ne le fais pas. Je referme mon sac et je retourne dans le salon en espérant passer au mieux les quelques heures qui me restent avec ma famille.

CHAPITRE 4

Mes frères dorment encore quand mon père vient me réveiller après une nuit agitée. J'enfile une paire de leggings, une tunique et mes bottines avant d'attraper mon sac. Ma mère me tend un bol de lait chaud. Elle a les yeux rouges et gonflés mais elle ne pleure plus. Elle me répète qu'elle est fière de moi. Au moment de nous dire au revoir, j'ai beaucoup de mal à ne pas m'accrocher à elle comme une petite fille le jour de la rentrée. Je regrette soudain tout le temps que j'ai passé à être en colère contre elle parce qu'elle ne m'encourageait pas assez. Je comprends maintenant. Elle avait peur que je réussisse.

Luttant contre les larmes, j'avale mon lait et je prends la pomme qu'elle a posée pour moi sur le comptoir de la cuisine. Je lui promets d'écrire. Mon père attend devant la porte et je serre ma mère dans mes bras une dernière fois.

Le jour est à peine levé. Nous parcourons un bon kilomètre avant que papa ne brise le silence.

– Tu as réussi à dormir ?

– Un peu.

D'un sommeil entrecoupé de rêves bizarres et inquiétants.

– Flint a sans doute raison, tu sais. Ces cauchemars ne reposent probablement sur rien.

– J'espère.

– Moi aussi, soupire mon père en me prenant la main. Tu es intelligente, Cia. Tu es forte aussi. Je suis sûr que tu réussiras le Test. Ne te laisse surtout pas impressionner par les autres candidats. Certains participants de ma colonie étaient vicieux. Ils étaient prêts à tout pour être les meilleurs.

– Prêts à tout ?

Passer la nuit à réviser était monnaie courante dans ma classe. Moi-même, je l'avais fait plusieurs fois.

– Le poison était une des méthodes préférées d'une ou deux filles de l'université, précise mon père.

Je m'immobilise.

– Quoi ?

– Pas suffisamment pour tuer quelqu'un, juste assez pour le rendre malade et l'empêcher de participer à une épreuve. Lors de ma dernière année, je ne mangeais que ce que j'apportais moi-même.

– Est-ce qu'ils n'étaient pas punis ?

– Ceux qui faisaient ça étaient trop malins pour se faire prendre, me répond papa avec un sourire triste, mais même si ça n'avait pas été le cas, je ne pense pas qu'ils auraient récolté beaucoup plus qu'une réprimande. Ce n'est pas évident de punir des jeunes gens qui font leur possible pour sortir leur famille de la pauvreté.

Nous gravissons la colline sans échanger un mot. Je réfléchis à ce que mon père vient de me dire. Je peux toujours me rassurer comme je peux au sujet des rêves, mais ça... Pas un élève des Cinq Lacs ne serait prêt à s'en prendre à un autre dans le seul but d'être mieux classé. Dans notre colonie, si personne n'est riche, personne ne meurt non plus de faim. Plus maintenant du moins. Mais de toute façon, quand une famille est en difficulté, la solidarité se met en place. Un monde dans lequel les gens iraient jusqu'à utiliser du poison pour s'en sortir est inconcevable à mes yeux.

Alors que nous approchons de la ville, le ciel se colore peu à peu de rose et d'orangé. Papa me prend par les épaules.

– Tu dois bien manger et bien dormir. Ça t'aidera à rester en forme et à garder une pensée claire.

J'acquiesce. Il m'a donné ce même conseil durant toute ma scolarité.

– Fais attention à qui tu accordes ta confiance, Cia, ajoute-t-il. Si tu t'en tiens à ça, tout se passera bien.

C'est toujours main dans la main que nous entrons dans le parc. Un aérojet noir orné du sceau de la Communauté Unifiée nous attend devant la maison de la magistrate Owens. Tomas, Malachi et des membres de leurs familles attendent à côté. Malachi a fait des efforts vestimentaires : pantalon amidonné, chemise dont le blanc éclatant contraste avec sa peau sombre, veste, chaussures noires cirées. À sa façon de se tenir, il n'est pas difficile de deviner qu'il se retient de pleurer. La tenue de Tomas est plus proche de la mienne : pantalon gris délavé et tee-shirt col V comme s'il se préparait à aller travailler à la ferme de son père et non pas à voyager jusqu'à une grande ville. Alors que sa mère essaie vainement de mettre un peu d'ordre dans sa tignasse, son expression est impénétrable.

Un peu en retrait, la magistrate et l'officiel de Tosu nous font signe. Michal Gallen est vêtu d'une combinaison ajustée qui, comme l'aérojet, porte le logo de la Communauté. Il a ramené ses cheveux en queue-de-cheval, ce qui met en valeur son visage anguleux.

La magistrate Owens entraîne mon père à l'écart. Michal Gallen me sourit et je suis surprise de découvrir de la chaleur dans ses yeux verts.

– Ce voyage ne te rend pas trop nerveuse, Malencia ? me demande-t-il.

Je ne m'attendais pas à ce qu'il ait retenu mon prénom. Je reconnais que j'en suis flattée.

– L'idée de décevoir ma famille et ma colonie en ratant le Test me rend plus nerveuse que le voyage, monsieur Gallen.

Il rit.

– Appelle-moi Michal. Et ne t'en fais pas. Ça te passera.

De quoi parle-t-il ? De ma nervosité ou de mon inquiétude pour la colonie ? Je n'ai pas le temps de le lui demander. Il ouvre le hayon arrière de l'aérojet et me tend la main.

– Donne-moi ton sac, tu n'en auras pas besoin pendant le trajet.

Puis il sort de sa poche un sachet transparent contenant deux bandeaux argentés.

– Le plus large est ton bracelet d'identification, précise-t-il. Il porte le symbole qui t'est assigné. Tu ne dois jamais l'enlever. Le plus fin est pour ton sac, pour éviter qu'il soit confondu avec celui d'un autre candidat.

Avant que j'aie le temps de réagir, il fait claquer le fermoir du bracelet métallique sur mon poignet et fixe l'autre à la lanière de ma besace. Je lève le bras pour regarder de plus près. L'attache est indétectable. Sur le médaillon est gravée une étoile à huit branches avec un éclair à l'intérieur.

– L'étoile est l'emblème de ton groupe.

J'étais perdue dans ma contemplation et la voix de Michal me fait sursauter.

– D'autres ont le même mais tu es la seule à avoir l'éclair.

– Et ces symboles signifient quelque chose ou pas ?

La question m'a échappé. Peut-être que les diplômés choisis pour le Test sont censés connaître la réponse. Mais s'il trouve mon interrogation stupide, Michal n'en montre rien.

– L'étoile à huit branches représente le rajeunissement, le renouveau. Ça veut dire que ton groupe possède des aptitudes dans différents domaines. C'est plutôt bien d'en faire partie.

Son sourire est encourageant. Je me demande dans quel groupe il était quand il a lui-même passé le Test. Sa montre émet un petit *bip* et son sourire s'évanouit. Zandri n'est toujours pas arrivée. Je commence à me demander si elle est juste en retard – la ponctualité n'a jamais été son fort – ou si elle a finalement décidé de ne pas venir. Croit-elle que le gouvernement ne fera pas appliquer la loi ?

Michal m'adresse un signe de tête avant de rejoindre mon père et la magistrate. Il leur désigne sa montre et parle avec animation. Mon père lui demande d'attendre encore un peu. Je me retourne, un énorme poids sur la poitrine. C'est à ce moment que je l'aperçois enfin. Je crie :

– La voilà !

– Dieu merci, murmure une voix derrière moi.

Tout en avançant nonchalamment vers nous, Zandri retient sa jupe que le vent s'amuse à soulever légèrement. Les rayons du soleil font briller ses longs cheveux blonds. Elle sourit. Et ne présente aucune excuse.

Elle a préparé son entrée. Elle veut montrer que si on peut l'obliger à participer au Test, on ne peut pas la contrôler entièrement. Je l'admire malgré moi, mais le regard agacé de Michal m'inquiète pour elle.

Mon père revient à mes côtés. Michal donne son bracelet à Zandri et place son sac avec les nôtres. Son ton n'a plus rien de chaleureux quand il nous ordonne de monter à bord.

Quand mon père me serre contre lui, la vague d'émotions que j'ai essayé de tenir à distance me submerge. Je lui dis que je l'aime d'une voix que les sanglots menacent d'étouffer. J'essaie de ne pas penser à Zeen que je n'ai pas revu. Mon père me murmure qu'il m'aime aussi et me rappelle dans un souffle :

– Cia, ne fais confiance à personne.

Je suis la dernière à monter dans l'aérojet. La porte se ferme derrière moi. Le moteur vrombit. Mon père pose sa main sur la vitre et je pose la mienne de l'autre côté. Nos regards se croisent et une larme échappe à ma détermination.

L'aérojet décolle.

Mon père recule et déjà, le parc et tout ce qui m'était familier s'éloignent. Mon cœur est déchiré : je suis profondément triste et en même temps très excitée. Les mêmes sentiments partagés sont inscrits sur le visage de mes compagnons. La cérémonie de remise de diplômes a fait de nous des adultes sur le papier mais c'est ce départ qui nous fait réellement grandir. Nous sommes seuls.

Le front appuyé contre la vitre, j'emmagasine les souvenirs des champs, des fermes, des collines. Puis un nouveau paysage, inconnu, apparaît.

Je suis déjà montée dans un des aérojets que mon père utilise pour son travail, mais il était loin d'être aussi sophistiqué et rapide. Il ne pouvait accueillir que quatre personnes et encore, il fallait se serrer. Dans celui-ci, on pourrait facilement tenir à douze. Les sièges sont confortables et à l'arrière, il y a même une petite cuisine. Si on se lève, on ne se cogne pas au plafond.

Je ne vois pas nos sacs et j'hésite un moment à demander à Michal où il les a mis, mais la place du conducteur est séparée des nôtres par une vitre. De plus, il a l'air concentré et c'est tant mieux. Si les aérojets sont prévus pour s'élever à quatre mètres, leur système de propulsion exige d'être en permanence en contact avec le sol. Pour peu que le véhicule passe au-dessus d'un trou ou d'une crevasse, le moteur s'arrête. Il est également difficile de les diriger au-dessus des étendues d'eau, c'est pourquoi la plupart sont équipés de bouées leur permettant de flotter.

– C'est la première fois que je monte dans un de ces engins, lance Malachi.

Ses yeux reflètent une certaine inquiétude. Son père est un ouvrier d'irrigation et sa mère coud des couvertures en patchwork. Ce n'est pas étonnant qu'il n'ait jamais eu l'occasion de monter sur quoi que ce soit d'autre que son vélo. Jusqu'à aujourd'hui. Je penche la tête pour essayer de voir le symbole gravé sur son bracelet. Un triangle avec une flèche. Nous ne sommes pas dans le même groupe.

– Je crois qu'aucun d'entre nous n'est jamais monté dans un engin comme celui-ci, commente Tomas. À cette vitesse, on sera à Tosu avant la nuit.

– Tu crois ? Tu penses qu'ils nous laisseront visiter la ville ?

L'angoisse dans le regard de Malachi est remplacée par de la curiosité.

– Sans doute pas avant que nous ayons passé le Test, répond Tomas. J'ai l'impression qu'ils vont nous tenir en laisse.

Il donne une tape sur le dos de Malachi en souriant et ajoute :

– Mais dès qu'on sera à l'université, on fera ce qu'on voudra, non ? À nous la ville et les filles !

Malachi lui rend son sourire.

– C'est sûr.

– Toutes les filles ne tombent pas dans les bras des étudiants, le rembarre Zandri en rejetant sa crinière dorée en arrière.

Malachi se recroqueville dans son siège mais Tomas se contente de rire. Après un moment, les deux garçons se mettent à parler de Tosu et à décrire les photos qu'ils ont vues de la ville où certains immeubles peuvent atteindre dix étages. Zandri cesse de bouder et se joint à eux pour énumérer les œuvres d'art qu'elle aimerait voir.

Je ne suis pas étonnée que Tomas ait réussi à mettre tout le monde à l'aise. Pour ma part, je n'arrive pas à oublier que je suis la plus jeune. En classe, c'était pareil. Je ne levais la main que si j'étais sûre à cent pour cent de ma réponse. Alors, je me contente de les écouter. Grande, blonde et magnifique, Zandri dégage une assurance ombrageuse, mais quand elle parle d'art avec Malachi, elle semble moins sur la défensive. Sa connaissance d'artistes morts depuis longtemps est surprenante. Tomas s'est mis un peu en retrait et se contente de glisser un ou deux commentaires çà et là. Comme moi, il observe, jauge les rires et les silences. Il tourne la tête vers moi et remarque que je le regarde. Mes joues deviennent écarlates et je baisse les yeux. Tomas est habitué à être regardé, admiré même. La plupart des filles de mon école passeraient la journée à le reluquer au lieu de se concentrer sur le tableau. Je n'en ai jamais vraiment eu l'occasion parce qu'il était assis derrière moi, mais je ne suis pas aveugle. Comme les autres, je suis sensible à ses fossettes, et plus d'une fois j'ai eu envie de repousser cette mèche qui lui tombe au milieu du front. Je n'en ai évidemment jamais eu le courage. Ce qui ne me pose pas de problème. Les garçons et les sorties n'ont jamais été sur ma liste de priorités. Et là, ce n'est vraiment pas le moment.

Le trio éclate de rire et bien que j'aie l'impression d'être mise à l'écart, j'essaie d'avoir l'air intéressée par leurs bavardages.

Zandri et Malachi avouent ne pas avoir passé une très bonne nuit et après s'être étirés et avoir copieusement bâillé, ils se mettent en position pour dormir dans leur siège. Ils tombent presque aussitôt dans les bras de Morphée.

– Allons derrière pour ne pas les déranger, me murmure Tomas.

Les battements de mon cœur s'accélèrent un peu alors que je lui emboîte le pas. Nous explorons la cabine et je tombe sur un sachet contenant des fruits secs, du fromage et des biscottes. Puis je pousse la petite porte qui donne sur les toilettes.

Nous nous installons sur les sièges.

– C'est dingue de se dire qu'on a été choisis, lance Tomas en tournant une tranche de pomme séchée entre ses doigts.

Le symbole sur son bracelet est le même que le mien. Nous sommes dans le même groupe. Ma surprise et mon inquiétude doivent être visibles parce qu'il me demande si j'ai un problème. Je lui répète les explications de Michal. Et comme Malachi et Zandri ronflent toujours, je décide d'être complètement honnête. Je soupire :

– Ça va être difficile d'être meilleur que toi.

– Tu rigoles, là ?

Il se redresse et se penche en avant pour me regarder de plus près. Finalement, il éclate de rire.

– Non, tu ne rigoles pas !

Je hausse les épaules.

– Mlle Jorghens te considère comme le meilleur de la classe

– Ça, c'est juste parce que la prof n'était pas là l'an dernier. Elle ne sait pas que c'est toi qui as fabriqué les générateurs éoliens et solaires que l'école utilise.

– Mon père m'a aidée.

Ce n'est pas de la fausse modestie. Je n'aurais jamais réussi sans lui. Je reprends :

– D'après lui, le système d'irrigation que tu as conçu va permettre de revitaliser des zones au-delà des limites de la colonie. C'est génial.

C'est à son tour de hausser les épaules.

– Mon père a tout dessiné. J'ai juste ajouté une ou deux idées ici et là. Je ne dis pas que ce n'était pas important, mais je suis loin d'être le génie que Mlle Jorghens s'est entêtée à voir en moi toute l'année. J'ai l'impression qu'elle croyait que tous les élèves des Cinq Lacs étaient des demeurés. Sans doute parce que ça faisait des années qu'aucun n'avait été choisi pour le Test.

Je suis d'accord avec lui. Il est évident que Mlle Jorghens est arrivée aux Cinq Lacs avec des idées préconçues. Les premiers temps, elle prenait soin de parler lentement en n'utilisant que des mots simples. On aurait dit qu'elle s'adressait à des gamins de quatre ans. Comme premier sujet de rédaction, elle nous a demandé de raconter ce que nous avions fait pendant nos vacances. Après ça, tout a changé et les cours sont devenus plus complexes. Je me demande maintenant si mon père n'avait pas raison hier soir. Peut-être que notre ancienne professeur faisait en sorte que les officiels de Tosu ne nous croient pas assez intelligents pour participer au Test. Mais pourquoi ? Parce qu'elle ne voulait pas séparer les familles ? Ou parce qu'elle pensait que le Test était dangereux ?

– À quoi tu penses ? me demande Tomas.

Je sursaute et je prends un air innocent.

– Quoi ?

Il hausse un sourcil. Il n'est pas dupe. Je me mords la lèvre et je me lance :

– Pourquoi crois-tu qu'aucun élève des Cinq Lacs n'a été sélectionné pour le Test pendant si longtemps ?

Il plisse le nez et prend le temps de réfléchir.

– Peut-être que le gouvernement de la Communauté Unifiée trouvait que notre colonie était trop petite pour la priver de citoyens.

Les Cinq Lacs ont beaucoup grandi ces dix dernières années. À peu près trois cent cinquante nouveaux citoyens sont venus s'y installer. Malgré tout, ça reste peu si l'on considère que les autres colonies comptent jusqu'à dix mille habitants. Tomas me dévisage.

– Tu crois qu'il y a une autre raison ? me demande-t-il.

J'aimerais pouvoir partager avec lui les soupçons de mon père. Ce serait rassurant de savoir qu'une autre paire d'yeux est attentive à un éventuel danger. Mais mon père a été clair : je ne dois faire confiance à personne. Si Tomas et moi étions seuls, je choisirais peut-être d'ignorer l'avertissement mais je suis obligée de penser aux autres. Je me contente donc d'un :

– Je dirais que c'est une possibilité.

– Eh bien, si tu apprends quelque chose à ce sujet, tiens-moi au courant. Ça fera plaisir à mon frère. Il n'a pas encaissé que j'aie été choisi alors qu'il avait échoué.

Je hoche la tête.

– Mon frère Zeen a eu la même réaction.

Tomas me sourit toutes fossettes dehors et pendant l'heure qui suit nous discutons de nos amis, de notre famille, de tout ce qui nous manquera des Cinq Lacs, de nos ambitions et de nos espoirs. J'apprends avec surprise qu'il veut travailler dans la génétique végétale comme mon père. Je pensais qu'il opterait pour un secteur plus prestigieux. Pourtant, après réflexion, c'est assez logique. Tomas est mignon et il a du charisme mais il n'en a jamais abusé. Il est toujours prêt à aider un voisin et il n'attend jamais de remerciements ou de récompense en retour. Je pense que mon père serait fier de l'avoir dans son équipe.

Nous avons terminé le sachet de fruits secs mais nous avons encore faim. Tomas prend un paquet de biscuits et s'apprête à l'ouvrir quand Michal nous prévient :

– On va s'arrêter pour déjeuner dans quelques minutes. Vous devriez réveiller vos amis.

Nous n'y sommes pas obligés. La voix de Michal a suffi à tirer Zandri et Malachi du sommeil. Pendant qu'ils bâillent et s'étirent, je me demande comment Michal a su que Tomas avait pris les biscuits. Le timing était trop parfait pour que ce soit une coïncidence. Pourtant, Tomas, ni surpris ni inquiet, range le paquet dans un placard. Il doit supposer que Michal a tourné la tête et nous a vus par la vitre. Mais moi, je sais que ce n'est pas le cas. Alors ?

Là, dans un coin de la cabine, je repère un minuscule rond de verre. Un objectif de caméra ? Je scrute discrètement le reste de la cabine. Je n'en vois pas d'autres. Je suis presque sûre d'avoir raison.

Nous sommes observés. Par Michal ou d'autres ? Le Test aurait-il déjà commencé ? L'idée d'apparaître sur un écran quelque part me donne la chair de poule. Peu de gens en possèdent un aux Cinq Lacs. Mon père, la magistrate et trois ou quatre autres personnes dans toute la colonie. Ils sont éteints la plupart du temps. On dirait que ce n'est pas le cas partout.

Je me lève pour m'approcher du poste de pilotage. J'ai l'impression que la caméra suit mes moindres mouvements. Est-elle munie d'un micro ? Si je pouvais, je regarderais de plus près mais c'est trop risqué. De toute façon, il vaut mieux partir du principe que si quelqu'un nous regarde, il nous écoute probablement aussi. J'appuie mon front contre la vitre et j'essaie de garder un visage impassible.

L'étendue brune et craquelée que nous avons survolée est maintenant remplacée par un paysage plus vert. La terre est aussi plus foncée, plus riche ; c'est le signe de la revitalisation. Le fruit du travail d'une autre colonie. Au loin, je distingue des édifices. Certains sont très élevés. Plus élevés que ceux des Cinq Lacs. Je me demande de quelle colonie il s'agit et je réalise que j'ai dû poser la question à voix haute quand Michal me répond :

– C'est la colonie d'Ames. Nous allons nous poser en périphérie pour déjeuner. Le comité de Test a prévu de nous livrer à manger à ce point de rendez-vous.

Je m'étonne :

– Nous ne verrons pas la colonie ?

– Un autre jour. Pour le moment, le comité préfère éviter tout contact avec d'éventuelles sources d'information extérieures. Et maintenant assieds-toi si tu ne veux pas tomber pendant l'atterrissage.

J'obéis et je répète aux autres les informations que vient de me délivrer Michal. La caméra et le fait que nos déplacements soient restreints me crispe un peu. L'aérojet ralentit puis descend avant de se poser dans un soubresaut qui projette Malachi par terre.

– Désolé, s'excuse Michal en sortant de la cabine de pilotage pour venir de notre côté. J'ai toujours du mal à me poser et puis, les freins sont neufs et je ne les sens pas très bien.

Il tend la main à Malachi pour l'aider à se redresser et appuie ensuite sur un bouton. La portière s'ouvre dans un soupir. L'air chaud et une odeur d'arbre et d'herbe nous sautent à la figure. Nous suivons Michal jusqu'à une petite cabane, nichée au milieu d'arbustes, de buissons et de plates-bandes fleuries. C'est difficile de croire qu'à seulement quelques mètres, la terre est asséchée et mourante. Celui qui s'est occupé des plantations a bien travaillé.

La cuisine est équipée d'une table et de cinq chaises. Dans le fond, une porte donne probablement sur des toilettes. Le tout ne fait pas plus de quatre ou cinq mètres carrés et embaume le rôti grillé, les légumes et l'ail. Sur le comptoir, une cloche en verre protège une miche de pain et un morceau de fromage. Il fait frais, presque froid et Michal ne veut pas que nous ouvrions les fenêtres pour ne pas dérégler le climatiseur. Les uns après les autres, nous allons nous laver les mains et nous passer de l'eau sur le visage. Je passe la dernière et en attendant mon tour, je fais semblant de me promener dans la petite pièce. La première caméra que je repère est placée dans le lustre au-dessus de la table. La deuxième dans le coin gauche du plafond. S'il y en a d'autres, elles sont trop bien cachées pour moi. De toute façon, ces deux-là suffisent à me gâcher le plaisir du repas. Malgré tout, je m'efforce de manger normalement. Je souris et je ris. Du coin de l'œil, je remarque que Michal m'observe avec curiosité. Il regarde la caméra puis me regarde de nouveau.

Il sait que je sais.

Il semble satisfait. Presque fier de moi.

J'enfourne un gros morceau de pain. Ça m'évite de parler et ça me donne un peu de temps pour réfléchir. Il semble que je vienne de réussir une épreuve.

Il a fait exprès de nous interpeller tout à l'heure dans l'aérojet. Bien sûr, Michal est le plus jeune des Officiels que j'aie jamais rencontrés mais il n'a pas été choisi pour nous escorter par hasard. Il n'aurait pas commis ce genre d'erreur. Maintenant, une question se pose : était-ce une épreuve ordonnée par ses supérieurs ou une aide de sa part ?

Il pose une assiette de biscuits sur la table. On dirait ceux que ma mère avait préparés pour fêter mon diplôme et au lieu de me faire envie, ils me serrent le cœur. Les autres se servent, ravis de cette friandise inattendue ; moi, je repousse ma chaise et demande si je peux aller marcher un peu.

– Je reste dans les environs, promis. Je veux juste me dégourdir un peu les jambes avant de remonter dans l'aérojet.

– Pas de souci, accepte Michal en jetant un coup d'œil à sa montre. Tu as trente minutes devant toi. Quelqu'un veut l'accompagner ?

Personne ne bouge. Je me décide quand même à prendre un cookie et je sors. Le soleil est haut dans le ciel. La chaleur est merveilleusement agréable. Ce qui l'est plus encore, c'est la sensation d'être libre. Sans caméra ni personne pour m'espionner et me juger, je n'ai plus peur de me tromper ou de dire une bêtise. Sachant ce qui m'attend, je m'applique à profiter au mieux de ces derniers moments d'insouciance. Dans les semaines qui viennent, je puiserai le calme et la sérénité nécessaire dans le souvenir de cette journée. Je me dirige vers un bosquet. L'herbe haute m'arrive presque aux hanches. Je grignote mon biscuit quand une voix m'interpelle :

– Cia ! Attends-moi !

Je me retourne, la main en visière sur le front. Je suis déjà à près de cent mètres de la cabane et Tomas court pour me rejoindre. À l'idée de partager mes derniers instants de tranquillité, j'ai envie de lui hurler de s'en aller. Mais s'il retourne près des autres, il sera sous l'œil des caméras, alors je me retiens.

– On va où ? me demande-t-il en haletant.

– Jusqu'aux arbres là-bas.

Nous marchons en silence avant de nous asseoir à l'ombre, sur le sol frais.

– Tu devrais faire attention ou Zandri va être jalouse !

Je le taquine mais une certaine vérité se cache derrière ma plaisanterie. Chaque fois que Zandri rejette sa crinière blonde en arrière, ou qu'elle bat des cils, c'est à l'intention de Tomas. Il ne semble pas y prêter grande attention et je ne suis pas sûre de ce que je ressentirais si je me rendais compte qu'il est intéressé.

– Je ne m'inquiète pas pour elle, rétorque-t-il, mais pour toi.

Sa main effleure mon bras et je ne peux retenir un frisson.

– Pourquoi ?

– Je te connais, Cia, je sais que quelque chose te tracasse.

Je hausse les épaules.

– On vient de quitter nos familles et nos amis. On ne les reverra peut-être plus jamais.

– Je sais comment tu es quand tu te fais du souci pour ta famille, je sais aussi reconnaître quand tu stresses pour un examen. Mais là, c'est différent.

Il pose sa main sur la mienne.

– Je sais que nous ne nous fréquentions pas beaucoup à l'école, mais tu peux me faire confiance, murmure-t-il.

Mais c'est justement de ça que je ne suis pas sûre. J'évite son regard en tournant la tête vers l'aérojet et la cabane. Je connais Tomas depuis toujours. Nous avons travaillé sur des projets ensemble, nous avons partagé des jeux et nous avons même dansé dans les bras l'un de l'autre pendant une heure mémorable lors de la fête des diplômes de l'an dernier. En revanche cette année, nous ne nous sommes presque pas adressé la parole. Par ma faute uniquement. Tomas m'a plus d'une fois proposé de me raccompagner mais j'ai toujours trouvé une raison de refuser. Les moqueries de mes frères après la fameuse soirée, les regards noirs des autres filles, mes doutes sur la signification de ce moment, tout cela m'a fait peur. Aujourd'hui, j'ai le choix entre reculer encore ou faire un pas vers lui. Techniquement, Tomas est mon adversaire au Test et pour cette raison, je ferais mieux de le repousser.

Les autres sortent à leur tour de la cabane. Bientôt, nous serons de nouveau sous l'œil de la caméra. Je sais que c'est ma dernière chance de parler sans risquer d'être entendue. Mon père m'a recommandé de ne faire confiance à personne mais l'air grave de Tomas finit de me convaincre. Si je commets une erreur, j'en supporterai les conséquences.

– Il y a une caméra dans l'aérojet et j'en ai vu deux là où nous avons déjeuné.

– Tu es sûre ?

J'acquiesce.

Une mèche de cheveux lui tombe sur le front.

– Je ne comprends pas. Pourquoi prendraient-ils la peine de nous surveiller ?

Je hoche la tête.

– Parce que le Test a déjà commencé.

CHAPITRE 5

Je me retrouve à tout raconter à Tomas. Les souvenirs effacés de mon père, ses cauchemars, la quasi-certitude que notre ancienne professeur faisait les mêmes cauchemars et a usé de son influence pour empêcher les élèves des Cinq lacs d'être sélectionnés pour le Test. Quand j'ai terminé, je retiens mon souffle. Tomas va sans doute se moquer de moi ou me traiter de folle. À moins qu'il ne tente de me rassurer en me promettant que cet examen n'est pas différent de ceux que nous avons passés pendant notre scolarité.

Mais au lieu de ça, il se mord la lèvre avant de lâcher :

– Je suis content qu'on soit dans le même groupe. On pourra s'entraider.

– Tu crois que les craintes de mon père sont fondées ?

– Je crois qu'il vaut mieux se préparer à tout. Si ton père se trompe, rester sur nos gardes ne peut pas nous faire de mal, s'il a raison…

Ses doigts s'entrecroisent avec les miens et les mots qu'il n'a pas prononcés flottent entre nous un moment.

Un sifflement nous fait sursauter. Michal nous fait signe. Il est temps de partir.

Tomas se redresse en gardant ma main dans la sienne. Il ne la lâche qu'après que nous avons traversé l'herbe haute. Il sort de sa poche un mouchoir en coton blanc dans lequel il a placé deux biscuits. Il en prend un et m'offre l'autre.

– Tiens, partenaire.

Le mot me fait sourire. Partenaire. Nous l'avons été à plusieurs reprises. À chaque fois que nous avons travaillé ensemble, nous avons obtenu les meilleures notes de la classe. J'espère que cette fois ce sera pareil. J'ai juste le temps de lui faire profiter d'un autre avertissement de mon père.

– N'accepte surtout rien à manger d'un autre élève quand on sera là-bas. On ne sait jamais.

Comme je m'y attendais, Zandri ne semble pas très contente de me voir arriver en compagnie de Tomas. Il se pourrait que je n'aie pas seulement gagné un partenaire, mais également un adversaire. Je ne pense pas qu'elle soit capable de m'empoisonner mais la longueur de ses ongles est loin de me rassurer.

Tomas se dirige vers l'arrière de l'aérojet où il s'assoit avec les autres. Alors que je m'apprête à le rejoindre, une main se pose sur mon bras.

– Tout va bien, Malencia ?

Michal semble inquiet. Je n'arrête pas de penser à la caméra qui observe la moindre de mes réactions. J'affiche un sourire étonné.

– Oui, bien sûr, tout va bien. C'était très intéressant de voir de près tout ce travail de revitalisation. Mon père serait impressionné.

Michal jette un coup d'œil vers l'objectif avant de me retourner mon sourire. Je n'ai plus de doute à présent. Même si j'en ignore la raison, il est évident que Michal a décidé de m'aider. Et il a l'air de trouver que je m'en sors très bien.

Il reprend sa place au poste de pilotage et je monte à mon tour. Zandri est très occupée à discuter avec Tomas d'une soirée à laquelle ils étaient tous les deux présents. Elle tripote son bracelet orné d'une fleur et se penche en avant pour mettre en évidence son décolleté. Je ne sais pas si ceux qui nous surveillent sont agacés par son manège mais en tout cas, moi je le suis. À mon avis, son sujet de conversation est loin de rendre compte de son intelligence. Si on ajoute à ça sa réticence à venir et son retard…

Je profite d'un blanc dans leur discussion pour lui poser des questions sur le moulin qu'elle a aidé à concevoir. Les architectes de la colonie font parfois appel à elle pour son sens de la symétrie et de l'harmonie. Je suis sûre qu'elle dessine ses bijoux elle-même.

Elle me jette un regard étonné. Sans doute parce que j'ai moi aussi travaillé sur le projet, mais elle ne résiste pas à l'occasion de parler d'elle. Tomas se montre intéressé et pousse également Malachi à mettre ses compétences en avant. Durant toute l'heure qui suit, nous interrogeons nos camarades afin qu'ils donnent une bonne image d'eux-mêmes à ceux qui nous épient. Nous sommes concurrents mais nous venons de la même colonie. Ça compte à mes yeux.

Peu à peu, je commence à sentir la fatigue. Ça doit se voir car Tomas me souffle :

– Pourquoi est-ce que tu n'essayes pas de dormir un peu ?

Il me fait de la place et ajoute :

– Je te réveillerai s'il se passe quelque chose.

Je suis son conseil et je m'étends sur la banquette. Je ne suis pas sûre de réussir à dormir en pensant que je risque de baver dans mon sommeil et que Tomas pourrait s'en rendre compte. Malgré tout, je ferme les yeux. La dernière chose que j'entends avant de m'assoupir, c'est Tomas qui demande aux autres de parler plus bas.

Je rêve de mon père. Il n'est pas comme ce dernier soir que nous avons passé ensemble. Il est le père que j'ai toujours connu, celui qui m'a patiemment enseigné comment séparer les gènes des plantes à fleurs. Il me tient la main alors que j'essaie d'imiter ses gestes. Souvent on commet des erreurs grossières après avoir fait une importante découverte, m'explique-t-il, mais je ne dois jamais me décourager, car on apprend beaucoup de ses erreurs.

– Cia, réveille-toi.

Mon père me secoue, mais ce n'est pas mon père, c'est Tomas. Je ne suis plus à la maison.

– Réveille-toi, Michal dit que tu ne dois pas rater ça.

Michal a raison. Une incroyable étendue d'eau miroite sous nos yeux. C'est magnifique. Les Cinq lacs qui ont donné leur nom à notre colonie ont été nettoyés mais ils sont loin d'être aussi beaux. J'en ai le souffle coupé.

Des immeubles argentés s'élèvent à l'horizon. Les lumières qui les illuminent sont assez puissantes pour être vues à des lieues à la ronde. Tosu. Nous sommes arrivés.

À l'école, nous avons appris que Tosu a quatre-vingt-dix-neuf ans. Lors de sa fondation, elle était le symbole de la survie de notre espèce. Le lieu n'avait pas été choisi par hasard : durant les quatre premières époques de la guerre, quand les humains essayaient de se détruire les uns les autres, la ville qui se dressait à cet endroit avait toujours été considérée comme une cible négligeable. Bien sûr, lors des trois époques suivantes, celles où la Terre s'était rebellée, elle n'avait pas échappé aux tremblements de terre, aux tornades ou aux inondations. Mais quand les cataclysmes avaient pris fin, des hommes et des femmes, rescapés, avaient commencé à reconstruire.

À mesure que nous approchons, les immeubles me paraissent de plus en plus grands. Ce doit être en même temps excitant et effrayant de regarder le monde du sommet de ces tours. D'ailleurs, même les moins hautes sont impressionnantes, avec leur silhouette cylindrique de métal et de verre. Il est impossible de distinguer celles qui datent d'avant la guerre de celles qui ont été édifiées plus tard. L'aérojet entame sa descente et nous apercevons les gens dans les rues. Des centaines, des milliers. Qui marchent, courent, rient. Des véhicules volants de toutes les tailles partagent l'espace avec des bicyclettes et des vieilles voitures. La plupart des rues sont larges et parfaitement propres. C'est exactement comme ça que j'imaginais notre capitale, notre espoir pour le futur. C'est ainsi qu'un jour seront toutes les colonies. Mais à mesure que nous avançons, je découvre aussi des zones moins reluisantes. Ici, les gens semblent fatigués et mal nourris. Certains donnent l'impression de ne pas s'être lavés depuis des semaines. Je me demande pourquoi. La plus grande partie de notre population se concentre ici, à Tosu. Plus de cent mille personnes vivent dans la capitale et avant aujourd'hui, je n'avais pas pris la mesure de ce chiffre. Tomas glisse sa main dans la mienne. Dans son visage pâle, ses yeux sont écarquillés. Je ne suis pas la seule à me sentir toute petite et perdue.

Michal nous annonce qu'il nous emmène directement au centre de Test. Pas de promenade touristique pour nous. Pourtant, il prend soin de passer devant le Capitole et le département de la Justice, les deux endroits que Malachi souhaitait voir. L'aérojet passe sous une grande arche surmontée d'une enseigne en fer forgé : *Université de la Communauté Unifiée*.

Voilà, nous y sommes. Les bâtiments de brique rouge sont vieux. Il y a une tour avec une horloge, d'autres édifices sont en verre, certains en pierre. Tout respire l'ancienneté et la sagesse. Une immense sculpture représente deux mains jointes – en prière ? En attente ? Zandri le saurait sans doute mais je n'ai pas envie de parler, je veux juste regarder.

Nous passons devant un stade avant de ralentir. L'aérojet se pose au pied d'une bâtisse tout en verre et fer noirs. Les fleurs, les buissons et les arbres plantés autour ne parviennent pas à atténuer sa sévérité. Une plaque de bronze annonce : *Centre de Test*.

Je descends de l'aérojet, un poids au creux de l'estomac. Une main se pose sur mon épaule. Tomas. Son contact m'aide à repousser la panique qui menace de me submerger.

– Tiens !

Michal me tend mon sac.

– Ne le perds pas de vue, me conseille-t-il à voix basse.

Nos regards se croisent. Le sien est grave. Je dois faire attention.

Puis, comme s'il ne m'avait rien dit, Michal lance d'une voix forte :

– Dès que votre arrivée sera enregistrée, vos chambres vous seront assignées. La plupart des candidats sont déjà arrivés. Les autres seront là dans la soirée.

Il ajoute avec un grand sourire :

– Vous êtes prêts ?

Nous acquiesçons. Si nous ne l'étions pas, ça ne changerait rien. Michal compose le code sur le clavier de la porte d'entrée et nous le suivons à l'intérieur. Tomas est le dernier à franchir le seuil. La porte se referme derrière lui dans un claquement de verrous. Nous débouchons dans un couloir mal éclairé, à la peinture écaillée, au sol d'un gris terne. Deux chaises disposées dans un coin laissent imaginer que l'on peut s'asseoir pour discuter mais je doute que qui que ce soit le fasse. Nous arrivons devant une rangée d'ascenseurs. Je n'en ai jamais utilisé mais j'ai étudié leur fonctionnement en cours. Une des portes métalliques s'ouvre et nous nous engouffrons à l'intérieur. En quelques instants, nous arrivons au cinquième étage. Nous sortons et découvrons cette fois un vaste couloir avec des ampoules électriques, des murs peints en bleu et un sol carrelé de blanc. En face, derrière une paroi de verre, des jeunes gens de notre âge sont assis à des tables. Des dizaines et des dizaines d'autres candidats.

Derrière un imposant bureau, une très grosse femme s'éclaircit la gorge. Elle a de longs cheveux blancs et bouclés et des lunettes rondes. Elle nous sourit et se lève pour nous accueillir. D'une voix chaleureuse, elle nous félicite d'avoir été choisis.

– Vous arrivez juste pour l'heure du repas. Vous pouvez passer vous rafraîchir dans vos chambres ou aller directement au réfectoire.

Elle désigne la grande salle derrière la paroi de verre. Je me décide rapidement.

– Je préfère aller manger tout de suite.

Si je vais dans ma chambre, je n'aurai peut-être pas le courage de redescendre. Zandri semble vouloir protester mais Tomas est d'accord avec moi, ce qui clôt le débat. Michal m'adresse un hochement de tête discret.

Quand nous entrons, le silence se fait. Nous sommes observés, jaugés et puis les discussions et les bruits de couverts reprennent. Trois serveurs se tiennent derrière un buffet couvert de nourriture. Plusieurs sortes de pain, des pommes, des oranges, du raisin ; un ragoût de bœuf et de légumes, des carottes et des oignons en saumure, d'épaisses tranches d'un poisson inconnu. Michal me souffle qu'il s'agit de saumon. Sur une autre table sont disposés les desserts.

– Prends une assiette et sers-toi de tout ce qui te fait envie, me recommande Michal en suivant son propre conseil.

Je choisis un petit morceau de saumon, des carottes, une pomme et un pain aux raisins et aux noix. Juste ce que je peux manger. Tous les candidats n'ont pas suivi cette règle. Nombreux sont ceux avec plusieurs assiettes devant eux. Ils goûtent un peu de tout et laissent ce qui ne leur plaît pas. Mon père m'a appris à respecter la nourriture et à la partager avec nos voisins. Ce gâchis me couperait presque l'appétit.

Les tables les plus proches du buffet sont complètes. Nous traversons la salle sous les regards curieux. Après avoir posé mon assiette, je me retourne juste au moment où un garçon aux cheveux en bataille et au regard sournois tend la jambe pour faire un croche-pied à Malachi qui trébuche. Son assiette s'écrase au sol dans un bruit fracassant. Si Tomas ne l'avait pas rattrapé, Malachi se serait étalé le nez dans le ragoût.

Gêné, il marmonne des excuses et commence à nettoyer mais Michal l'en empêche.

– Ce n'était pas ta faute.

Il jette un coup d'œil vers le garçon mal coiffé, occupé à se goinfrer d'une énorme part de gâteau.

– Prends mon assiette, lance-t-il à l'intention de Malachi. Je vais chercher quelqu'un pour nettoyer.

Les yeux baissés, Malachi obéit. Sa honte est presque palpable. Je m'aperçois que j'ai les poings serrés. La rage court dans mes veines. Dans ma famille, nous avons appris à discuter pour résoudre nos différends, mais j'ai quatre grands frères et je sais me battre.

– Cia, ton repas refroidit.

Les mots de Tomas sonnent comme un avertissement. Nous sommes observés. Chacune de mes réactions est jugée. Ce n'est pas le moment de me faire remarquer. Mais le visage de ce candidat est gravé dans ma mémoire.

J'inspire profondément avant de prendre ma fourchette. Tomas donne un coup de coude à Malachi et lui murmure quelque chose à l'oreille. Je ne sais pas ce qu'il lui dit mais il obtient l'effet escompté : Malachi se reprend et commence à manger. Michal revient avec une nouvelle assiette et nous nous mettons à discuter de tout et de rien. Des bribes de conversations me parviennent des tables voisines. Les autres se demandent d'où on vient. Certains ont d'ailleurs deviné mais la mention des Cinq Lacs ne récolte que des rires étouffés. Ils nous considèrent manifestement comme des imbéciles dont il est inutile d'avoir peur. Mon angoisse ne cesse de croître.

Je parviens quand même à manger tout mon repas sauf ma pomme. Le saumon était probablement très bon, mais je n'étais pas dans le meilleur état d'esprit pour apprécier de nouvelles saveurs. Un nouveau groupe entre dans le réfectoire. Ils sont six et s'installent juste derrière nous. Ils se hâtent de manger alors que des femmes en combinaison commencent à débarrasser. Une voix retentit dans la salle.

– Bienvenue à Tosu et félicitation à tous !

Il me faut quelques secondes pour repérer les haut-parleurs. De l'autre côté de la vitre, la femme qui nous a accueillis parle dans un micro.

– Vous êtes aujourd'hui cent huit mais vingt d'entre vous au maximum entreront à l'université.

Moins d'une chance sur cinq. Une rumeur s'élève dans le réfectoire. Certains semblent confiants, voire trop confiants, d'autres s'étonnent avec inquiétude du chiffre qui vient d'être annoncé.

– Puisque tout le monde est enfin arrivé, reprend la femme, le Test commencera demain matin. Dans dix minutes, vous rejoindrez vos chambres que vous partagerez avec un autre candidat. Si l'on ne vous en a pas encore désigné une, demandez à l'officiel chargé de vous escorter. Je vous conseille de vous reposer car vous aurez besoin de toute votre concentration dans les jours et les semaines à venir.

En me donnant la feuille sur laquelle est noté le numéro de ma chambre, Michal me fixe quelques secondes. C'est sa façon de me souhaiter bonne chance.

À l'extérieur du réfectoire, les garçons sont dirigés vers la droite, les filles vers la gauche. Zandri et moi regardons Malachi et Tomas partir de leur côté avant de nous éloigner. J'ai la chambre 34, Zandri la 28. Prise d'une impulsion, je la serre dans mes bras. Aucune de nous deux ne sait de quoi demain sera fait. J'espère de tout mon cœur qu'elle va réussir. Elle me surprend en me rendant mon étreinte.

Quand elle s'écarte, elle me sourit :

– On va leur montrer de quoi on est capables !

– C'est sûr !

Une fois seule, je remonte le couloir. Devant la porte 34, je retiens ma respiration et je pose la main sur la poignée. Puis je me décide à ouvrir.

– Bonjour, m'accueille une voix claire.

La chambre est grande et lumineuse. Elle contient deux lits, deux bureaux et deux chaises. Une fille très jolie, svelte et aux longs cheveux blonds se tient près de la fenêtre. Elle me sourit.

– Je suis Ryme de la colonie Dixon, se présente-t-elle.

– Bonjour, je suis Cia, des Cinq Lacs.

Elle hausse les sourcils.

– Des Cinq lacs ! s'exclame-t-elle. Tout le monde ne parlait que de vous pendant le dîner. Il paraît que c'est la première fois depuis des années que des candidats de cette colonie sont sélectionnés pour le Test. Certains affirmaient que c'est parce qu'elle était sur le point de fermer.

– Non, Cinq Lacs est toujours debout. C'est juste que nous sommes tout petits.

– Dixon n'est pas grand non plus !

Ryme s'assoit sur un des lits et ramène ses jambes sous elle.

– Nous ne sommes que quinze mille, poursuit-elle, c'était d'autant plus excitant que huit d'entre nous soient choisis cette année.

Son ton est gai et sincère. Je lui retourne son sourire. Je pose mon sac et m'assois face à elle sur l'autre lit.

– Quinze mille colons, ça me paraît énorme. Aux Cinq Lacs, nous sommes un peu moins d'un millier.

– Et combien de diplômés vont passer le Test ?

– Quatre. La moitié de notre classe.

Elle me pose des questions sur ma colonie, sa situation géographique, le genre de plantes que l'on y fait pousser et les animaux qui fréquentent la zone. D'après ses indications, je situe Dixon à environ cinq cents kilomètres au sud-ouest de chez moi. Apparemment, bien qu'elle soit plus grande, la colonie de Ryme dispose de moins de ressources que les Cinq Lacs. Peut-être est-il plus difficile de nourrir tout le monde quand la population est plus importante. Sans compter que la majorité des citoyens travaillent à la fabrication de piles et de matériel électrique au lieu de cultiver la terre. Ryme vient d'une famille d'agriculteurs et ne connaît donc pas la faim mais elle m'explique que ce n'est pas le cas de ceux qui vivent dans le centre-ville. Ses parents comptent utiliser l'argent que le gouvernement verse aux familles des élèves sélectionnés pour créer des équipements de stockage alimentaire dont pourront bénéficier tous leurs voisins. Elle est fière de participer à cette action. Même si j'avais prévu de garder mes distances avec les autres candidats, je me rends compte que je l'apprécie déjà.

Nous discutons pendant plus d'une heure. Son bracelet est gravé d'un triangle avec un A majuscule à l'intérieur. Elle n'est pas dans mon groupe. Elle propose de m'aider à ranger mes affaires mais je refuse.

– Je n'ai pas l'intention de défaire mon sac. On ne sait pas combien de temps le Test durera pour chacun d'entre nous, n'est-ce pas ?

Elle acquiesce, pensive.

Dans son placard, elle a déjà accroché deux robes. Ma mère aimerait les vêtements qu'elle a choisis. Parfaits pour faire bonne impression. Nous passons à la salle de bains et enfilons nos pyjamas avant de nous coucher. Ryme me demande si nous pouvons garder les lumières allumées encore un moment. Assise en tailleur sur son lit, elle feuillette un album photo. Je sens qu'elle est sur le point de pleurer et j'aimerais la consoler. Ma famille me manque à moi aussi. À cette heure-là, ma mère, assise devant la cheminée, me pose des questions sur ma journée. Mon père, penché sur une table, un peu à l'écart, réfléchit à de nouveaux projets. Mes frères et moi, le plus souvent, jouons aux cartes. Je me glisse sous les couvertures et je ferme les yeux.

Soudain, elle me lance :

– Si tu as faim, j'ai apporté des biscuits au maïs de chez moi. Je les ai faits moi-même.

Je m'endors avec mon sac serré contre la poitrine.

Je suis réveillée par les haut-parleurs qui annoncent que nous avons une heure pour nous habiller et déjeuner avant la première épreuve. Mon sommeil a été troublé par des rêves que j'ai déjà oubliés. J'enfile un pantalon foncé, une tunique crème et mes bottines avant de fourrer mon pyjama et mes vêtements de la veille dans mon sac. Ryme m'observe en fronçant les sourcils mais ne fait aucun commentaire. Elle porte une robe à fleurs jaunes et des sandales vernies. Elle s'est même légèrement maquillée. J'entends son estomac gargouiller mais je remarque qu'elle se garde bien de manger les gâteaux qu'elle m'a proposés la veille. S'il en reste toujours neuf ce soir, je saurai que je ne peux pas lui faire confiance.

Je vérifie mon sac une dernière fois et nous sortons toutes les deux dans le couloir. Elle ignore les invitations lancées de plusieurs tables. J'ignore pourquoi elle reste avec moi mais je suppose qu'elle est curieuse de rencontrer d'autres habitants des Cinq Lacs. D'après ce que j'ai entendu hier soir, il semble que les autres colonies ont le moyen de communiquer entre elles. Celle des Cinq Lacs, isolée, est un vrai mystère à leurs yeux.

Je me sers de framboises, de tranches de melon, de roulés à la cannelle et de deux tranches de bacon. Ryme me taquine et affirme que le stress me coupe l'appétit. Elle empile une dizaine de pancakes, puis prends des gaufres, des œufs, des saucisses et des frites. Nous ajoutons chacune un verre de lait sur notre plateau. Je cherche des yeux mes camarades. Ils se sont assis à la table que nous occupions hier et ils ne sont pas seuls. On dirait qu'eux aussi ont gagné des passagers.

Malachi et Zandri nous présentent Boyd et Nicolette avec qui ils partagent leur chambre. Ils ont tous les deux les yeux bruns et la peau mate. Je ne suis pas étonnée d'apprendre qu'ils viennent de la même colonie, Pine Bluff. Boyd est dans le même groupe que Zandri, mais je n'arrive pas déterminer celui de Nicolette à cause de la manche de sa robe qui recouvre partiellement son bracelet. Il me semble néanmoins distinguer la forme d'un cœur. Comme moi, Tomas a gardé son sac avec lui. Un bon tiers des candidats a fait de même. Je picore mes fruits en essayant de ne pas penser à ce qui nous attend. Si je ne suis pas prête maintenant, je ne le serai jamais. Pour me distraire, j'écoute les autres discuter. Nicolette et Boyd sont cousins. Leurs deux familles gèrent une rizière et ont récemment eu des difficultés avec leur système de distribution d'eau. Je n'ai jamais goûté de riz de ma vie et je ne connais rien à sa culture. En revanche, je suis très intéressée par les systèmes d'irrigation et je finis par me mêler à la conversation.

Notre échange est passionnant. Je sursaute quand les haut-parleurs annoncent que les candidats doivent rejoindre les ascenseurs.

Mon petit déjeuner tourbillonne dans mon estomac. Tomas me prend la main et la serre dans la sienne. Est-il aussi nerveux que moi ? Je n'en sais rien mais la chaleur de sa peau me calme un peu.

Presque toutes les autres filles portent des robes. Sans Tomas à mes côtés, je me sentirais horriblement seule avec mon vieux pantalon et mes grosses chaussures. Il est habillé à peu près comme moi et je sais qu'au moins, quel que soit le genre d'examen qui nous attend, nous serons à notre aise dans les heures qui viennent.

Des officiels, vêtus de combinaisons violet et rouge foncé, nous guident jusqu'au troisième étage. Tomas me tient toujours la main et quelques autres candidats nous jettent des regards entendus. Lorsque j'essaie de le lâcher, il me serre plus fort. Je ne sais pas pourquoi il prend soin de moi mais j'en suis heureuse. Il m'a appelée son partenaire. Son contact ne me laisse pas indifférente.

Au troisième étage, d'autres Officiels nous accueillent et nous emmènent dans un amphithéâtre où des tables et des chaises sont alignées face à une estrade éclairée. Un homme barbu nous y attend, un micro à la main.

Tomas et moi prenons place dans le fond. Il ne m'a pas lâchée. Je cherche Zandri et Malachi des yeux, en vain. Des officiels se postent de chaque côté de la salle. L'homme prend la parole.

– Bienvenue à Tosu. Je suis le docteur Jedidiah Barnes. Mes collègues et moi-même sommes très honorés de vous recevoir. Si vous êtes ici, c'est que vous êtes les meilleurs et les plus brillants élèves de vos colonies respectives. L'avenir de la Communauté Unifiée repose sur vos épaules. Vous êtes notre future élite et c'est la raison pour laquelle vous devez être testés.

Quelques candidats s'agitent sur leur siège. Nervosité ? Excitation ? Je ressens pour ma part une combinaison des deux.

– Le Test est composé de quatre parties, reprend l'homme. Les deux prochains jours sont consacrés aux examens écrits et nous permettront d'évaluer vos connaissances en histoire, en sciences, en mathématiques et en littérature. Vous devrez également faire preuve de logique et résoudre des situations hypothétiques. À partir de ces résultats, nous ferons une première sélection.

La tension dans la salle monte d'un cran.

– La deuxième partie consiste en des travaux pratiques au cours desquels vous devrez appliquer vos connaissances. Les meilleurs pourront alors passer à l'étape trois. Cette fois, vous devrez montrer votre capacité à travailler en équipe, et enfin, l'épreuve finale mesurera vos talents de meneur et votre rapidité de décision. Ceux qui auront obtenu les meilleures notes à ces quatre examens seront évalués psychologiquement et sur la base de tous ces renseignements, nous choisirons les futurs étudiants. Ces derniers nous aideront à restaurer la planète et à rendre à notre Terre sa gloire passée. L'objectif est ambitieux, mais j'ai entendu le plus grand bien de vous tous, en particulier d'une certaine colonie que nous n'avions pas eu le plaisir de recevoir depuis de trop nombreuses années.

Quelques étudiants se tournent brièvement vers Tomas et moi. D'après ma camarade de chambre, nous excitions la curiosité car tout le monde supposait que les Cinq Lacs n'existait plus. Si d'autres colonies s'étaient faites aussi rares ces dernières années, elle les aurait mentionnées. En nous distinguant ainsi des autres, le docteur Barnes vient de nous peindre une cible dans le dos. Veut-il encourager nos concurrents à nous piéger ou seulement à nous isoler ?

Une femme mince en combinaison orange l'a rejoint sur l'estrade. Elle se présente comme le professeur Vérona Holt.

– Je vais à présent vous amener à vos salles d'examen, annonce-t-elle. Quand le symbole de votre groupe apparaîtra sur l'écran derrière moi, vous êtes priés de rejoindre les ascenseurs. Je vous souhaite bonne chance et j'ai hâte de travailler avec vous dans les semaines à venir.

Un écran se déroule contre le mur et un cœur noir apparaît dessus. Dans un crissement de chaises, des étudiants se lèvent. Je repère Nicolette qui, avec une vingtaine d'autres, se dirige vers le couloir. Plusieurs minutes s'écoulent. Pendant que certains murmurent entre eux, je retiens ma respiration.

Un triangle. C'est au tour de Ryme et Malachi. Ce dernier a les lèvres pincées. Je lui adresse un signe d'encouragement mais il ne me voit pas.

De nouveaux murmures s'élèvent. Mon cœur bat au rythme des secondes qui passent. L'écran clignote. Un symbole apparaît.

Le mien.

Tomas prend une courte inspiration et je me rappelle que nous sommes dans le même groupe. Je suis sûre que ses résultats nous feront tous passer pour des idiots, mais je suis contente qu'il soit là.

Notre groupe est beaucoup plus petit que les autres. Nous ne sommes que dix. Est-ce un bon ou un mauvais signe ? Les officiels qui nous accompagnent ne me laissent pas l'opportunité de m'en inquiéter plus longtemps. La femme blonde nous demande de la suivre, l'homme ferme la marche.

Nous entrons dans une salle blanche aux pupitres noirs. Comme dans les cauchemars de mon père.

CHAPITRE 6

J'essaie de respirer calmement et je me force à avancer. Si les cauchemars de mon père ont la moindre réalité, que va-t-il m'arriver ?

Mais je me reprends. L'angoisse ne m'aidera pas à réussir l'examen. Je dois me concentrer et me détendre. Du coin de l'œil, je vois Tomas qui m'observe avec inquiétude. Je lui souris pour le rassurer. Je vais bien. Tout va bien.

Mon groupe ne comprend qu'une autre fille. Elle a de longs cheveux noirs et sa robe blanche tranche sur sa peau foncée. Elle se tient très droite et regarde devant elle. Les garçons sont tout aussi tendus. Ils sont plutôt frêles, à part un rouquin dont les muscles révèlent une vie en plein air. Alors que je me demande de quelle colonie il vient, un homme chargé d'une pile de dossiers entre dans la salle.

Le papier est une denrée précieuse car beaucoup d'arbres ont été détruits durant les Sept Époques de la guerre. À l'école, nous utilisions le moindre espace blanc de nos feuilles. Le papier usagé est systématiquement envoyé à l'usine de recyclage.

L'officiel se déplace silencieusement entre les tables et y dépose les sujets sans jamais regarder les candidats dans les yeux. Le mot « Histoire » est inscrit sur la couverture noire de la chemise. Dans le coin à gauche, le même symbole que sur mon bracelet : l'étoile à huit branches et l'éclair. J'ai hâte de découvrir ce qu'on nous a concocté, mais j'attends sagement.

L'officiel a terminé la distribution. Sur l'estrade, sans prendre la peine de se présenter, il énonce les règles :

– Vous devez compléter ce questionnaire du mieux que vous pouvez. Si vous avez besoin d'un verre d'eau, levez la main et il vous sera apporté. Si vous avez besoin d'aller aux toilettes, levez la main et un officiel vous escortera. Vous avez quatre heures.

Il appuie sur un bouton et une horloge descend du plafond. Elle décompte le temps qui nous est imparti en chiffres digitaux.

Les doigts tremblants, j'ouvre le dossier à la première page.

Question : Expliquez la Première Époque de la guerre.

Réponse : Après l'assassinat du Premier ministre Chae et l'effondrement de l'Alliance Asiatique, les représentants des autres nations se sont livrés à une lutte de pouvoir acharnée. Une guerre civile en a découlé et les États coréens ont été la cible de bombardements qui ont détruit une majeure partie de la population et provoqué l'explosion de deux réacteurs nucléaires.

Question : Nommez les deux premières grandes villes nord-américaines détruites par la coalition du Moyen-Orient.

Réponse : Washington DC et Boston.

Question : Quel groupe a été le premier à déclarer la guerre à l'Alliance Nord-Américaine ?

Réponse : La coalition sud-américaine.

J'écris sans m'arrêter. En espérant ne pas me tromper. En espérant que les détails que je mentionne sont ceux qu'attend le comité de Test. J'inventorie les guerres, les villes détruites, les tremblements de terre, les inondations, les ouragans radioactifs. Tous les événements qui ont réduit la population mondiale à une infime fraction de ce qu'elle était auparavant. Comme à chaque fois que j'y pense, je suis ébahie et émerveillée que des gens aient survécu après ces cataclysmes. Et plus encore que certains d'entre eux aient eu la conviction qu'ils pouvaient redonner vie à la planète. Je cite le nom de cet ingénieur des Cinq Lacs qui a créé une herbe génétiquement modifiée capable de pousser sur notre terre polluée et mourante. Je parle de tous ceux qui se sont battus pour échapper au chaos et à l'anéantissement.

Je jette un coup d'œil à l'horloge. Trois heures se sont écoulées. Je tourne doucement la tête pour me détendre le cou. J'agite mes doigts raides d'être restés crispés sur le crayon. J'hésite à demander un verre d'eau mais je ne le fais pas. Je ne veux surtout pas perdre de précieuses minutes en allant aux toilettes. Pas tant que je n'ai pas répondu à toutes les questions.

Noms. Dates. Nouveaux aliments. Technologies perdues. Échecs, morts. Tout ce qui m'a finalement permis d'être assise sur cette chaise. Je fatigue, ma vision se brouille, mais je me force à rester concentrée pour répondre à un maximum de questions. J'arrive à la dernière page quand une sonnerie sourde retentit.

– L'épreuve est terminée, refermez les dossiers et posez vos crayons. Des officiels vont vous escorter aux étages supérieurs.

Mes membres sont engourdis. Je plie et déplie les genoux une dizaine de fois avant de me lever. Quand nous arrivons au réfectoire, je me sens déjà un peu mieux mais l'idée de me rasseoir pour manger ne me fait pas du tout envie. Malgré tout, je sais que mon cerveau a besoin de carburant. Je remplis donc mon assiette d'une tranche de rôti de bœuf, d'une cuillerée de légumes verts et d'une demi-tomate grillée avant de rejoindre les autres à la table que nous occupions hier soir et ce matin.

La tension qui règne dans la salle est palpable. Tout le monde discute de l'examen, se repasse les questions et doute de ses réponses. C'est bien le président Dalton qui a ordonné les premiers bombardements sur Londres ? C'est le premier tremblement de terre de l'Époque Cinq de la guerre qui a provoqué la grande inondation de l'État de Californie ou le deuxième ? Une fille se met soudain à pleurer. Deux autres se tapent dans les mains en signe de triomphe. J'essaie d'ignorer ces manifestations d'émotions et je fais mon possible pour détourner la conversation.

Zandri saute sur l'occasion. Elle nous parle des croquis qu'elle a faits de notre bref aperçu de Tosu la veille. Bientôt, nous nous mettons tous à énumérer ce que nous avons découvert depuis notre départ. Tous sauf Tomas. Il sourit et fait semblant d'écouter mais ses yeux sont fixés sur le gâteau au citron qui trône au milieu de son plateau. Le stress l'aurait-il fait échouer ? J'essaie de croiser son regard, en vain.

Nous sommes autorisés à retourner dans nos chambres pour nous rafraîchir. Je recompte les gâteaux au maïs de Ryme. Il y en a toujours neuf.

C'est à présent l'heure du deuxième examen. Des crayons bien taillés nous attendent sur nos tables. Les sujets sont distribués. Mathématiques. Un officiel nous récite le même discours que le matin. L'horloge réapparaît et nous commençons. Je travaille accompagnée par les crissements des mines sur les feuilles et les bruits de gommages frénétiques.

Si je termine une section trop rapidement, je revérifie trois fois mes calculs. Si, au contraire, un problème me prend trop de temps, j'ai l'impression que les secondes défilent de plus en plus vite. Je n'ose pas lever les yeux de peur de voir un autre candidat les bras croisés devant lui parce qu'il a terminé. Quand la sonnerie vrombit, il me reste encore trois pages. Je suis désespérée. J'ai échoué.

J'ai du mal à résister à l'envie de mendier quelques minutes supplémentaires. Mme Jorghens me les aurait accordées. Elle aimait que nous fassions preuve de persévérance et de détermination. Mais ici, seul le résultat compte.

Nous avons droit à trente minutes dans nos chambres avant l'heure du dîner. Je n'ai qu'une envie : m'enfouir sous les couvertures et ne plus jamais voir personne. Mais Ryme est là. Et alors que je suis une épave, elle est aussi fraîche que ce matin.

– Comment ça s'est passé pour toi ? me demande-t-elle. J'ai trouvé la partie sur l'histoire un peu simpliste, pas toi ?

Je repense à la dernière page que je n'ai pas eu le temps de remplir et je hausse les épaules.

– J'espère avoir réussi à dire l'essentiel.

– Les exercices de maths étaient un peu longs, mais franchement celui qui ne connaît pas les différenciations n'a rien à faire là !

Cette partie se trouvait au milieu. Au moins, je l'ai faite. C'est déjà ça.

Ryme me tend l'assiette de gâteaux au maïs, mais je refuse. Elle repose son offrande sur son bureau.

– Je pensais que ce serait plus difficile. Comment comptent-ils réellement se débarrasser des incapables ?

Son sourire de pitié me donne envie de vomir. Il est évident qu'elle pense que je fais partie des « incapables ».

Je suis finalement soulagée quand les haut-parleurs nous annoncent que le dîner est servi. Je fais à peine attention à ce que je mets dans mon assiette. Tomas est seul à la table. Je m'assois à côté de lui.

– Comment ça s'est passé ? me demande-t-il.

Dans le cliquetis des couverts, tout le monde parle assez fort. Il y a ceux qui se vantent d'avoir survolé l'examen et ceux qui se lamentent d'avoir raté. Personne ne fait attention à nous, je peux me permettre une réponse honnête.

– Je n'ai pas eu le temps de terminer.

Il me sourit et se passe la main dans les cheveux avec un soupir de soulagement.

– Je pensais être le seul, m'avoue-t-il. Je ne sais pas comment ils imaginent qu'on peut répondre à autant de questions en aussi peu de temps. Après les maths, j'ai cru que mon cerveau allait fondre.

Je ris et je sens la tension quitter mon corps. Si un élève aussi brillant que Tomas n'a pas eu assez de temps, je doute que beaucoup aient répondu à toutes les questions.

Malachi, Zandri et leurs camarades de chambre nous rejoignent. Leurs yeux reflètent l'inquiétude et la fatigue. J'hésite une demi-seconde et je repense au soulagement de Tomas et au mien. C'est ce qui me décide.

– Je ne sais pas pour vous, mais je n'ai terminé aucune des deux épreuves.

Ils me dévisagent, les sourcils en arc de cercle. Nicolette est la première à admettre :

– Moi non plus.

– Moi non plus, intervient Malachi avant de se tourner vers Boyd. Et toi ?

Son camarade de chambre secoue la tête.

– Il me restait cinq pages pour les maths, reconnaît-il.

– Moi cinq et demie, lance Zandri.

Deux candidats à la table derrière nous se retournent. Ils sont jumeaux, minces, blonds, la peau clair et deux paires d'yeux verts identiques. Seule la longueur de leurs cheveux permet de les différencier. Celui à la queue-de-cheval plisse le nez.

– Vous n'avez pas terminé l'examen ?

Je me mords l'intérieur de la joue. J'espérais que personne ne nous entendrait. Je prends mon courage à deux mains et je lève le menton.

– Il y avait trop de questions. J'ai presque réussi en histoire mais j'ai perdu beaucoup de temps à revérifier mes réponses en maths.

Les jumeaux se regardent. Sans un mot, ils prennent leur assiette et viennent s'asseoir à notre table. Celui qui avait déjà pris la parole sourit.

– C'est vraiment trop cool d'entendre enfin quelqu'un qui ose le dire à haute voix. Ça fait du bien !

Il me tend la main.

– Moi, c'est Will, mon frère, c'est Gill. On est de la colonie de Madison.

Madison est à seulement quelques heures des Cinq lacs. Mon père y est déjà allé plusieurs fois ces trois dernières années. Je sais que leurs récoltes meurent à cause d'une pollution spécifique dans la terre. À la manière dont les jumeaux ont empilé la nourriture et vu leur maigreur maladive, je devine qu'ils n'ont pas toujours mangé à leur faim. Ils sont drôles quand ils racontent en riant qu'on aurait dû les autoriser à passer le Test ensemble. Chez eux, tout le monde affirme qu'ils ont un seul cerveau pour deux. Gill est excellent en maths et en sciences, Will est le meilleur en littérature, histoire et langues étrangères.

Pendant que nous comparons nos réponses aux examens, Will et Gill ne cessent de manger. Puis ils nous décrivent leur colonie et nous parlent de leur famille. Leur père travaille à l'usine à papier et leur mère dans une ferme laitière. Comme celle de nombreux habitants de leur colonie, leur vie n'est pas facile, mais ils sont optimistes et pleins d'entrain. Ils nous régalent d'anecdotes, comme la première fois où ils ont essayé de traire une vache, ou les difficultés de leur propre famille à les différencier jusqu'à ce que Gill décide de se couper les cheveux. Nous partageons à notre tour des histoires de notre enfance et, à chaque nouvel éclat de rire, de plus en plus de visages envieux se tournent vers nous.

Mais c'est si bon. Nous nous sentons mieux, moins fatigués. À la fin du dîner, la plupart des candidats disparaissent dans leur chambre mais nous demandons à rester un peu plus longtemps au réfectoire. Aucun d'entre nous n'a envie d'abréger trop vite le réconfort d'un moment entre amis.

Tomas et moi chantons ensemble une chanson que nous avons apprise à l'école. Les paroles parlent d'espoir et de renouveau. Nos voix se mêlent et emplissent la grande salle. Les officiels chargés de nettoyer s'arrêtent pour nous écouter. Nous regagnons nos chambres d'un pas plus léger.

Je parviens à rester de bonne humeur même quand Ryme exprime son soulagement de voir une partie des candidats réexpédiés chez eux le lendemain.

Je passe une nuit calme et sans rêve.

Au petit déjeuner, nous avons tous l'air reposés mais tendus. Prêts pour un nouveau round. Ce matin, c'est sciences.

Tables périodiques, formules chimiques. Les premières questions sont faciles comparées à celles qui exigent des explications scientifiques sur le processus de mutation des insectes et des autres animaux modifiés qui peuplent maintenant la planète. En revanche, mon expérience personnelle m'est d'une grande aide pour la partie sur les plantes. Je n'ai pas vraiment la main verte mais je comprends parfaitement les concepts qui permettent de créer des hybrides et les facteurs concourant à leur succès.

Malgré tout, le temps s'écoule trop vite. Je laisse deux pages vierges de réponse. Après le déjeuner, nous attaquons « littérature et langues ». Mes yeux sont douloureux, mon corps perclus de courbatures, mais cette fois, je termine entièrement le test, dix minutes avant la fin.

Au lieu d'en éprouver du soulagement, je suis submergée par un sentiment de panique. J'ai forcément répondu trop vite, je me suis trompée ou bien je n'ai pas suffisamment développé. Je suis prête à rouvrir le fascicule pour tout revoir depuis le début mais je me rappelle ce que mes parents me disaient quand ils m'aidaient à préparer une interrogation. « Prends ton temps et fais-toi confiance. Tu connais ton cours, ce qui te vient à l'esprit est la bonne réponse. »

Je repose mon crayon et je croise les bras sur mon pupitre. À côté de moi, Tomas fait la même chose. Il me sourit. J'adore ses fossettes.

Encore cinq minutes. Quatre, trois, deux... les crayons s'agitent, des visages se lèvent vers l'horloge. La sonnerie retentit.

La première partie du Test est officiellement terminée.

On nous escorte jusqu'aux ascenseurs. Quelques élèves se tapent dans les mains. Je suis fatiguée et soulagée. J'ai fait de mon mieux. Avant de sortir de la cabine, Tomas serre brièvement ma main dans la sienne. Puis il s'éloigne avec les autres garçons.

Je suis déçue de voir que Ryme est cette fois encore arrivée à la chambre avant moi. Elle est assise à son bureau, penchée sur un objet qu'elle a probablement apporté de chez elle. Il y a toujours neuf biscuits dans l'assiette. Elle se tourne vers moi, un sourire éclatant mais un peu crispé aux lèvres.

– Alors, comment ça s'est passé ? me lance-t-elle.

Après avoir posé mon sac sur mon lit, je décide de répondre honnêtement.

– Je n'ai pas réussi à terminer les sciences.

Ryme plisse les yeux. Elle se mord la lèvre et m'observe sans rien dire pendant une bonne minute. Elle essaie probablement de deviner si je lui ai dit la vérité. Elle doit supposer une manœuvre de ma part pour lui faire avouer ses éventuels échecs. C'est très certainement ce qu'elle ferait à ma place.

Elle finit par hausser les sourcils, ce qui lui donne un air sournois.

– Je suppose que les écoles des Cinq Lacs ne sont pas aussi performantes que celles de Dixon. Dommage pour toi. On dirait que l'une d'entre nous ne sera plus là demain.

Je serre le poing si fort que mes ongles me blessent la paume. La colère m'envahit et je ne peux pas m'empêcher de la rembarrer sèchement :

– Nos professeurs étaient excellents ! Tomas et moi avons fini la littérature et les langues dix minutes avant l'heure ! Et toi ?

Son expression me révèle que ce n'est pas son cas et je la toise sans pitié.

– Tu as sans doute raison, l'une d'entre nous ne sera plus là demain ! Dommage ! Et n'oublie pas tes biscuits en partant !

Mon ton est méprisant comme quand mes frères se liguent contre moi et que mon seul moyen de défense est d'essayer de les rabaisser. Mais soudain, ma colère est remplacée par la honte. J'attends que Ryme m'envoie balader mais rien ne vient. Elle a la tête baissée.

– Je suis désolée, je murmure.

Quand elle se redresse, elle sourit.

– De quoi ? Tu essayais juste de te rassurer après avoir reconnu que tu ne t'étais pas très bien débrouillée ce matin. C'est toujours ce que faisaient les élèves les moins bons à mon école. Je suis habituée.

Argh. Cette fille cherche les gifles. Pour m'empêcher de faire un geste que je regretterais, je me laisse tomber sur mon lit et je ferme les yeux jusqu'à l'annonce du dîner. À peine les haut-parleurs commencent-ils à grésiller que je sors en trombe de la chambre.

Au réfectoire, l'ambiance est festive. Tout le monde est fatigué mais manifestement heureux d'avoir terminé la première étape. Le menu n'est sans doute pas étranger à cette gaieté. Pizza. Chaude et moelleuse, c'est la meilleure que j'aie jamais mangée. J'en dévore six parts. Mon estomac est sur le point d'exploser. Les jumeaux nous racontent des blagues et nous sommes tous écroulés de rire quand le haut-parleur crépite.

– Malencia Vale est demandée dans le hall. Merci.

Le réfectoire devient immédiatement silencieux. Mon cœur bat à tout rompre dans ma poitrine. Les officiels ont-ils déjà décidé que j'avais échoué ? Je suis immédiatement le centre de l'attention générale. Je dois avoir l'air terrifié car Tomas me prend la main et murmure :

– Tu vas voir, ils vont te demander de devenir prof d'université au lieu d'étudiante. Ne te fais pas avoir et demande un gros salaire.

J'esquisse un sourire forcé et je me lève. Alors que je traverse la salle avec raideur, tous les yeux sont fixés sur moi.

Dans le couloir, mon sac serré contre ma poitrine, je me demande avec appréhension ce qui m'attend.

– Malencia Vale ?

La voix m'est familière. Je me retourne pour découvrir le docteur Jedidiah Barnes. Il est accompagné de deux officiels vêtus de violet. Je parviens à articuler :

– Tout le monde m'appelle Cia.

– Les deux sont jolis, sourit-il.

J'aimerais répondre quelque chose mais c'est comme si ma voix était coincée au fond de ma gorge. Heureusement, il reprend :

– Pardonne-moi de te déranger au milieu de ton dîner mais des amis de Ryme Reynald ont exprimé des inquiétudes à son égard. Quand l'as-tu vue pour la dernière fois ?

Il s'agit de Ryme. Ça n'a rien à voir avec moi. Ou avec un éventuel échec au Test. Le soulagement m'envahit et je retrouve ma voix.

– Elle était à son bureau quand je suis partie dîner.

– Comment était-elle ?

Arrogante. Exaspérante. Irrationnellement agressive.

– Un peu stressée, je dirais.

Le docteur Barnes hoche la tête.

– Seize heures d'examens en deux jours stresseraient n'importe qui. Tous les ans, nous débattons pour savoir s'il ne serait pas mieux d'étaler la première partie du Test sur une semaine. Mais avoir trop de temps pour réfléchir est également source de stress.

Il soupire.

– Accepterais-tu que nous jetions un coup d'œil dans ta chambre ? Mlle Reynald a sans doute tout simplement décidé de sauter un repas, mais nous aimerions nous assurer que tout va bien.

– Bien sûr. Vous pouvez y aller.

Ce n'est pas vraiment ma chambre, de toute façon.

– En fait, reprend-il, nous avons besoin de toi, la loi interdit aux officiels d'entrer dans la chambre d'un candidat en son absence, sauf en cas d'urgence bien sûr.

Je suis contente que les examens n'aient pas porté sur les lois parce que je n'avais jamais entendu parler de celle-là. Agacée que Ryme m'oblige à vivre cette désagréable expérience, je me dirige vers notre chambre au pas de charge, le docteur Barnes et les deux officiels sur les talons.

Je tourne la poignée, je pousse la porte et j'entre. L'odeur, un mélange d'urine et de biscuits au maïs, m'assaille les narines. Et puis, je la vois. Ses pieds se balancent doucement. Elle est pendue au plafond, une corde colorée autour du cou. Son visage est écarlate et gonflé, ses yeux exorbités. Du sang coule au niveau de sa gorge. Elle a dû se débattre. Instinct de survie ou regrets de dernière minute.

Je hurle.

Ryme est morte.

CHAPITRE 7

Des bras me soutiennent. On me ramène dans le hall. On me demande d'attendre et des officiels en combinaison courent dans tous les sens. Je serre mon sac contre moi. Un brancard passe avec le corps de Ryme. Elle a toujours la corde autour du cou. C'est en fait la robe qu'elle portait la veille nouée avec un drap.

Je vomis. Mes larmes ruissellent sur mes joues. Je pleure sur elle et sur moi qui n'ai pas su déceler son désespoir sous sa façade hautaine. Est-ce que ma dernière réflexion a été la goutte d'eau qui l'a poussée à passer à l'acte ? Aurais-je pu la sauver avec un mot d'encouragement ?

– Cia ?

Le docteur Barnes me tient par les épaules et me regarde dans les yeux. Je remue la tête pour lui montrer que je l'ai entendu.

– On va te donner une nouvelle chambre. Est-ce que tu as envie de parler ?

Non, mais je vais le faire. Il le faut. Je lui raconte tout ce qui s'est passé entre Ryme et moi un peu plus tôt, je lui parle aussi des biscuits et de mes soupçons. Il m'écoute attentivement, sans me juger ni m'interrompre. D'un signe de tête, il m'encourage sans jamais se laisser distraire par les officiels qui nettoient le sol et discutent à voix basse.

Quand j'ai fini, je me sens vide, ce qui est mieux que d'être torturée par la culpabilité. Le docteur Barnes m'assure que je n'ai aucune responsabilité dans la mort de Ryme. Certains candidats ont parfois du mal à gérer leur stress. Il arrive qu'ils ne parviennent plus à manger, d'autres font des insomnies. Ryme, elle, s'est ôté la vie. C'est une tragédie mais finalement, c'est mieux pour la Communauté. Elle n'aurait pas été capable de supporter la pression inhérente aux hautes responsabilités qui attendent ceux qui passent le Test avec succès. C'est un événement regrettable, bien sûr, mais qui a un sens. Il espère que le choix de Ryme de ne pas poursuivre le Test ne remet pas en question ma propre motivation.

Son choix de ne pas poursuivre le Test ? Les mots du docteur Barnes me glacent. Un officiel vient m'informer que ma chambre est prête. Je me force à sourire et j'assure au docteur Barnes que je vais bien et que lui parler m'a beaucoup aidée. Mais c'est un mensonge. Malgré la douceur de son ton, j'ai perçu son indifférence. Pour lui, tout ça fait partie du Test. Ryme a échoué et si je ne fais pas attention, j'échouerai aussi.

Ma nouvelle chambre se trouve tout au bout du couloir. Les murs jaunes me rappellent la robe que Ryme portait quand je l'ai vue pour la première fois. L'officiel me demande si ça m'ennuie de ne pas partager ma chambre. Si je n'ai pas envie d'être seule, une femme du personnel sera heureuse d'occuper le deuxième lit.

Non, je n'ai pas envie d'être seule. Je n'arrive pas à me débarrasser de l'image de Ryme pendue au plafond, les jambes se balançant dans le vide. Si je ferme les yeux ou que je m'endors, ce sera pire. L'idée de rester seule me donne envie de me recroqueviller sur moi-même et de ne plus jamais bouger.

Mais les mots du docteur Barnes résonnent encore à mes oreilles. Ici, on ne teste pas que nos connaissances. Si je demande de l'aide, ce sera un aveu de faiblesse. L'élite ne peut faire preuve de faiblesse. Et le but du Test est de sélectionner l'élite.

Je remercie l'officiel en affirmant que je n'ai besoin de personne. Il me répond que si je change d'avis, je n'aurai qu'à prévenir l'officiel au bureau d'accueil. Et si je le désire, on peut me fournir des somnifères ou des calmants. Je refuse et il s'en va.

Hormis la couleur des murs, ma nouvelle chambre est l'exacte réplique de celle que je partageais avec Ryme. Dans le couloir, j'entends des pas et des murmures. Le dîner est terminé et les autres candidats vont se coucher. Pendant un instant, j'hésite à aller retrouver mes amis mais je ne le fais pas parce que ça pourrait aussi être considéré comme de la faiblesse. Je prends une douche, enfile mon pyjama, lave mes vêtements et les mets à sécher.

Allongée sur mon lit, je fixe le plafond en essayant de me concentrer sur des souvenirs heureux. Je n'y arrive pas. Je me demande si mon père a vécu une expérience similaire quand il a passé le Test. Peut-être que son cerveau a décidé de créer des souvenirs encore pires pour l'aider à décompenser une expérience qu'il n'a pas réussi à digérer.

À cet instant précis, je pense que c'est très certainement le cas.

Le couloir est maintenant silencieux. Les autres dorment sans aucun doute. J'ai laissé toutes les lumières allumées et je lutte contre la lourdeur de mes paupières. Je suis en train de perdre le combat quand un éclat au plafond attire mon attention. Un cercle minuscule comme dans l'aérojet.

Une caméra.

Sachant que je suis observée, je fais de mon mieux pour dissimuler ma surprise. Cette chambre est-elle la seule à être surveillée ? Ils veulent peut-être garder un œil sur moi après ce qui s'est passé. Mais non, au fond de moi, je sais que ce n'est pas le cas. Ce qui veut dire que... quelqu'un a forcément vu Ryme préparer la corde pour se pendre, réfléchir au meilleur endroit où l'accrocher, monter sur une chaise et la balancer d'un coup de pied, se débattre.

Elle aurait pu être sauvée.

Ils l'ont laissée mourir.

J'essaie d'avoir l'air calme. Je me lève et j'éteins la lumière. La chambre est plongée dans le noir. Je ne veux pas que qui que ce soit assiste à mon malaise. Je me glisse sous les couvertures et par habitude, je serre mon sac contre moi. Je me demande si la personne qui a été témoin du dernier geste de Ryme est hantée par la scène. J'espère que oui.

Je finis par m'endormir et le visage boursouflé de Ryme me poursuit dans mon sommeil. Elle me parle, se moque de mes échecs, m'offre un biscuit et cette fois, j'accepte. Chaque fois, je me réveille en sursaut. Et puis, la tête sous l'oreiller, je me force à me calmer. La caméra est peut-être pourvue d'une vision infrarouge.

L'annonce du petit déjeuner est un soulagement. Dans la salle de bains, j'étudie mon visage dans le réflecteur. J'ai l'air fatigué mais pas plus qu'hier matin. Je m'habille et, tout en me brossant les cheveux, je scrute la salle de bains à la recherche d'une caméra. Je n'en vois pas. Les officiels ne s'intéressent apparemment pas à notre hygiène. Je ne m'attache pas les cheveux en espérant que les marques de fatigue seront moins visibles sur mon visage ainsi encadré.

À mon arrivée, Tomas et les jumeaux sont déjà attablés. Tomas se lève et me serre dans ses bras, manifestement soulagé de me voir. Quand je m'assois, il jette un regard étonné à mon assiette. Dans mon effort pour avoir l'air normal, je l'ai remplie de bacon, d'œufs, de pommes de terre sautées, de fruits et de roulés à la cannelle. J'enfourne une tranche de bacon pour le décourager de me poser la moindre question. Ma stratégie tombe à l'eau quand Zandri, Malachi et leurs camarades de chambre nous rejoignent. Tomas attend que tous soient assis pour me demander :

– Tout va bien ? On se demandait où tu étais passée hier soir.

Ils tournent tous la tête vers moi. Je me repasse les mots du docteur Barnes. M'a-t-il suggéré de ne pas parler de la mort de Ryme à mes camarades ? Je ne crois pas. Je réponds à voix basse.

– Ryme est morte. Elle s'est suicidée.

Tomas, Zandri et Malachi sont abasourdis par la nouvelle. Les jumeaux se jettent un regard entendu et Will soupire :

– On se doutait d'un truc comme ça. Notre professeur nous a mis en garde contre la pression. Il a fait parti du jury du Test pendant quelques années et il nous a prévenus qu'il y avait au moins deux ou trois suicides par session.

Ryme est la première. Malgré moi, je me demande qui seront les autres. Après avoir échangé quelques impressions, nous nous concentrons sur nos assiettes. Je propose à Malachi de m'aider à terminer. Il accepte en souriant. En trois jours, il a bien pris un ou deux kilos. J'enveloppe un roulé à la cannelle dans une serviette et je le glisse dans mon sac. Je ne sais pas si c'est autorisé, mais je suppose que si ça ne l'est pas, l'officiel de l'autre côté de la caméra me le fera savoir.

Une annonce nous demande de nous regrouper dans l'amphithéâtre. C'est le docteur Barnes qui nous accueille. Il nous félicite d'être arrivés au terme de cette première partie du Test.

– Vos copies sont en ce moment même évaluées par les Officiels chargés de la correction. Étant conscients de vos différences, nous jugeons chaque groupe en fonction de critères particuliers. Après le repas, nous vous rencontrerons un par un et vous informerons de vos résultats. Jusque-là, vous pouvez vaquer aux occupations de votre choix. Dans vos chambres, au réfectoire ou à l'extérieur, dans les zones autorisées.

À L'extérieur. J'ai envie, besoin d'air frais. Le docteur Barnes ajoute que les zones autorisées sont clairement délimitées et que si nous les franchissons, nous serons aussitôt exclus du Test.

Les candidats s'agitent dans leurs sièges, déjà prêts à bondir vers la porte quand l'expression du docteur Barnes se fait plus grave. J'ai beau m'être préparée, je ne peux empêcher mes yeux de se remplir de larmes.

– Je suis désolé de vous apprendre que la candidate Ryme Reynald s'est ôté la vie, hier soir.

Il y a des cris dans l'assemblée, mais aussi les sourires de ceux qui se réjouissent. Une de moins. J'essaie de graver les visages de ces derniers dans ma mémoire. Au cas où.

– Nous savons que ce Test est difficile mais j'espère que ceux d'entre vous qui se sentiront vaciller viendront me parler. Nous sommes là pour vous aider. Profitez bien de votre demi-journée de détente. Je vous souhaite bonne chance pour cet après-midi.

Tomas, Malachi, Zandri et moi avons tous opté pour passer ces quelques heures dehors. Le soleil brille et l'herbe est caressée par une brise tiède. Deux officiels sont postés devant la porte d'entrée mais les alentours cernés d'une barrière métallique sont assez vastes. De dehors, l'impressionnant bâtiment, symbole de la Connaissance, me rappelle pourquoi je suis là.

Moins d'une trentaine de candidats ont fait le même choix que nous. La plupart s'assoient sur la pelouse à l'avant et nous décidons donc de faire le tour afin d'être un peu seuls. Nous prenons place sur des bancs sous des arbres en fleurs près d'un bassin. Je retire mes bottes et mes chaussettes et je trempe mes pieds dedans. C'est furieusement agréable. Un petit morceau de tuyau dépasse du milieu. Une fontaine ? Oui, le boîtier électrique est dissimulé sous des pierres. Alors pourquoi ne marche-t-elle pas ? Est-ce que c'est un autre Test ? Je prends mon couteau dans mon sac et je déplie le tournevis. J'ouvre le boîtier. Aucune des connexions ne me semble endommagée. Aucune marque noire n'indique un éventuel court-circuit. L'interrupteur est correctement relié. Le problème doit se situer au niveau de la pompe. Mais là non plus, je ne vois pas de souci. Il faudrait sans doute que je la démonte. Sauf que Tomas est certainement bien plus qualifié que moi pour ça. Après tout, c'est lui qui a installé tout le système d'irrigation à la ferme de ses parents.

Quand je lui demande son aide, il accepte volontiers. Zandri et Malachi se moquent de nous mais finissent par reprendre leur discussion. Pour Tomas, le problème vient de la pale rotative ; moi, je penche pour le moteur. Nous décidons de vérifier lequel de nous deux a raison. Quelques minutes plus tard, je pousse un cri de victoire. La pale est intacte, le moteur a un faux contact facilement réparable. Une minute après, l'eau jaillit et nous trempe tous les deux de la tête aux pieds.

Problème résolu.

Nous nous étendons dans l'herbe pour nous sécher au soleil et je m'accroche à cette joie qui me remplit quand je réussis à faire fonctionner quelque chose. Tout en tripotant mon bracelet, je me joins à la conversation. Nous parlons de nos familles et de ce qui peut bien se passer aux Cinq Lacs à cet instant précis. Le regard de Zandri se perd dans le vague. Son foyer lui manque. Le mien aussi. Je ne peux m'empêcher de me demander si nous serons encore tous là demain.

Sans m'en rendre compte, j'ai trouvé l'attache de mon bracelet. Il me faut néanmoins mon couteau pour l'ouvrir. Je devrais peut-être partager l'information avec mes amis, mais le haut-parleur a diffusé l'annonce du repas et ils se dirigent déjà vers le bâtiment. Je referme mon bracelet et j'éteins la fontaine pour ne pas gaspiller d'énergie. Ce n'est peut-être pas un problème ici mais je ne peux pas faire autrement. J'ai été élevée comme ça. Tomas m'attend et je presse le pas pour le rattraper.

Le repas se déroule dans un relatif silence. Personne ne sait exactement à quelle heure commencent les entretiens avec les examinateurs mais ce ne sera sans doute pas longtemps après la fin du déjeuner. Beaucoup de candidats ne finissent pas leur assiette. Je glisse une pomme dans mon sac pendant que les jumeaux essaient d'alléger l'atmosphère en racontant des blagues. Nous nous forçons à rire. Le cœur n'y est pas.

Les haut-parleurs crépitent.

– Vous êtes priés de retourner dans vos chambres. Quand vous entendrez votre nom, vous devrez vous présenter dans le hall avec vos affaires. Un officiel vous escortera à la salle des résultats.

Les chaises crissent sur le sol. Notre table est la dernière à se lever. Je regarde chacun de mes camarades. Tomas, Malachi, Zandri, Nicolette, Boyd, Will et Gill. Les chances que nous nous retrouvions tous ce soir sont minimes. Personne n'y fait allusion. Nous ne nous souhaitons même pas bonne chance. Rien maintenant ne peut plus changer nos performances aux épreuves. Nous nous saluons d'un « à plus tard » en sachant pertinemment que nous ne nous reverrons pas tous.

J'attends dans ma chambre en essayant de ne pas penser à ce que mon père m'a raconté avant mon départ. Je ne peux pas m'empêcher de me demander pourquoi personne ne m'a jamais dit ce que devenaient les candidats qui échouent à l'examen.

Des noms sont appelés. Celui de Malachi est rapidement suivi de celui de Tomas. Les secondes durent des heures. Enfin, c'est mon tour. Je me rends dans le hall et une femme en rouge monte avec moi dans un ascenseur. Elle appuie sur le bouton du deuxième étage. Quand les portes se rouvrent, un officiel me demande de le suivre dans un long couloir blanc où s'alignent des portes sombres. Il en ouvre une et s'efface. Je rentre seule.

La pièce est assez petite. Une femme blonde m'attend derrière un bureau noir. Elle me fait signe de m'asseoir et j'obtempère en essuyant mes paumes moites sur mon pantalon. Mon cœur cogne contre ma cage thoracique.

Quelques secondes s'écoulent puis elle sourit.

– Félicitations, vous avez réussi la première partie du Test.

Je pousse un soupir de soulagement. La femme me recommande de bien me reposer car demain, les épreuves recommencent. Un officiel me ramène dans le hall.

Des bras m'enlacent. Ceux de Tomas qui m'attendait.

– Félicitations, partenaire, me souffle-t-il. Je savais que tu y arriverais !

Malachi me serre à son tour contre lui, plus timidement. Nous sommes les trois premiers de notre petit groupe. Boyd arrive ensuite et frappe dans la paume de Malachi. Le hall se remplit petit à petit. Nicolette fait son apparition, rouge de fierté. Nous nous plaçons de façon à voir qui passe la porte. Will apparaît avec un sourire satisfait. Nous lui faisons signe et son sourire s'élargit. Mais alors qu'il s'approche son visage se décompose. Il reprend contenance assez vite mais je vois bien que quelque chose ne va pas.

Il se passe encore cinq minutes avant que les deux derniers candidats fassent leur apparition en compagnie du docteur Barnes. Zandri se dirige immédiatement vers Malachi. Nous la félicitons tous mais Will ne peut s'empêcher de fixer la porte. Il ne parvient pas à réaliser que son jumeau ne le rejoindra pas.

Le docteur Barnes nous demande de nous asseoir et nous félicite. Je dois soutenir Will et l'aider à trouver une chaise. Tomas et moi prenons place de chaque côté de lui. Will tremble. C'est la première fois qu'il est séparé de son frère plus d'une heure ou deux. Chacun est capable de terminer la phrase de l'autre. Je me demande comment il va supporter cette nouvelle vie. En est-il seulement capable ?

Will s'accroche à moi comme à une bouée de sauvetage. Le docteur Barnes nous annonce que la deuxième partie du Test débutera dès demain matin, par les travaux pratiques. Il insiste sur un point :

– Si vous êtes confrontés à un problème que vous ne savez pas résoudre, ne tentez rien au hasard. Levez la main et prévenez l'officiel de service que vous ne pouvez pas terminer l'exercice. Il vaut mieux ne pas donner de réponse du tout qu'une réponse incorrecte.

Il nous laisse nous imprégner de ses derniers mots avant de nous libérer. Will semble s'être repris. Pendant le dîner, il lance en plaisantant que son frère a dû faire exprès d'échouer pour aller retrouver sa petite amie à Dixon. Il continue de blaguer durant tout le repas, mais de temps en temps, il jette un petit coup d'œil sur sa droite comme s'il s'attendait à le voir.

Nous allons nous coucher tôt. Je rêve que Ryme, sa corde artisanale autour du cou, offre des biscuits au maïs à Gill. Puis elle me sourit et s'effondre sur le sol.

Le lendemain matin, je me lave à l'eau froide avant d'aller au réfectoire. Je suis la dernière à arriver à notre table. Tout le monde semble en forme, particulièrement Will qui flirte avec Nicolette et parvient à la faire rougir. J'espère que ce n'est pas seulement sa manière de surmonter l'absence de son frère.

Puis on nous demande de nous présenter à l'amphithéâtre. Nous sommes maintenant quatre-vingt-sept. Le docteur Barnes sourit derrière sa barbe grise et nous répète que lors des examens qui vont avoir lieu maintenant, les mauvaises réponses seront pénalisées.

Nous sommes appelés par groupes de six. À ma grande surprise, Malachi et Will sont avec moi. Dans cette nouvelle salle d'examen, les tables sont plus hautes et portent nos symboles respectifs. Nous prenons place sur des tabourets pivotants. Je suis à la deuxième rangée au milieu, Malachi est devant moi à droite et Will juste sur ma gauche. Il m'adresse un clin d'œil. Devant nous se trouve une grande boîte en bois.

Une femme aux cheveux gris nous demande de lever la main quand nous aurons terminé. La boîte nous sera alors enlevée et une autre nous sera apportée. Le but est de faire le plus d'exercices possible. Il n'y aura pas de pause à l'heure du déjeuner. Puis elle répète les recommandations du docteur Barnes concernant les réponses erronées.

Nous devons avant tout réussir à ouvrir la boîte et ensuite suivre les instructions que nous trouverons à l'intérieur.

Ça me semble facile, ce qui me rend nerveuse. J'étudie ma boîte sous toutes les coutures pendant que d'autres candidats tapotent la leur ou la secouent. Magnifiquement décorée, elle est d'un bois sombre et lisse. Mais je ne suis pas là pour l'admirer. Ma mère a une boîte similaire à la maison que son père avait fabriquée pour elle. C'est un genre de casse-tête et pour l'ouvrir, il faut faire glisser les morceaux de bois dans un certain ordre. Là aussi, il doit y avoir un truc.

J'examine la boîte de près et découvre, sur une des faces, un minuscule bouton dissimulé dans un des entrelacs du décor peint. J'appuie dessus et j'entends un cliquetis. Le couvercle est débloqué. Je sors la feuille qui se trouve à l'intérieur.

Déterminez quelles plantes de la boîte sont comestibles ou non.

L'avertissement est répété :

Si vous n'êtes pas sûr de la réponse, mettez la plante de côté.

Je souris. Cette épreuve a été faite pour moi.

La boîte contient huit plantes dont six que je reconnais immédiatement. Les ombrelles blanches sont de la ciguë. D'après mon père, elles étaient déjà mortelles avant la grande pollution. La rhubarbe, aux feuilles vertes veinées de rouge, est également dangereuse. La branche aux feuilles ovales et brunes doit être du hêtre. Je reconnais aussi du sassafras, de l'oignon sauvage et de l'ortie.

Je renifle l'avant-dernier échantillon, une feuille aux contours dentelés qui dégage un léger parfum floral. Je passe mon doigt dessus, elle est lisse et me fait penser à une plante sauvage que mon père m'a montrée quelques années plus tôt. C'était du poison mais il en adorait l'odeur. Serait-ce la même ? Je suis presque sûre qu'elles sont au moins de la même famille. Je la pose dans la pile des vénéneuses. La dernière plante est une racine bulbeuse ornée de feuilles qui ressemblent à des fleurs. J'en gratte la surface et je la porte à mon nez. L'odeur est sucrée mais pas comme une carotte ou une betterave. Ça me rappelle quelque chose. Mon père m'a un jour parlé de variétés de racines qui poussaient dans le Sud. L'une d'entre elles s'appelait la chicorée et Zeen voulait en étudier un exemplaire. Il pensait que ça pourrait l'aider à améliorer sa pomme de terre. Je décide de la poser dans le tas des comestibles.

Les autres candidats m'observent à la dérobée pendant que l'officielle vérifie mon travail. Elle veut savoir si je suis sûre de moi. Je regarde une nouvelle fois les plantes et j'acquiesce. Elle sourit et griffonne quelque chose sur un carnet. Puis elle prend mes plantes non comestibles et m'enjoins de m'asseoir en attendant que les autres aient fini.

Dix minutes plus tard, le travail de chacun a été contrôlé. La femme nous demande une nouvelle fois si l'un d'entre nous désire modifier ses réponses. Tout le monde refuse.

– Parfait, lance-t-elle gaiement, dans ce cas, ingérer un morceau de chacune des plantes que vous avez estimé être comestibles ne vous posera pas de problème.

Une chape de plomb s'abat sur la salle. Je comprends mieux maintenant pourquoi ils ont tellement insisté. Oui, une réponse erronée sera pénalisée. Étourdissements, vomissements, hallucinations. Peut-être même la mort.

Je regarde autour de moi. Nous avons tous des plantes différentes. Je n'ai aucun moyen de comparer mes choix avec ceux des autres. Ai-je commis une erreur ? Le garçon devant moi semble sûr de lui. Il coupe tranquillement un morceau de chacun de ses échantillons. Will fait de même. Je prends une grande inspiration avant de croquer dans la branche de hêtre, la racine de ce que j'espère être de la chicorée et les trois autres plantes. Aucune de celles que j'ai sélectionnées comme vénéneuses n'a d'effet rapide. Si l'un de nous s'est trompé, nous ne le saurons probablement pas tout de suite.

Mais je n'ai pas vraiment le temps de m'en inquiéter. Une nouvelle boîte est déposée devant nous. Celle-ci s'ouvre en en faisant glisser les panneaux. À l'intérieur se trouve une radio magnétique que nous devons remettre en état.

Nous avons appris qu'avant les Sept Époques de la guerre, on pouvait communiquer grâce à des satellites envoyés dans l'espace. Je ne sais pas où sont ces satellites à présent. Peut-être toujours là-haut, à moins qu'ils se soient écrasés quelque part. Les tremblements de terre ont détruit tous les réseaux filaires. Après la guerre, des scientifiques ont eu l'idée d'utiliser l'augmentation considérable des radiations électromagnétiques dans l'atmosphère pour restaurer les moyens de communication. La radio magnétique était née. Elle peut diffuser des voix mais aussi des images, à condition que celui à qui on les envoie soit équipé du bon récepteur. Elle permet aux responsables de secteur des colonies de communiquer entre eux et surtout avec Tosu. Mon père en possède une pour son travail et il m'a laissée jeter un œil à l'intérieur. Je n'ai donc aucun mal à identifier les mauvais branchements, à réparer le moteur solaire et à faire quelques ajustements sur le transmetteur. Régulièrement, je m'arrête pour me prendre le pouls et essayer de déterminer si les plantes que j'ai ingérées me rendent malades. Au premier mauvais signe, je n'hésiterai pas à me faire vomir pour me purger l'estomac. Ça n'empêchera pas le poison déjà dans mes veines d'agir mais il faudra bien que j'essaie quelque chose.

Dans la radio, je découvre des fils qui n'ont pas leur place ainsi qu'une petite boîte à charnière. Si j'étais à la maison, je farfouillerais un peu plus, mais ici, je ne veux prendre aucun risque.

Je revisse le capot arrière de la radio et je m'apprête à lever la main quand je remarque que Malachi titube. La fatigue ou l'effet d'un poison quelconque ? Il est en nage. Ses mains tremblent et il dirige son tournevis vers la petite boîte métallique que j'ai soigneusement évitée. Nous ne sommes pas censés aider les autres candidats, mais j'ai l'impression qu'il ne réfléchit plus rationnellement. J'ouvre la bouche pour le retenir ; c'est trop tard. L'extrémité du tournevis a touché la boîte qui s'ouvre dans un bruit de ressort. Un clou jaillit et se plante dans l'œil de Malachi.

Il s'effondre sur le sol comme une pierre.

CHAPITRE 8

Enfant, je me suis un jour coupé le doigt jusqu'à l'os. Ma mère m'a demandé de ne pas crier et de ne pas pleurer. Je me suis pétrifiée comme si mon immobilité pouvait suffire à arrêter le sang de couler. Le sang de Malachi qui s'étale en flaque sur le sol a aujourd'hui exactement le même effet sur moi. Mes poumons se gonflent d'un cri qui ne franchit pas ma gorge. Quelqu'un d'autre hurle, peut-être Will. C'est comme si je recevais une décharge électrique. Je me précipite sur Malachi. L'officielle m'oblige à reculer. Je me débats et j'entends à peine ce qu'elle me dit. Un autre officiel apparaît et me demande si j'ai fini mon exercice. Sinon, je dois me remettre au travail sous peine d'être accusée de tricherie.

J'ai envie de répondre que ce fichu Test n'a pas d'importance, que mon ami est en train de se vider de son sang, mais, la voix étranglée, je parviens à répondre que j'ai terminé. L'officiel me lâche et je m'agenouille près de Malachi. À leur posture, je devine qu'aucun des deux ne proposera son aide. Pour eux, Malachi a seulement été pénalisé pour une réponse erronée. Il a mérité ce qui lui est arrivé.

Mon ami tremble de plus en plus. Son œil encore valide est grand ouvert mais je ne suis pas sûre qu'il puisse me voir. Néanmoins, au cas où, je me place face à lui. Ainsi, il aura dans son champ de vision quelqu'un qui lui rappellera l'endroit où il a passé toute sa vie. Une fille qui a chanté des chansons avec lui et lui a demandé son aide quand elle ne comprenait pas ses devoirs. Une amie.

Quelqu'un qui n'arrive pas à imaginer ce qui se passera quand il ne sera plus là.

Et puis, les tremblements cessent. Son corps se détend, sa tête tombe sur le carrelage.

Il est mort.

Il faut croire que je pleure car quand les officiels me demandent de retourner à mon bureau, un goût de sel emplit ma bouche. Combien de temps m'ont-ils laissée assise près du corps sans vie de Malachi ? Suffisamment pour que deux autres candidats terminent leur exercice. À moins qu'ils aient décidé d'arrêter en voyant ce qui était arrivé à leur camarade.

Avant de me lever, je repousse une mèche de cheveux sur le front de Malachi et je pose mes lèvres sur sa joue. Quand je me redresse, la pièce tangue autour de moi. Je parviens quand même à retourner à mon tabouret. Les officiels ne font pas un mouvement pour déplacer Malachi.

Je m'attends à des protestations de la part des autres candidats mais ils ne prononcent pas un mot et je sais pourquoi. C'est pour la même raison que je n'ai pas hurlé.

Parce que nous voulons tous vivre.

Quelques minutes plus tard, Will lève la main pour prévenir qu'il a terminé et ferme les yeux pour ne pas voir ce qui reste du garçon avec qui il a partagé tous ses derniers repas. C'est au tour de la fille sur ma droite de lever la main.

La femme aux cheveux gris vérifie notre travail puis fait signe aux autres officiels qu'ils peuvent emmener le corps. Les candidats s'appliquent à regarder droit devant eux ou à fixer le plafond. Pas moi. Malachi mérite que quelqu'un l'accompagne. Je me force à observer chaque mouvement des officiels qui le portent par les bras et les jambes et lui font franchir la porte.

À peine a-t-il disparu que les nouveaux sujets arrivent. Mes mains tremblent et l'odeur du sang qui tache le sol m'emplit les narines. J'ai envie de hurler, de quitter cet endroit, de rentrer chez moi, mais je sais que c'est impossible. J'essuie mes mains sur mon pantalon, je ravale mes larmes et j'examine la boîte devant moi. Il me faut plusieurs essais pour comprendre comment elle s'ouvre. Elle contient des échantillons de terre. Nous devons utiliser le contenu de différentes fioles pour trouver lesquels sont radioactifs.

Je n'utilise que les liquides que je peux identifier à la couleur ou à l'odeur. Je parviens à déterminer que quatre fragments de sol sur dix sont contaminés de façon certaine. Trois ne le sont pas. Je ne m'aventurerai pas à me prononcer pour les trois derniers. Pas après ce qui vient de se passer. J'ai réduit d'un cran mon niveau de certitude. La mort de Malachi serait encore plus inutile si je n'apprenais pas de ses erreurs.

On nous apporte quatre boîtes en tout. Nous devons d'abord choisir entre différentes solutions à des équations mathématiques complexes grâce à un clavier. Je ne fais l'exercice qu'à moitié sans prendre aucun risque. Le garçon devant moi n'a manifestement pas été aussi prudent. Son corps est soudain agité de soubresauts. Électrocution. Il ne meurt pas mais a beaucoup de mal à rester sur son tabouret jusqu'à la fin de l'examen.

Je parviens à identifier les trois quarts des organismes que l'on nous demande d'observer à travers un microscope sans doute piégé. Par bonheur, aucun de nous n'a l'occasion de découvrir la sanction prévue en cas d'erreur. Il faut ensuite remonter une batterie solaire. Pas de difficulté pour moi mais une fille y perd un morceau de chair dans le gras du doigt. Vient la purification de six échantillons d'eau grâce à des produits chimiques. Ça ne nous prend pas moins de deux heures et quand nous avons terminé, nous devons boire ceux que nous pensons avoir correctement assainis. Je ne goûte qu'à deux. Le garçon qui s'est fait électrocuter et la fille qui s'est coupée ne trempent les lèvres que dans un.

Et puis, c'est terminé et nous pouvons quitter la salle.

Will a du mal à mettre un pied devant l'autre. Le stress ou un empoisonnement ? Impossible à dire. Je passe mon bras autour de sa taille et je l'aide à marcher. Avant de franchir le seuil, je me retourne vers l'endroit où Malachi est mort. La flaque de sang a séché. Une larme m'échappe et je murmure un dernier adieu à mon ami.

Will et moi rejoignons le réfectoire et je ne peux m'empêcher de demander qui d'autre sera manquant.

Boyd.

Le teint cendreux, Nicolette nous raconte qu'il s'est écroulé pendant l'exercice sur la terre radioactive. Il a été emmené par des officiels et n'est pas revenu. Tous les regards se tournent vers moi. Will est assis mais n'arrive pas vraiment à se tenir droit. Mes yeux s'emplissent de larmes. Tomas prend ma main dans la sienne. Je suis heureuse qu'il soit là. Qu'il ait survécu. Je retrace en quelques mots ce qui est arrivé à Malachi. Je parle vite. Quand on enlève un pansement, il ne faut surtout pas prendre son temps. Mais la douleur est trop profonde. Elle ne s'arrête pas quand je me tais. Tomas crispe la mâchoire. Zandri est sous le choc.

Alors que les derniers candidats entrent dans le réfectoire, une annonce résonne :

– Les élèves qui pensent avoir besoin de soins médicaux sont priés de se présenter dans le hall.

Au moins un par tablée se lève. Nicolette encourage Will à y aller. Il est sur le point de se laisser convaincre mais je l'empêche de bouger. J'essaie d'évaluer son état. Ses pupilles sont dilatées mais il respire déjà mieux. Son front est moite mais ses joues ont retrouvé des couleurs. Je suis presque sûre que quel que soit le poison qui l'a mis dans cet état, ses effets arrivent à leur terme. Bien sûr, des soins l'aideraient à se remettre plus vite mais je n'ai pas oublié les propos du docteur Barnes après la mort de Ryme. Il y a ceux qui supportent la pression et les autres. Ceux qui sont allés se faire soigner ne reviendront probablement pas.

Nicolette insiste mais je refuse de céder. Je demande à Tomas d'apporter de l'eau et à manger à Will. J'espère que je ne me trompe pas.

Après avoir bu deux verres de jus d'orange et grignoté du pain et un fruit, Will va un peu mieux. Il n'a plus besoin d'aide pour tenir assis. Je vais me servir à mon tour. Je n'ai pas faim, mais je dois me forcer. Un peu de légumes, quelques bouchées de poulet, du jus de fruit. Je glisse dans mon sac deux pommes, une orange, un sac de raisins secs et un roulé à la cannelle. J'attends que mes amis aient fini de manger et je stocke tout ce qu'ils laissent. Je ne sais pas vraiment pourquoi. De toute façon, je ne suis plus sûre de rien. Tout ce que je sais, c'est que je dois me préparer. À tout.

La plupart des candidats restent dans le réfectoire jusqu'à ce qu'on leur demande de partir. La célébration de la veille est loin. Ce soir, nous sommes seulement contents d'être toujours en vie.

Nous retournons dans nos chambres. Je m'endors la lumière allumée en espérant que Malachi et Boyd ne vont pas venir rejoindre Ryme et Gill dans mes rêves, mais bien sûr, dès que je ferme les paupières, ils sont tous là. Ils ont peur pour moi, me répètent d'être prudente, de ne faire confiance à personne. Malachi me chante une chanson de chez nous.

Au matin, je suis au comble de l'angoisse. Je me rassure de mon mieux. Sans beaucoup de succès.

Will m'accueille en souriant. Il a l'air triste mais il n'est apparemment plus malade. Il me remercie. Le garçon qui partage la chambre de Tomas est allé à l'infirmerie et n'est jamais revenu.

Je me force à manger. Je remarque qu'un autre candidat glisse de la nourriture dans son sac.

La voix du docteur Barnes nous parvient par le haut-parleur.

– Félicitations, vous avez franchi une nouvelle étape. Aujourd'hui, vous travaillerez par groupes de cinq. Compte tenu de votre nombre, le dernier groupe ne comprendra que quatre personnes. Vous êtes priés de vous présenter dans le hall dès que vous entendez votre nom. Bonne chance à tous.

Je n'ai pas le temps d'espérer que nous restions ensemble car Tomas est appelé avec quatre autres personnes. Il m'effleure l'épaule en se levant et s'éloigne son sac sur le dos. Plusieurs minutes s'écoulent avant que le deuxième groupe soit convoqué. C'est au tour de Will et Zandri de partir. Il ne reste que Nicolette et moi à la table. Le réfectoire se vide peu à peu. Puis Nicolette s'en va aussi. Je suis maintenant seule avec le garçon aux cheveux ébouriffés qui a fait un croche-pied à Malachi le jour de notre arrivée, une fille rousse que j'avais remarquée pendant la partie écrite de l'examen et un grand blond musclé.

– Je pense qu'on peut y aller, y a plus que nous, lance la fille.

Je souris.

– C'est vrai que si on n'a pas encore deviné avec qui on est, on n'a rien à faire ici.

Les deux garçons restent assis pendant que nous allons dans le hall.

– Annalise Walker, se présente ma nouvelle partenaire. De la colonie de Grand Forks.

Le symbole sur son bracelet est le même que le mien, une étoile.

– Cia Vale, des Cinq Lacs.

Elle hoche la tête.

– Je sais. Tous ceux de ma colonie ne parlent que de vous depuis le début du Test.

Je grimace.

– Ils disent quoi ?

– La majorité pense que vous êtes des concurrents faciles à battre. Pour eux, petite colonie égale attardés mentaux.

– Et ton avis à toi ?

Elle réfléchit une seconde.

– Un des garçons de ma colonie avait le même symbole que toi et moi sur son bracelet. À l'école, il avait toujours les meilleures notes. J'ai passé des semaines et des mois à étudier pour essayer de le battre, je n'ai jamais réussi. Je suppose que si trois d'entre vous sont arrivés jusqu'ici, c'est que vous n'êtes probablement pas si nuls.

– Malencia Vale, Brick Barron, Roman Fry et Annalise Walker sont priés de se rendre dans le hall.

Brick et Roman nous rejoignent d'un pas traînant. Avant que j'aie le temps de leur demander lequel est Brick et lequel est Roman, une officielle nous fait monter dans un ascenseur qui s'arrête au quatrième.

Elle nous guide ensuite jusqu'à une pièce toute blanche avec une table et quatre chaises. Dans le fond, au-dessus d'une grande porte en bois, une lumière verte clignote. Nos sujets et quatre crayons sont posés sur la table. Je me détends un peu. Je ne sais pas ce qui nous attend mais une épreuve écrite ne constitue pas de menace immédiate. Aucun de mes amis ne mourra aujourd'hui.

Pendant que nous nous asseyons, l'officiel nous donne des précisions.

– L'épreuve a pour but d'évaluer votre capacité à travailler en équipe. Les problèmes à résoudre requièrent des connaissances et des compétences particulières. Lorsque vous aurez choisi le plus apte à répondre à la question posée, il sera appelé pour un test individuel dans l'autre salle.

Elle désigne la porte éclairée.

– Quand vous êtes de l'autre côté, poursuit-elle, la lumière devient rouge. Dans le couloir, il y a cinq autres portes. Elles portent les numéros correspondant au problème pour lequel vous avez été désigné par les membres de votre équipe. Vous devez entrer, faire l'exercice demandé de votre mieux et retourner dans le couloir. Tout au bout, vous trouverez la sortie. La lumière redeviendra verte. Ce sera alors le tour du candidat suivant. La note de chaque membre est attribuée à tout le groupe.

L'idée d'être évaluée sur le travail de quelqu'un d'autre ne me plaît pas beaucoup, mais le sourire confiant d'Annalise me rassure un peu.

– Vous n'êtes que quatre, reprend l'officielle, ce qui signifie qu'un d'entre vous devra s'occuper d'au moins deux problèmes. Vous n'avez qu'une chance par exercice. Si vous essayez d'entrer dans une salle qui a été attribuée à un de vos camardes, vous serez pénalisé. Vous avez une heure pour déterminer votre stratégie, conclut-elle en appuyant sur un interrupteur.

Aussitôt la lumière vire au rouge.

– Quand ce sera de nouveau vert, précise-t-elle encore, celui que vous avez désigné pourra y aller. Vous n'avez aucune limite de temps. Bonne chance.

L'officielle verrouille la porte derrière elle. Nous ne pouvons plus reculer.

Nous nous observons pendant un moment avant que je me décide à prendre un sujet marqué de mon symbole. Le grand blond prend celui sur lequel est gravée une ancre dans un cœur et le garçon aux cheveux en bataille celui avec le X.

Mon intuition me souffle que l'officielle ne nous a pas tout dit et que je dois rester en alerte. Annalise prend la parole avec autorité :

– Si nous prenions les problèmes les uns après les autres ? suggère-t-elle. On s'y met chacun de notre côté et on compare nos notes.

Comme personne n'a de meilleure idée, nous nous mettons au travail. Il s'agit d'abord de mathématiques. Nous devons résoudre une équation simple pour déterminer le flux thermique d'un segment électrique dont seules les extrémités ne sont pas isolées. C'est un principe de thermodynamique que je connais par cœur.

À ma grande surprise, le garçon décoiffé, qui en fait s'appelle Roman, finit avant moi. Nous avons tous les deux trouvé le même résultat. Annalise termine rapidement et arrive à un chiffre identique. Seule la réponse de Brick est différente.

L'exercice d'histoire consiste essentiellement en l'énumération de noms, de dates, de tailles de population. En biologie, nous devons compléter le schéma de l'ADN d'un glouton des montagnes. Cet animal ressemble à un loup mais est en fait une mutation du chat de Nebelung. La lumière passe au vert pendant que je suis sur un calcul d'énergie solaire. Nous enchaînons sur les principes de fonctionnement des armes nucléaires. Je suis sans doute distraite ou déconcentrée parce que ma réponse est la seule qui ne correspond pas à celle des autres.

Au final, il semble que j'obtienne, comme Annalise, quatre bonnes réponses sur cinq. Brick deux, Roman n'a eu juste qu'à la première.

– Je suppose que c'est à moi d'y aller, non ? lance-t-il.

Je suis la plus jeune membre de notre groupe. En temps normal, je prendrais le temps d'écouter les avis de chacun avant d'énoncer le mien mais son enthousiasme me chiffonne. Je me mords l'intérieur de la joue avant de déclarer :

– L'officielle n'a pas dit qu'on devait répondre dans l'ordre.

Roman croise les bras sur sa poitrine.

– C'est ce que j'ai compris, moi !

Je consulte Annalise du regard. Elle plisse le nez et ferme les yeux comme pour se rappeler les termes exacts de l'officielle. Quand elle les rouvre, elle s'excuse presque :

– Je crois que Roman pourrait avoir raison. Je ne veux pas prendre le risque.

Roman a un sourire triomphant. Brick hausse les épaules. Trois contre un, la discussion est terminée.

Annalise mène la suite des débats. Roman sera donc le premier, elle répondra aux questions deux et trois, j'irai pour la quatre et Brick pour la cinq. J'exprime ma préférence pour la question trois en argumentant que le travail de mon père m'a donné une excellente compréhension de la génétique. Mais Roman et Annalise ne sont pas d'accord. Brick refuse de donner son avis. Je me demande pourquoi. Roman ouvre la porte en s'exclamant : « À tout à l'heure ! »

La lumière redevient rouge.

Nous discutons pour tromper l'attente. À la demande d'Annalise, Brick nous explique qu'il vient de la colonie de Roswell et que ses parents sont tous les deux diplômés de l'université. Ils travaillent dans une ancienne zone militaire où ils développent des armes et des systèmes de sécurité contre les attaques d'animaux sauvages. Je comprends mieux ses compétences dans le domaine du nucléaire.

À mesure que le temps passe, notre conversation s'éteint. Les silences sont de plus en plus longs. Les réponses plus courtes. Jusqu'à ce que nous ne prononcions plus un mot. Nous nous contentons d'attendre que la lumière change de couleur.

Nous n'avons pas d'horloge, pas de fenêtre donc pas de soleil. Aucun moyen de mesurer le temps. Les muscles de mes épaules se raidissent. Annalise fait des exercices pour se détendre le cou. Brick est immobile et impassible.

Il ferme les yeux.

Annalise se ronge l'ongle du pouce.

Je m'étire.

Chaque minute en dure dix.

Je garde les yeux fixés sur la lumière.

Enfin, elle change.

Annalise se lève en souriant.

– C'est mon tour. Je suis sûre que je vais prendre moins de temps pour mes deux problèmes que Roman avec un seul.

– On n'est pas pressés, je lui rappelle.

Je rougis un peu, gênée de vouloir lui donner un conseil. J'ajoute d'une voix plus douce :

– On peut attendre.

Le sourire d'Annalise s'évanouit. Je perçois sa nervosité et sa peur derrière son air bravache. Elle acquiesce.

– Je ne me tromperai pas. Vous pouvez compter sur moi. Le reste est entre vos mains.

La porte se referme sur elle et la lumière passe de nouveau au rouge.

Brick ne bouge toujours pas. Au lieu de déteindre sur moi, son calme joue avec mes nerfs. Je me lève pour faire les cent pas. Mon ventre gargouille. L'heure du repas est probablement passée depuis longtemps. Il est évident qu'on ne nous apportera rien à manger avant la fin de l'épreuve. Ça fait même sans doute partie du Test : la capacité des candidats à rester concentrés malgré la faim.

Ma mère exige toujours que je prenne un bon petit déjeuner avant un examen important. Elle affirme que le cerveau et le corps ont besoin de carburant pour fonctionner correctement. Je prends dans mon sac un des roulés à la cannelle que j'ai gardés. En ouvrant le sachet, je réalise qu'il date de notre premier repas au centre de Test. C'était il y a moins d'une semaine et tant de choses ont changé. Malachi est mort et je travaille en groupe avec le garçon qui l'a fait tomber. Pourquoi Roman a-t-il fait ça ? Pour se moquer de lui ? Parce qu'il trouvait ça drôle ? Essayait-il d'intimider mon ami ? Sans doute un peu tout ça. Roman n'a eu qu'une seule bonne réponse sur cinq, tout à l'heure. Il ne doit pas être aussi intelligent qu'il essaie de le faire croire. C'est même étonnant qu'il soit arrivé jusque-là.

Sauf que...

Je prends son sujet. Celui avec un X sur la couverture. Son allure négligée ne m'avait pas préparée à une écriture aussi lisible. Ma mère m'a pourtant souvent répété de ne jamais me fier aux apparences. Son travail est impressionnant. Je me rends compte qu'il a presque tout calculé de tête. Normal qu'il ait fini avant moi. Je comprends pourquoi il a été sélectionné. Il est très intelligent et ses capacités mathématiques sont nettement au-dessus de la moyenne.

Qu'il se soit à ce point trompé aux questions suivantes n'a pas de sens. En tournant les pages, je me rends compte qu'il n'a tout simplement pas vraiment essayé. Pourquoi ?

– Cia ?

Je sursaute et je suis le regard de Brick. La lumière est de nouveau verte. J'ai l'impression qu'Annalise est partie il y a moins d'une heure. A-t-elle pu être aussi rapide ? Les mains tremblantes, je prends son sujet et je le feuillette.

Ses démonstrations sont claires et concises. Elle sait très exactement ce qu'elle fait. Sa logique est sans faille. Elle a pu réussir.

Mais je n'ai aucun moyen d'en être sûre.

– Alors, tu y vas ? me presse Brick.

– Une minute.

Je n'ai pas le choix. Je dois franchir cette porte. Je me remémore les instructions de l'officielle. Et l'insistance de Roman pour passer le premier. Une réponse par exercice. Les scores de chacun comptent pour toute l'équipe. Toute tentative de retenter un problème sera pénalisée.

Le carnet d'Annalise me tombe des mains alors que les pièces du puzzle se mettent en place dans ma tête. Roman est resté longtemps de l'autre côté. Le docteur Barnes nous avait prévenus que ce Test ne servait pas seulement à évaluer nos propres compétences mais notre capacité à évaluer les forces et les faiblesses de nos coéquipiers.

Si mon raisonnement est bon, Roman nous a parfaitement évalués et nous a tendu un piège.

Un piège dans lequel Annalise est tombée.

Je m'assois sur ma chaise et je prends de longues inspirations pour empêcher la panique de m'envahir. Si je ne me trompe pas, je ne dois pas essayer de répondre à la question qui m'attend derrière la porte n° 4. Mais comment être sûre ?

Le mauvais choix me mènera à ma perte. Je dois me décider.

Mon cœur cogne dans ma poitrine. J'observe Brick. Son calme malgré ses mauvais résultats semble confirmer mes doutes. Et s'il était au courant du plan de Roman ? S'ils l'avaient mis au point ensemble ? Pour en avoir le cœur net, il me faudrait son carnet, mais il a le coude posé dessus. Je ne l'obtiendrai qu'en lui faisant part de mon inquiétude. Sauf que s'il n'est pas déjà au courant, je lui permettrai de réussir cette épreuve alors qu'il ne le mérite pas.

J'ai honte de penser comme ça. Je refuse d'essayer de faire échouer les autres pour avoir plus de chances. D'ailleurs même si les méthodes des examinateurs m'horrifient, je ne pense pas qu'ils apprécient qu'on cherche à se piéger mutuellement. Quel genre d'élite sélectionneraient-ils de cette façon ?

J'expose donc doucement à Brick mes doutes concernant Roman et sur ce qui a pu arriver à Annalise. Ce qui nous arrivera à nous aussi si nous essayons d'ouvrir les portes 4 et 5. Il m'écoute sans m'interrompre puis me contemple pendant un long moment avant de lâcher :

– On va faire exactement ce qu'on a prévu.

Est-ce qu'il ne me croit pas ? Mais son expression est surtout résignée. J'insiste.

– Je crois que Roman n'a jamais eu l'intention de travailler en équipe ! Rappelle-toi les propos de l'officielle : si nous tentons de revenir sur un exercice, nous serons pénalisés.

Pénalisés : ce mot a pour moi la forme du clou qui s'est planté dans l'œil de Malachi. J'ai envie de secouer Brick quand il me répète qu'il fera comme ça a été décidé. Qu'il a donné sa parole. Ses parents lui ont appris à tenir ses promesses, point final.

Le désespoir m'envahit mais en même temps, il a peut-être raison. En suivant mon instinct, je risque de commettre une énorme erreur.

Mon sac sur l'épaule, je traverse la pièce. J'ai fait tout ce que je pouvais pour Brick. S'il ne...

Non, je ne peux pas.

– S'il te plaît...

Je me retourne vers lui et je le supplie.

– Tu ne me connais pas, tu n'as aucune raison de me faire confiance, mais regarde le carnet de Roman et demande-toi lequel de nous deux a le plus à gagner à trahir les autres. Je ne sais pas quelles sont les pénalités prévues...

Encore ce clou. Et le sang.

– ... mais si j'ai raison, trois d'entre nous pourraient être éliminés pour avoir fait confiance à notre coéquipier.

L'impassibilité de Brick est maintenant remplacée par la confusion.

– On n’est pas de la même colonie. Qu’est-ce que ça peut te faire si je suis éliminé ?

– Je ne veux plus voir personne mourir.

Les yeux de Brick se posent sur la porte derrière moi. Il est temps. Je fais volte-face et je pose la main sur la poignée en espérant l’avoir convaincu. Quoi qu’il en soit, j’ai pris ma décision.

Le couloir est mal éclairé et la pénombre est inquiétante. J’arrive aux portes décrites par l’officielle. À ma droite, la numéro 4 ; à ma gauche, les numéros 1, 2 et 3. Je les inspecte sans vraiment savoir ce que je cherche. Du sang ? Des cheveux ? Les poignées ne portent pas de traces de doigts. Comme si elles avaient été essuyées.

Je ne sais pas combien de temps je reste là sans bouger. Et puis, je continue plus loin dans le couloir et je sors en espérant de tout mon cœur que je ne viens pas de prendre la dernière décision de ma vie.

CHAPITRE 9

Une officielle m'attend de l'autre côté. Elle tient à la main une espèce de boîtier de contrôle qui lui sert sans doute à commander la lumière. Elle me guide gentiment jusqu'aux ascenseurs. Je descends au cinquième étage en me demandant quand je serai fixée sur mon sort.

Je ne vais peut-être pas avoir besoin d'attendre longtemps. Des bruits de voix m'attirent dans le réfectoire. Mon cœur se gonfle de joie quand j'aperçois Zandri, Will et Tomas assis à notre table. Mais j'ai quelque chose à faire avant de les rejoindre. Roman est là et il ne m'a pas encore vue. Il rit avec ses amis. Peut-être leur raconte-t-il comment il a réussi à tous nous éliminer.

Tomas m'appelle mais je reste dans l'encadrement de la porte. La fille à côté de Roman lui donne un coup de coude. Il se retourne et quand son regard croise le mien, je sais. Son incrédulité et sa colère me confirment que j'ai eu raison de ne pas lui faire confiance. Je regrette de ne pas l'avoir compris plus tôt. Annalise serait avec nous. Une petite part de moi espère qu'elle se repose dans sa chambre mais si c'est le cas, je suis presque certaine d'être éliminée.

Roman me suit des yeux pendant que je prends un paquet de biscuits avant de retrouver mes amis. Ils me racontent leurs dernières heures. Apparemment, nous avions tous le même genre de questions mais chaque groupe y a répondu dans un ordre différent. Tomas a été choisi pour ses talents en maths ; Zandri est passée la première pour l'histoire ; Will était deuxième et il se chargeait du problème de génétique. Tous ceux du groupe de Tomas sont déjà revenus. Aucun de celui de Will et Zandri. Quand je leur explique que je pense qu'un de mes partenaires a trahi l'équipe et que j'ai décidé de ne pas répondre à la question, ils me dévisagent, les yeux écarquillés. Will est le premier à se reprendre et affirme qu'il est certain que j'ai bien fait de suivre mon instinct. Il ajoute qu'il est heureux de ne pas avoir eu cette angoisse puisque c'est Zandri qui était passée avant lui. Tomas hoche la tête et m'assure que j'ai bien fait de prévenir mon coéquipier. Will essaie de me réconforter avec une blague, mais ça n'est pas très efficace. L'expression inquiète de Zandri me rappelle que je ne sais toujours pas si j'ai eu raison ou tort.

D'ailleurs, quand Brick apparaît dans le réfectoire, je suis sûre que j'ai échoué. Il tenait tellement à respecter sa parole. Il ne m'accorde pas un regard. Je me demande à présent si j'ai gâché les chances de toute l'équipe.

Nicolette arrive avec des tas d'histoires sur ses coéquipiers. Certains étaient plutôt sympas mais il y en avait un très arrogant et désagréable. Le groupe a décidé de le faire passer en dernier pour qu'il n'ait pas la mauvaise idée d'aller répondre à des questions qui ne lui étaient pas destinées. J'écoute les discussions en tripotant un biscuit. Tomas ne dit plus un mot. Il observe nos amis. Et moi aussi. Est-ce qu'il pense que je suis parano ?

Peut-être le suis-je.

Le réfectoire se remplit. Le dîner est servi. Je mange sans appétit. À chaque bouchée, je jette un coup d'œil à Brick en espérant accrocher son regard.

Alors que nous terminons, le haut-parleur annonce :

– La troisième phase du Test est maintenant terminée. Les candidats ayant échoué seront prévenus dans leur chambre d'ici à une heure. Je souhaite une bonne nuit à ceux qui ont réussi.

Tout le monde se lève. Je fais semblant d'ajuster la lanière de mon sac et j'attends que Brick passe devant moi. Pas une fois, il ne se tourne dans ma direction.

Dans ma chambre, je regarde les minutes passer. J'entends des pleurs. Des pas s'approchent de ma porte mais personne ne s'arrête. L'heure est maintenant écoulée, le couloir est redevenu silencieux. J'ai réussi. Je devrais être soulagée, heureuse, mais je suis seulement épuisée. J'espère être à la hauteur pour ce qui m'attend demain.

Nous sommes réveillés à l'aube. Nous devons apporter toutes nos affaires avec nous pour le petit déjeuner. Je m'habille rapidement. L'appréhension me tenaille l'estomac. Je retrouve les autres au réfectoire. Les yeux battus de Zandri racontent à eux-seuls les épreuves que nous avons traversées cette dernière semaine. Nous ne sommes plus les mêmes. Cette fois, Brick n'évite plus mon regard. Il m'adresse un signe de tête. C'est sa façon de me remercier.

Une heure plus tard, une nouvelle annonce nous invite à nous regrouper dans l'amphithéâtre. Certains d'entre nous inspirent profondément, ou comme Zandri, laissent échapper des gémissements ; d'autres – Tomas est de ceux-là –

ont l'air inquiet mais résigné. Même Roman, toujours si sûr de lui, montre des signes de faiblesse.

Nous n'avons pas fini de payer le prix de ce Test.

Le docteur Barnes nous accueille. Il ne sourit pas.

– Félicitations à tous. Vous étiez cent huit, vous n'êtes plus que cinquante-neuf. Demain débute la plus longue phase du Test. Et la plus importante. La pratique. Les étudiants de l'université sont la future élite de la Communauté Unifiée et en tant que tels, ils doivent comprendre les défis qu'ils devront relever. Dans ce but, nous allons vous amener dans une zone non revitalisée de notre pays. Vous devrez retrouver votre chemin jusqu'à Tosu. Ceux qui y parviendront seront qualifiés pour l'examen final.

Une terreur glacée s'empare de moi. Nous allons nous retrouver seuls dans un territoire inconnu. Mais nous ne serons pas vraiment seuls. Des animaux mutants rôdent dans ces zones. Ainsi que des errants, ces hommes et femmes qui ont refusé d'intégrer la Communauté Unifiée.

– Vous commencerez l'épreuve chacun de votre côté, mais vous pourrez par la suite fonctionner en équipe. Vous pouvez également empêcher les autres candidats de réussir afin de mettre plus de chances de votre côté. Quel que soit votre choix, il sera pris en compte lors de l'évaluation.

Tomas me prend la main. La pression de ses doigts m'assure de son soutien, ce qui me permet de me reconcentrer. C'est essentiel si je ne veux pas échouer.

Un écran descend derrière le docteur Barnes et s'allume sur une carte. Dans le coin à gauche, la ville de Tosu est représentée par une étoile argentée. Dans le coin à droite, une étoile noire a été dessinée près d'une grande étendue d'eau. Le mot « Départ » est noté en gras. Deux lignes, une rouge et une bleue, délimitent une zone entre les deux étoiles.

– Vous devrez vous déplacer entre ces deux clôtures. Si vous les franchissez, vous serez aussitôt éliminés de la compétition. Alors s'il vous plaît, ne nous obligez pas à prendre des décisions drastiques et respectez cette règle.

Le corps sans vie de Malachi m'apparaît, puis celui de Ryme. Et la chaise vide d'Annalise. Je comprends parfaitement les termes « décision drastique ».

– Un officiel vous donnera des instructions plus précises avant votre départ, conclut le docteur Barnes en nous regardant un par un.

– S'il vous plaît, soupire-t-il, agissez de façon intelligente. Mon vœu le plus cher est de vous voir tous revenir à Tosu.

Il se retourne vers la carte et nous demande de nous rendre dans le hall quand notre symbole apparaît. Puis il nous souhaite bonne chance et sort sans nous accorder un regard.

Le premier symbole clignote et un garçon au premier rang se lève. Tomas, qui ne m'a pas lâché la main, se penche vers moi.

– Le point de départ, c'est la ville de Chicago.

Je jette un coup d'œil à la carte et j'acquiesce. J'étais trop stressée pour m'en rendre compte mais même sans les repères habituels, je suis certaine que Tomas a raison. Alors que je me demande comment nous allons pouvoir utiliser cette information à notre avantage, Tomas a deux longueurs d'avance sur moi. À voix basse, il me donne rendez-vous au pied du plus haut bâtiment encore debout. S'il n'y est pas dans les vingt-quatre heures, je dois avancer vers l'ouest jusqu'à atteindre la clôture qui détermine la frontière nord de la zone. Il promet que nous allons réussir ensemble. Comme deux partenaires.

Ces deux plans sont autant d'espoir de ne pas être seule. J'acquiesce. Je ferai de mon mieux pour le retrouver. Notre symbole apparaît. J'ai soudain la bouche sèche. Je ne veux pas lâcher la main de Tomas mais je n'ai pas le choix. Je vais devoir me contenter de la force qu'il m'a donnée. Je me lève. Mon sac sur l'épaule, j'effleure la joue de chacun de mes amis – Tomas, Zandri, Will et Nicolette – en rejoignant la porte.

Dans le hall, j'éprouve un soulagement en reconnaissant Michal. Son expression est grave mais je crois distinguer une étincelle de fierté quand il voit que je suis toujours là. Pourtant, c'est sur un ton extrêmement formel qu'il me demande le suivre. Comme si nous ne nous étions jamais rencontrés.

Nous descendons au premier étage et traversons un long couloir sombre avant de nous arrêter devant une porte grise.

– C'est la réserve, m'explique-t-il. Chaque candidat est autorisé à y passer dix minutes pour sélectionner trois objets susceptibles de l'aider à réussir le Test. Je te recommande de bien réfléchir avant de faire ton choix. Il peut être déterminant. Mais je suppose que si tu es arrivée jusque-là, tu l'as déjà compris.

Cette fois, je suis sûre qu'il est content pour moi. Il me précise que les dix minutes commenceront à être décomptées au moment où j'ouvrirai la porte. Je prends une profonde inspiration avant de poser la main sur la poignée.

À l'intérieur, je découvre des vêtements chauds, des chaussures de marche, de la nourriture, des boussoles, des trousses de premier secours, des toiles de tente, de quoi faire du feu, des cannes à pêche, des couteaux, des armes à feu et beaucoup d'autres choses encore. Tout le nécessaire pour rester en vie en milieu hostile. Mais je n'ai droit qu'à trois objets.

Michal me suit pendant que je déambule entre les tables et les étagères. Je suis contente d'avoir apporté mes bottes au lieu de chaussures plus élégantes. La plupart des filles vont être obligées de prendre des chaussures de marche. Mes larcins au réfectoire se révèlent aussi judicieux. Six pommes, quelques roulés à la cannelle et des sacs de fruits secs ne me permettront pas de survivre jusqu'à Tosu, mais j'ai assez pour voir venir. Tout le reste en revanche me semble nécessaire. Mais le temps qui m'a été imparti s'écoule et il faut que je me décide.

J'ouvre un sac estampillé H_2O. Il contient deux gourdes pleines et un kit semblable à celui que nous avons utilisé pendant l'examen pratique.

Je me représente la carte. La zone dans laquelle nous évoluerons est grande. Même s'ils n'étaient pas visibles, je suis certaine que nous croiserons des lacs et des rivières, mais l'eau en sera certainement contaminée. La pollution n'est pas toujours mortelle mais elle cause au minimum de graves troubles, particulièrement sur un organisme fatigué et dénutri.

J'ai fait mon premier choix.

Je poursuis.

La tente imperméable est tentante mais j'y renonce après l'avoir soulevée. Elle ne me semble pas lourde maintenant mais je dois parcourir plus de mille kilomètres.

Grâce au transcommunicateur que j'ai emprunté à mon frère, une boussole ne me sera d'aucune utilité. Je ne m'arrête pas non plus sur les briquets et les allumettes. Même s'il me faudra du temps pour faire du feu avec deux morceaux de bois, je sais que je peux y arriver. C'est une des premières choses qu'on apprend à l'école des Cinq Lacs. Je me demande du coup si c'est le cas dans toutes les colonies. En ce qui concerne les couteaux, j'ai celui que j'ai apporté de chez moi. En revanche, les arcs, les fusils et les explosifs retiennent mon attention. Je veux pouvoir me défendre si un animal m'attaque. Je raye l'arc de ma liste car je n'en ai jamais utilisé. Je fais de même avec les explosifs qui m'ont toujours fait peur.

J'ai fait mon deuxième choix.

Un revolver et deux boîtes de munitions disparaissent dans mon sac au moment où Michal m'annonce que je n'ai plus que deux minutes. Je sens la panique monter. Que dois-je prendre d'autre ? Des fusées de signalisation pour faire savoir à Tomas où je suis ? Un sac de couchage ? Un vêtement de pluie ? Une notice expliquant comment démarrer une voiture d'avant-guerre ? Je ne sais même pas s'il y aura des voitures.

Je ferme les yeux et je dresse mentalement la liste de ce que j'ai déjà : de la nourriture, de l'eau, un couteau avec des outils, un transcommunicateur, un revolver. Et si je suis blessée ?

Je rouvre les paupières et me saisit de la trousse de premier secours. Elle contient des pansements, des bandages, une aiguille et du fil, une pommade antibactérienne, des pilules d'iode contre une éventuelle irradiation, de l'ibuprofène contre les douleurs et la fièvre et quelques autres bouteilles que je n'ai pas le temps d'examiner de plus près.

– Ton temps est écoulé ! me prévient Michal.

Pendant qu'il referme la porte de la réserve, j'essaie de repousser cette impression d'avoir commis une erreur. De toute façon, il est maintenant trop tard pour changer d'avis.

Michal vérifie sa montre et me guide jusqu'à une autre porte marquée du symbole qui m'a été attribué. Derrière se trouve une chambre et une minuscule salle de bains.

– Tu as une heure pour réorganiser ton sac et changer de vêtements si besoin, lance-t-il.

Il sourit brièvement en regardant comment je suis habillée. Mais je suppose qu'il doit suivre un script précis. Sans doute est-il surveillé.

– Si tu as besoin de quoi que ce soit d'autre, préviens-moi, je serai juste à côté.

Il me laisse et je m'assois sur le lit. Tout dans la pièce, des couvertures à la peinture des murs, est gris. On ne peut pas dire que ce soit un lieu très gai, mais ça pourrait être pire. D'ailleurs, ça va très bientôt être pire.

Je prends une douche et me lave les cheveux avant de les attacher serré. Si à un moment ou à un autre, je dois les couper, je n'hésiterai pas.

Je relace mes bottines et je vide mon sac pour le réorganiser de façon plus pratique.

Je garde une gourde à portée de main et glisse les autres sous mes vêtements. Vient ensuite la trousse de secours, puis ma nourriture que j'enveloppe dans une serviette trouvée dans la salle de bains (personne ne m'a expressément interdit de la prendre). Au-dessus, j'empile le transcommunicateur et le revolver. Le couteau est à l'abri dans ma poche. Je soulève mon sac. Il est un peu plus lourd que quand j'ai quitté la colonie mais il est bien équilibré. Il ne m'empêchera pas de courir si besoin est.

Trois coups légers frappés à la porte m'annoncent que l'heure est passée. Michal m'adresse un signe de tête approbateur en remarquant mes cheveux et me demande de le suivre. Nous traversons plusieurs couloirs avant d'arriver devant un ascenseur. Il appuie sur un bouton marqué *SS*, sans doute pour « sous-sol ». Michal m'explique qu'un tapis roulant nous amènera jusqu'aux limites de la ville où nous prendrons un aérojet pour finir le voyage.

Quand nous arrivons au tapis roulant, je ne peux pas m'empêcher de poser à Michal des dizaines de questions sur son fonctionnement énergétique et la taille du réseau. Il sourit et me promet de tout m'expliquer pendant le trajet. Je manque de tomber en posant le pied sur la bande de caoutchouc mais Michal me rattrape de justesse.

Nous nous déplaçons ainsi pendant près d'une heure sous des tunnels mal éclairés. La présence et la voix de Michal m'empêchent de trop penser à ce qui m'attend.

Un ascenseur nous amène à la surface où, d'après Michal, nous pourrons nous restaurer. Nous arrivons dans une grande pièce bondée d'officiels. L'un d'entre eux se précipite vers nous, un calepin à la main. Il note mon identité et mon symbole avant de demander à Michal de me conduire au numéro 14.

C'est en fait une zone de décollage d'aérojet. Dans un abri, petit mais bien éclairé, une table a été dressée. Michal m'invite à manger pendant que les officiels terminent les préparatifs. La fenêtre de l'abri donne sur une pelouse au milieu de laquelle trône une fontaine. Je viens de passer de longues journées enfermée et je ne sais pas quand je reverrai de l'herbe ; je demande à Michal si nous pouvons aller manger dehors. Il commence par refuser mais je dois avoir l'air désespérée car il me dit d'attendre pendant qu'il soumet ma requête à ses supérieurs. Il revient un sourire aux lèvres et je lance un cri de joie. Michal met la nourriture dans un panier et m'informe que nous avons exactement une heure devant nous. Il appuie sur un interrupteur qui soulève un rideau de fer et nous sortons.

Je m'assois sous un arbre en avouant que je suis étonnée qu'on nous autorise cette entorse au règlement.

– Tant que je suis avec toi, nous sommes sûrs que tu ne peux pas communiquer avec les autres candidats. Il n'y avait donc pas de raison de t'obliger à manger à l'intérieur.

Il me tend une pomme avant d'ajouter :

– Pour te dire la vérité, la majorité des candidats préfère suivre les instructions à la lettre. Le comité est toujours intéressé par ceux qui font preuve d'initiative.

Ainsi, même maintenant, alors que nous sommes sur le point d'être lâchés au beau milieu d'une contrée dévastée et dangereuse, nous sommes évalués. Ça ne devrait pas m'étonner, pourtant c'est le cas. Je cherche un micro ou une caméra des yeux mais je n'en trouve pas.

– Ne t'en fais pas, me rassure Michal en souriant. Ils n'ont aucun moyen de nous entendre ici. Et puis, ils sont trop occupés à régler les derniers détails. Je suis censé faire un rapport sur nos échanges mais je n'en ai pas l'intention.

C'est l'occasion ou jamais de parler de tout ce qui me tracasse. J'hésite car je ne suis pas sûre d'avoir suffisamment confiance en Michal. Mon père m'a recommandé d'être prudente mais depuis mon arrivée, j'ai prouvé maintes et maintes fois que j'avais beaucoup de mal à suivre cette recommandation particulière.

Michal me tend un sandwich au fromage et me demande :

– Comment tu te sens après tout ça ? Tu tiens le coup ?

Je n'ai pas très faim mais je me force à mordre dans le pain qui est sans doute délicieux. J'avale une bouchée et je parviens à articuler :

– Malachi est mort. Sous mes yeux.

– Je suis au courant. Je suis désolé.

Je le crois. L'empathie qu'il dégage me donne envie de pleurer. Je me mords la lèvre et je secoue la tête.

– Pourquoi est-il mort ?

Une plante empoisonnée, un clou dans l'œil, ce sont les causes, mais la raison…

Michal jette un coup d'œil par-dessus son épaule et me demande de manger et de faire semblant de rire de façon à ce qu'un éventuel observateur ne se demande pas de quoi nous parlons. J'obéis. Pendant que je croque dans mon sandwich, il m'explique que le processus du Test a été pensé des années plus tôt par le père du docteur Barnes. Il estimait que la guerre était la conséquence du manque d'intelligence et de compétence des dirigeants de l'époque. D'après lui, ils étaient incapables de prendre des décisions sous la pression et c'est la raison pour laquelle ils n'ont pas su nous sortir du conflit. Le Test est le seul moyen de s'assurer que la Communauté Unifiée ne répètera pas les mêmes erreurs. L'idée n'est pas seulement de revitaliser le pays mais de garder le peuple en sécurité. Au cours des années, de nombreux officiels ont remis en question la sévérité des pénalités encourues par les candidats. Certains sont même allés jusqu'à affirmer que les épreuves avaient tendance à éliminer les meilleurs, ceux qui pourraient dans l'avenir questionner les choix et les lois de la Communauté. Tous ceux qui osent élever la voix dans ce sens sont mutés dans des colonies éloignées, ou pire, disparaissent corps et biens.

Michal éclate de rire comme si ce qu'il venait de dire était hilarant. Je l'imite même si rien ne m'a jamais semblé moins amusant. Éliminer les meilleurs ? Veulent-ils dire les moins conformes ? Est-ce que le fait d'avoir demandé à manger dehors fait de moi un genre de rebelle à leurs yeux ? Toutes ces questions me font tourner la tête mais je continue de sourire comme si ma vie en dépendait.

Ce qui est peut-être le cas.

Je termine mon sandwich et j'en prends un deuxième. Inutile de le mettre dans mon sac ; il ne se gardera pas. Et je sais que j'ai intérêt à commencer cette dernière épreuve le ventre plein. Allongé dans l'herbe, Michal me regarde, puis il jette un coup d'œil à sa montre. Plus que dix minutes, me prévient-il avant de me demander :

– Tu as peur ?

Il me tend une bouteille d'eau. Je bois une gorgée et j'acquiesce en silence. En vérité, je suis terrifiée. J'essaie néanmoins de ne pas perdre contenance. Je glisse les pommes et les oranges restantes dans mon sac. J'ai du mal à le refermer car mes mains tremblent. Michal m'aide et me murmure :

– N'essaye pas à tout prix d'arriver la première. Tous les ans, des candidats pensent que c'est important, c'est faux. Utilise ton intelligence, fais en sorte de prendre un minimum de risques, fais confiance à tes amis des Cinq Lacs si tu peux mais à personne d'autre. Certains concurrents essaieront de t'éliminer de la compétition. C'est une stratégie qui peut marcher. Ne te laisse surtout pas piéger.

Je me sens étourdie et ma vision s'obscurcit. Michal me passe un bras autour des épaules.

– Tu es forte, Cia, et intelligente, continue-t-il. Je ne suis pas le seul à croire en toi. Prouve-leur, prouve-moi que nous avons raison.

Et puis, plus rien.

Quand je rouvre les yeux, j'entends de l'eau qui goutte. Je suis allongée sur un matelas, dans ce qui ressemble fort à un container métallique, lequel ne doit pas mesurer plus de deux mètres sur deux. Je me sens aussitôt oppressée mais je prends sur moi. Au moins, j'ai de la lumière. Et un petit panier de nourriture à mes pieds. Il y a aussi des toilettes et un minuscule lavabo dans un coin. Ainsi qu'une horloge qui m'apprend que le Test commence dans trente minutes. Non, vingt-neuf.

J'utilise les toilettes et me passe de l'eau sur le visage. Au goût écœurant qui persiste dans ma bouche, je devine que j'ai été droguée. Sans doute par Michal. Je me sens d'abord trahie mais ça ne dure pas car je me rappelle ses derniers mots. La drogue faisait partie du protocole obligatoire. Pas ses encouragements. Michal croit en moi. Il pense que je suis capable de réussir le Test. Je ne vais pas le décevoir.

Les aiguilles tournent. J'ôte les draps et la couverture du lit et je les tasse dans mon sac. Le panier contient des sandwichs, une bouteille d'eau, une boîte de biscuits et trois framboises. Je mange les sandwichs et renifle l'eau avant de la boire. Les biscuits vont rejoindre mes autres provisions. J'ai à manger pour une semaine, peut-être plus si je me rationne correctement. Je déguste les framboises sans quitter l'horloge des yeux. Je me lave les mains et sors le transcommunicateur. L'aiguille de la boussole s'agite sans se fixer. J'espère que c'est seulement parce que je suis enfermée.

Plus que deux minutes.

Je bois une dernière gorgée et je range la bouteille.

Une minute.

Je ne sais absolument pas ce qui m'attend dehors. Je sors mon revolver.

Une paroi de la boîte glisse et une voix enregistrée m'annonce :

– La quatrième partie du Test a maintenant commencé.

CHAPITRE 10

Je remarque qu'on ne nous souhaite pas bonne chance.

Une fois dehors, le pied sur un dallage de béton fissuré et envahi par l'herbe, le souffle me manque. Le paysage est dévasté. Débris d'acier, de béton, de verre et de bois, les bâtiments sont effondrés. Les quelques voitures, rouillées. Tout est recouvert d'une couche de suie poisseuse. Ici et là, des arbres à l'aspect maladif luttent pour émerger et trouver le soleil. Des plantes grimpantes recouvrent les carrosseries corrodées et ce qui reste des édifices. Je pose les yeux sur une arche de brique partiellement détruite. Des mots sont gravés sur le fronton brisé. Je m'approche pour les déchiffrer :

Chica.o Stoc Exch. e B

Au moins, je suis maintenant sûre que Tomas ne s'était pas trompé. Je suis à Chicago, la troisième ville à avoir été anéantie durant la Quatrième Époque de la guerre. Les deux premières avaient eu le temps d'évacuer, pas celle-ci. Des centaines de milliers de gens sont morts. Nous avons appris en histoire que l'attaque a été rapide et inattendue. La nationalité des assaillants n'a d'ailleurs jamais été confirmée. Néanmoins, les dirigeants du pays ont cru qu'ils savaient et ils ont riposté.

Signant ainsi la fin de leur monde.

Le vent siffle dans les rues abandonnées, mais je sais que contrairement aux apparences, je ne suis pas seule. Je partage le terrain avec cinquante-huit autres candidats. Et si j'en crois Michal, certains n'hésiteront pas à s'en prendre à moi. Je ne suis forcément pas la seule à être armée.

Comment retrouver Tomas sans risquer de tomber sur de potentiels ennemis ?

D'où je suis, il est difficile de déterminer quel édifice est le plus haut. J'escalade le container et du toit, j'essaie d'avoir une meilleure vue mais je ne découvre que des amas de béton. Dessous, se trouvent les corps de ceux qui vivaient là. Avant. Mon cœur se serre à cette pensée. Mais je dois rester concentrée sur mon objectif : retrouver Tomas.

J'aperçois alors un éclat de lumière. Le reflet d'un rayon de soleil. Pas sûre que ce soit un bâtiment, mais c'est le point le plus haut qui se détache. Difficile d'estimer à quelle distance il se trouve et j'ignore si Tomas sera là-bas, mais je dois tenter ma chance.

La boussole du transcommunicateur remarche. L'outil qui permet de déterminer la longitude et la latitude fonctionne également. Au moins, je connais mes coordonnées. Au besoin, je pourrai revenir ici.

Je saute au bas du container et je me dirige vers le nord. Je gravis les ruines et j'évite les excavations. Je m'arrête régulièrement pour tendre l'oreille, mais je n'entends que le vent et les feuilles d'un arbre qui bruissent.

Le soleil est haut dans le ciel quand j'arrive au pied de la structure métallique que j'avais repérée. C'est en fait le squelette d'un ancien gratte-ciel. Comment a-t-il survécu à la destruction, c'est un mystère. Je m'assois sur un bloc de béton et je bois quelques gorgées d'eau. Il fait chaud, je dois faire attention à rester hydratée. Mon estomac gargouille et je grignote un peu de pain au raisin. Combien de temps puis-je attendre Tomas ? Je n'ai aucune assurance qu'il me retrouve ici. Il a aussi bien pu décider que son plan du plus haut bâtiment était un échec et partir directement vers l'ouest en direction de la clôture.

À la position du soleil, il doit être midi passé. Plusieurs heures se sont déjà écoulées depuis le début de la course. Je vais devoir trouver un abri pour la nuit. L'idée de dormir à la belle étoile exposée aux autres candidats et aux animaux qui peuvent rôder dans la zone me terrifie. Une heure. Je ne donne pas plus à Tomas pour me rejoindre. Ensuite, je bougerai.

Je termine ma maigre collation et je décide d'explorer les environs. Ce n'est pas facile de se déplacer dans les ruines et je manque de trébucher sur une racine. De l'autre côté de la structure, je tombe sur un container métallique, exactement comme le mien.

Je m'en approche prudemment sans faire le moindre bruit. Ce serait trop beau que ce soit celui de Tomas, mais je vais vérifier quand même.

L'horloge à l'intérieur est éteinte. Le panier de nourriture ne contient plus qu'un trognon de pomme et une boîte de biscuits vide. Ce n'est pas Tomas qui était là. Il ne se serait pas jeté sur de la nourriture qu'il pouvait conserver. Et il aurait comme moi pris les draps et la couverture. J'hésite à les ajouter aux miens quand j'entends un bruit.

Il y a quelqu'un dehors.

Je m'immobilise et je retiens ma respiration. Il s'agissait assurément de bruits de pas. Les battements de mon cœur égrènent les secondes. Plus rien. Je serre la crosse de mon revolver et je compte jusqu'à cent. Toujours rien.

Enfermée dans cette boîte sans fenêtre me donne un sérieux désavantage. Non seulement je ne vois rien, mais je n'ai aucune issue de secours. Il faut que je sorte. Maintenant.

Je jette un œil prudent à l'extérieur. En face de moi, des murs tiennent encore partiellement debout. La plupart ne mesurent pas plus d'un mètre de haut mais un ou deux me procureraient une cachette parfaite. Du moins jusqu'à ce que je détermine de façon certaine si la personne qui rôde me veut du mal ou pas. Je rajuste mon sac sur mon épaule. Si quelqu'un me guette, ma meilleure chance est d'utiliser l'effet de surprise. Je prends une profonde inspiration et je m'élance.

Les semelles de mes bottes résonnent sur le béton. Il me semble entendre quelqu'un jurer. C'est peut-être un ami surpris de me voir ici. Dans ce cas, il va m'appeler. Rien ne vient. Je ne suis plus qu'à quelques mètres du mur quand je perçois un son aigu, presque musical. Une corde qui vibre.

Un carreau d'arbalète se plante dans un tronc d'arbre à quelques centimètres de ma tête.

Quand le son se reproduit, je me jette au sol. Cette fois, le carreau s'abat par terre. Encore plus près. Un nouveau juron. Il vient de ma droite. Il est évident que le tireur sait se servir de son arme. Je dois me mettre à l'abri le plus vite possible. Je me redresse et je me précipite derrière le mur juste au moment où un troisième carreau rebondit dessus.

Qui essaie de me tuer ? Un autre candidat ? Oui, sans doute. Il y avait une arbalète dans la réserve. Quelle que soit la personne qui l'a prise, elle avait l'intention de l'utiliser pour se faire de la place dans la compétition. Comme

Roman quand il a tenté de saboter le travail d'équipe de la troisième épreuve.

La colère et l'indignation m'envahissent. Manifestement, mon assaillant ne compte pas sur son intelligence pour réussir le Test. Michal m'a prévenue que le règlement autorisait les candidats à s'entretuer, mais pour moi, c'est une forme de triche. Et je n'ai pas l'intention de laisser un tricheur gagner.

J'ai une arme moi aussi. Accroupie, je me déplace prudemment sur ma droite. Arrivée au bout du mur, j'essaie de calculer la position du tireur en fonction de l'emplacement des carreaux qui ont failli m'embrocher. Je vise.

Et je fais feu.

Le recul du revolver irradie mon bras et mon épaule. La détonation se réverbère dans les ruines. Mon adversaire jure encore une fois. C'est un garçon. Je me demande si je l'ai touché. Je n'en avais pas l'intention. Je ne compte pas survivre en tuant mes concurrents mais je n'ai pas non plus envie de leur servir de cible sans riposter. Je tire encore trois fois et je tends l'oreille.

Il s'est mis à courir. Des cailloux crissent sous ses pieds. Il y a un bruit métallique.

Silence.

Et de nouveau, des pas qui s'éloignent en toute hâte.

J'ai réussi à le faire fuir.

Pour le moment.

Je tremble de tout mon corps. La colère a laissé place à la peur. Je viens de tirer sur quelqu'un. J'aurais pu le tuer. Bien sûr, je ne faisais que me défendre mais la honte m'envahit.

Au bout de quelques instants, je me rends compte que je suis recroquevillée contre le mur et que je ne prête plus aucune attention aux bruits de la ville. Je dois me reprendre.

Je réfléchirai plus tard à ce que je viens d'apprendre sur moi-même. Je dois avant tout partir d'ici. Les coups de feu auront forcément attiré l'attention d'autres candidats dans les environs.

Je passe la tête par-dessus le mur et scrute les alentours. Personne. A priori, je suis seule. Et je vais devoir le rester jusqu'à ce que je retrouve Tomas.

Je vérifie ma boussole et je prends la direction de l'ouest. Je m'arrête tous les dix pas pour tendre l'oreille. L'arbalétrier ne peut pas être bien loin.

Les ruines m'empêchent de me déplacer vite. Heureusement, je finis par tomber sur une rue un peu plus dégagée.

Après une bonne heure de marche, j'arrive devant une large rivière aux eaux noires et tumultueuses. Pas besoin de mon kit de test pour savoir que je n'ai pas intérêt à m'y désaltérer.

Un pont permet de traverser mais ses larges fissures ne lui donnent pas un aspect très sûr. Il vaut peut-être mieux que je continue et que je trouve un autre passage. Je range mon revolver et je grimpe à un arbre sur la berge pour essayer de prendre une décision éclairée. Un peu plus loin, la rivière forme un coude vers le nord-est et je ne peux pas voir plus loin. De l'autre côté, je distingue un pont mais il ne semble pas en meilleur état que celui que j'ai sous les yeux. Sans compter que je risque de faire de mauvaises rencontres sur le chemin. Je dois mettre le plus de distance possible entre moi et les autres candidats. Je vais tenter ma chance sur ce pont.

Apparemment, d'autres sont passés avant moi et ont essayé de le réparer. Sans doute des candidats des sessions précédentes. Des planches et de gros morceaux de béton ont été placés de façon à boucher les trous les plus importants. Mais à mesure que j'avance, des fragments s'effritent sous mes pieds. Arrivée au milieu, je me rends compte que l'autre partie est encore en plus mauvais état. Il manque de grands pans d'asphalte et mes prédécesseurs ont dû juger impossible d'améliorer la situation.

Quelles sont mes options ? Faire demi-tour et essayer l'autre pont ou continuer en espérant que tout se passe bien ? Ce qui est sûr c'est que rester sans bouger trop longtemps me met en danger. Je suis beaucoup trop exposée.

La peur de l'arbalétrier me pousse à avancer. La portion sur laquelle je m'engage est à peine plus large que mon pied. Les flots sombres rugissent en dessous de moi comme s'ils attendaient que je tombe afin de m'engloutir. Je suis à moins de cinq cents mètres de mon but quand le bruit tant craint d'une corde qui vibre ne me laisse pas d'autre choix que de me mettre à courir. Le carreau siffle à mes oreilles avant de tomber à l'eau. Plus que trois cents mètres, mais le pont est devenu quasiment inexistant. Peu importe, je saute. Mon pied glisse et je me rattrape de justesse. Je me retrouve pendue au-dessus du courant. Le poids de mon sac m'empêche de me hisser. Mes doigts s'accrochent à une fissure dans le macadam.

Je rassemble mes forces mais je sens que ma chute est inéluctable. Je me prépare en espérant réussir à nager jusqu'à la berge. En espérant ne pas avaler d'eau.

C'est alors que je sens qu'on me prend la main et qu'on l'oblige à lâcher prise.

Je hurle.

CHAPITRE 11

– Cia, c'est moi. Tout va bien.

Il faut quelques secondes à mon cerveau pour reconnaître la voix. On me tire et je me débats jusqu'à ce que je me retrouve sur la terre ferme. En sécurité. Je parviens à peine à respirer. J'articule néanmoins un « merci » haletant. Tomas me regarde avec inquiétude mais il lance d'un ton qui se veut léger :

– Quand on reviendra à Tosu, il va vraiment falloir que tu t'entraînes au saut en longueur.

Il arrive à me faire sourire. Pendant un instant, une seconde, j'oublie où je suis et pourquoi je suis là. Et puis, je me lève et je me tourne vers le pont, à la recherche de l'arbalétrier.

– On ne doit pas rester ici. Un autre candidat a essayé de me tuer.

Tomas fronce les sourcils et suit mon regard. Je ne suis pas sûre qu'il me croie. À vrai dire, sans les cauchemars de mon père, la trahison de Roman et les mises en garde de Michal, j'aurais du mal à y croire moi-même.

– Il doit essayer de trouver un endroit moins dangereux pour franchir la rivière, estime Tomas. Je n'arrive pas à croire que tu aies réussi à traverser cette ruine. Quand je t'ai vue sauter, je me suis dit que tu étais folle.

Il me tend la main et c'est seulement à ce moment que je me rends compte que la mienne est en sang. Tomas examine la coupure.

– On devrait nettoyer ça, déclare-t-il. On ne peut pas prendre le risque que ta plaie s'infecte. Mais allons d'abord nous mettre à l'abri du soleil.

Nous parcourons un kilomètre avant que j'accepte de faire une pause près d'un tas de béton et de poutres métalliques derrière lesquelles nous pouvons nous dissimuler. Je me rends compte que je suis affamée.

Tomas s'assoit près de moi.

– Je peux déchirer mon drap et en faire des bandages si tu as besoin, me propose-t-il.

– Ce n'est pas la peine, j'ai une trousse de secours.

Je suis contente de ne pas m'être trompée. Comme moi, Tomas a pris les draps du lit dans lequel nous nous sommes réveillés. Pour ne pas mettre du sang partout sur mon sac, je lui demande de m'aider à tout sortir. Je nettoie soigneusement mes plaies avec une compresse humide. Il n'y a rien de grave. Seulement des égratignures superficielles. J'applique un désinfectant et je protège la blessure pour l'empêcher de se salir avant de prendre une pomme. J'en offre une à Tomas. C'est le moins que je puisse faire ; il vient quand même de me sauver la vie.

Il sourit.

– Bien vu la trousse de secours, me félicite-t-il. J'ai failli en prendre une mais je me doutais que tu le ferais.

Il a pris un risque. Il ne pouvait pas être sûr que nous réussirions à nous trouver. Mais de savoir qu'il nous considère depuis le début comme une équipe me rend incroyablement heureuse.

En mangeant nos pommes et deux roulés à la cannelle offerts par Tomas, nous comparons nos équipements. Il avait également tablé que je prendrais l'eau et le kit de purification mais il ne s'attendait pas à mon dernier choix. Il était certain que je prendrais une boussole. C'est certainement ce dont tous les candidats auront besoin durant leur périple. Il est encore plus étonné quand je lui raconte que j'ai déjà eu l'occasion d'utiliser mon revolver.

– C'était toi ?

La honte que j'ai ressentie plus tôt refait surface. Je baisse les yeux mais il me redresse le menton pour m'obliger à le regarder. Et sur son visage, je lis de l'attention, de la compréhension et de la fierté.

– Tu as bien fait, m'assure-t-il. Il faut du courage pour se défendre. Je suis content que tu l'aies fait. Je ne sais pas ce que je serais devenu s'il t'était arrivé quelque chose.

Sans transition, il ajoute :

– Je te montre ce que j'ai ?

Il expose fièrement une petite boîte à outils dans laquelle se trouvent des allumettes, un vieux recueil de cartes détaillées des cinquante États des anciens États-Unis datant du XXIe siècle et un énorme couteau qu'il porte dans un étui à sa ceinture. Je ne me rappelle pas l'avoir vu dans la réserve mais il devait forcément y être. Il est si gros qu'on peut facilement prendre le manche à deux mains. La lame, qui mesure bien soixante-dix centimètres, est crantée à la base mais parfaitement lisse et aiguisée sur plus de la moitié de sa longueur.

– Je me suis dit que ça pourrait être utile pour s'ouvrir un chemin dans la végétation, m'explique-t-il.

C'est un excellent choix.

Avant de remballer mes affaires, je montre à Tomas le transcommunicateur de mon frère et le couteau que j'ai apporté de chez moi. Je pense qu'à nous deux, nous avons un gros avantage sur les autres candidats et lorsque nous reprenons la route, mon pas est plus léger. D'après Tomas, nous devons continuer un moment vers l'ouest puis bifurquer vers le sud. Je suis surprise.

– Tu ne voulais pas qu'on suive la clôture ?

– Pourquoi ?

– Pour retrouver les autres. Tu as bien donné rendez-vous à Zandri et Will ?

– Non, seulement à toi.

– Mais...

Je referme la bouche. Bien sûr. Ne faire confiance à personne. Je connais Tomas depuis l'enfance mais les autres... je ne peux néanmoins m'empêcher de lui demander :

– Et si on les croise ?

Les laisserons-nous se débrouiller seuls ? Abandonnerons-nous ceux que nous avons considérés comme des amis ces dernières semaines ?

Tomas réfléchit un long moment avant de répondre :

– Je ne sais pas encore.

Nous poursuivons notre route sans échanger plus de quelques mots. Le paysage devient de plus en plus nu. En histoire, nous avons appris que les grandes villes se prolongeaient par des banlieues et des villes plus petites. Que des centaines, des milliers de gens vivaient et travaillaient dans les alentours. Il n'en reste plus rien que quelques ruines sur une terre asséchée.

Le soleil a commencé à descendre à l'horizon quand nous repérons une petite structure nichée au milieu d'herbes hautes. Elle semble intacte. A-t-elle survécu à la guerre ou a-t-elle été bâtie par un rescapé ? Tomas et moi nous consultons du regard et nous en approchons. Nous pourrions marcher encore un peu mais nous ignorons quand nous retrouverons un abri potentiel.

La construction est petite et carrée – à peine trois mètres sur trois. Le sol est en béton. Si les murs sont encore debout, la plus grande partie du toit s'est envolée. Heureusement, il ne pleut pas et le ciel est dégagé. Une tache noire dans un coin suggère que quelqu'un, probablement un candidat d'une année précédente, a allumé un feu à cet endroit.

J'aimerais en faire autant mais ni Tomas ni moi ne voulons prendre le risque. Nous partageons des fruits secs et du pain et quand nous terminons notre repas, l'obscurité est totale. Le clair de lune me permet à peine de distinguer l'encadrement de la porte. Je n'ai pas peur du noir chez moi mais ici, c'est différent. La nuit renferme des menaces pires que les monstres que j'imaginais sous mon lit quand j'étais petite. Au moins un des candidats en veut à notre peau.

La main de Tomas trouve la mienne et son contact me fait du bien.

– Tu devrais dormir, Cia, murmure-t-il. Je vais prendre le premier tour de garde.

Je suis épuisée mais je sais que mes cauchemars attendent patiemment que je ferme les yeux. Je préfère discuter.

– Tu crois que nous allons mettre combien de temps à rejoindre Tosu ?

J'ai comparé les coordonnées de notre abri de fortune à celles de mon point de départ. Nous avons marché toute la journée sans parcourir plus d'une trentaine de kilomètres. Notre but me paraît inaccessible.

– Je dirais deux ou trois semaines, estime Tomas. Plus nous nous éloignerons de la ville, moins nous aurons de difficultés à nous déplacer. Et nous trouverons peut-être un moyen de transport. Ce que tu dois garder en tête, Cia, c'est que si ton père a réussi, nous le pouvons aussi.

Je m'accroche à cette idée et je parviens à repousser mes inquiétudes concernant l'eau, la nourriture, les bêtes sauvages et les autres candidats. Je clos les paupières en pensant à mon père et à la main de Tomas toujours dans la mienne. Je sombre dans le sommeil sans m'en apercevoir.

Je me réveille en sursaut. Au-dessus de ma tête, le ciel est mauve et rose. Il me faut quelques instants pour me rappeler où je suis. Tomas est allongé près de moi, la tête sur son sac. Sa respiration est régulière. Il n'a pas dû se rendre compte qu'il s'endormait.

Un craquement de brindilles m'alerte. C'est sans doute ce qui m'a réveillée. Le cœur battant, je secoue doucement Tomas et dès qu'il ouvre les yeux, je pose un doigt sur sa bouche. Il écarquille les yeux et je lui montre la porte en articulant silencieusement :

– J'ai entendu quelque chose.

Un nouveau craquement et un bruissement de feuilles. Je prends mon revolver dans mon sac. Tomas a déjà dégainé son couteau. Nous attendons. Si c'est un candidat, il remarquera forcément notre abri. Peut-être voudra-t-il vérifier s'il peut y trouver quoi que ce soit d'utile. C'est ce que je ferais à sa place.

Je resserre mon étreinte sur la crosse de mon arme.

Mais personne n'apparaît dans l'encadrement de la porte.

Nous attendons encore. C'est presque comme la veille quand j'étais prise au piège dans le container, sauf que cette fois, je ne suis pas seule.

Je ne sais pas combien de temps nous restons ainsi sans bouger. Quinze minutes peut-être, mais aussi longues que l'éternité. Nous n'entendons aucun autre bruit. Tomas se lève et se déplace lentement vers la porte. Je l'imite. Si quelqu'un a prévu de nous tendre un piège, il n'a aucun moyen de savoir que nous sommes deux.

Le manche de son couteau serré dans son poing, Tomas penche la tête à l'extérieur. Rien. Nous faisons le tour de notre minuscule repaire. Nous ne trouvons que nos propres traces et celles laissées par des petits animaux. J'étudie les empreintes. Je dirais qu'il s'agissait d'un renard et peut-être d'un lapin. C'est une bonne nouvelle : à un moment ou à un autre, nous allons avoir besoin de manger autre chose que nos provisions. Je note mentalement de chercher du fil de fer pour fabriquer des collets. Tomas et moi récupérons nos affaires. Il est largement l'heure de reprendre la route.

Notre petit déjeuner consiste en roulés à la cannelle, raisins secs et une gorgée de ma gourde. Maintenant que nous sommes deux sur ma réserve, l'eau risque de ne pas durer très longtemps. Surtout par cette chaleur. Hier, j'étais obsédée par l'idée de m'éloigner le plus possible de la ville mais aujourd'hui, je ne pense qu'à trouver ce dont nous avons besoin pour continuer notre périple. Un point d'eau, c'est évident. Pas trop polluée pour que mon kit suffise à la décontamination. Nous étudions les cartes de Tomas. Même si la guerre et le temps ont effacé les habitations, nous espérons que certains lacs et cours d'eau existent toujours. Nous cherchons les coordonnées d'une rivière pas trop éloignée. D'après le transcommunicateur, nous devons marcher vingt-cinq kilomètres vers le sud-ouest.

Sous nos pieds, la terre est pulvérulente. La conséquence de l'utilisation d'armes chimiques. Nous buvons régulièrement pour ne pas nous déshydrater car nous transpirons beaucoup. Nous discutons de tout et de rien, de nos jeux d'enfants préférés, des chansons apprises à l'école, de nos plats favoris. J'apprends que Tomas raffole des carottes glacées au miel. Moi, je me damnerais pour des framboises fraîches. Nous nous promettons de manger des deux pour fêter notre retour à Tosu.

Après plusieurs heures de marche, nous trouvons un bosquet sous lequel nous reposer. Alors que Tomas pose son sac, je pousse un cri de joie. Près des racines des arbres poussent des dizaines de petites fleurs blanches. Du trèfle. Mon père m'a toujours raconté que cette plante parvient à vivre dans n'importe quel sol. Quand nous manquions de nourriture, ma mère en faisait des salades.

Tomas et moi en cueillons en prenant garde de laisser les racines et nous les dégustons avec notre pain. Les feuilles sont fraîches et les pétales sucrés.

Les rayons du soleil dégagent une chaleur presque insupportable. La poussière adhère à notre peau collante de sueur. Nous avons terminé la première gourde, nous entamons la seconde. D'après le transcommunicateur, nous ne sommes plus qu'à trois kilomètres de la rivière.

Nous atteignons notre destination en fin d'après-midi.

Mais le lit est totalement sec.

Nous revérifions deux fois sur la carte pour nous assurer que nous ne nous sommes pas trompés. Il n'y a pas de doute. Quelque chose, un tremblement de terre peut-être, a totalement modifié la zone. Même si ce n'est pas très surprenant, je suis amèrement déçue. Et j'ai peur aussi. Mais le plus important est de trouver une solution. N'est-ce pas le but du Test ? Déterminer les candidats capables de prendre des décisions sous la pression ? Nous allons trouver de l'eau. Il nous suffit seulement d'être patients et de nous servir de nos cerveaux.

Je remarque une petite dénivellation. Je la montre à Tomas.

– L'eau de cette rivière a bien dû aller quelque part. On verra mieux de là-haut.

– D'accord.

La colline est plus loin et plus haute que je ne le croyais. Quand nous arrivons au sommet, le soleil commence déjà à décroître. Le paysage que nous découvrons me donne envie de pleurer. De la terre brune et craquelée à perte de vue. Des arbres tordus et maladifs. Pas la moindre petite… sauf… je plisse les paupières. Oui, là, je distingue un carré de verdure. Et s'il y a des plantes, il y a forcément de l'eau.

Tomas me prend la main et nous dévalons la colline. Nous courons presque. Pourtant, je ne peux m'empêcher de penser que nous venons de nous mettre en danger. Nous étions beaucoup trop visibles là-haut. Je partage mon inquiétude avec Tomas mais de toute façon, nous ne pouvons plus y faire grand-chose. Il n'y a nulle part où se cacher dans ce désert. J'essaie de rester concentrée sur l'idée de l'eau. Nous allons bientôt pouvoir nous désaltérer et remplir les gourdes.

Pourtant, à mesure que nous approchons, je me sens de plus en plus mal à l'aise. C'est un peu trop facile. Cette zone n'a peut-être pas été revitalisée mais ça ne veut pas dire que le comité de Test n'est pas venu y faire quelques aménagements. Ça ne me surprendrait pas qu'ils aient semé des embûches sur notre chemin.

D'ailleurs, l'aspect de l'oasis confirme mes soupçons. L'ovale de la pelouse est trop parfait. Une petite mare limpide scintille au milieu. Les deux arbres qui l'entourent semblent en parfaite santé.

Tomas a allongé le pas mais s'arrête en s'apercevant que je ne suis plus à ses côtés.

– Un problème ? me demande-t-il en se retournant.

Je lui fais part de mes soupçons. Il fronce les sourcils et observe la mare.

– Ils savent que nous avons besoin d'eau, finit-il par lâcher. Ça me paraît logique qu'ils aient ajouté des sources afin que nous ayons une chance de rester en vie. Sinon, aucun d'entre nous ne réussirait ce fichu Test !

Oui, c'est possible. Il a peut-être raison. Mais contrairement à moi, il n'a pas entendu le docteur Barnes lui expliquer que la mort de Ryme avait un sens. Il n'a pas non plus vu Malachi mourir. Après tout ça, je n'arrive pas à croire que les officiels soient prêts à nous aider. Je propose :

– Faisons le tour et ouvrons l'œil. Juste pour être sûrs.

Tomas crispe les mâchoires, prêt à insister. Il faisait la même tête quand un autre élève ou le professeur se trompait en classe. Mais je ne lui laisse pas le temps d'ouvrir la bouche. Je m'accroupis près de l'herbe et j'observe les fleurs qui poussent au bord de la mare et dégagent une odeur extraordinaire. Les arbres aux larges ramures et au feuillage fourni les protègent des attaques du soleil. C'est un endroit parfait au milieu d'une zone ravagée. Est-il si étrange que je m'en méfie ?

Tomas s'est posté face à moi, de l'autre côté du petit paradis.

– Je ne vois rien de bizarre, grogne-t-il.

– Encore une seconde, s'il te plaît.

Mes tripes me crient de partir d'ici au plus vite mais je dois convaincre Tomas. C'est le premier point d'eau potable que nous croisons depuis hier et je comprends qu'il soit tenté. Si seulement j'en trouvais un autre.

Je me redresse et je retourne vers la colline en criant par-dessus mon épaule :

– Je reviens tout de suite.

Malgré la fatigue, je grimpe vite. J'arrive essoufflée mais il ne me faut pas plus d'une minute pour repérer un ruisseau à seulement quelques mètres. Il n'est entouré d'aucune plante et l'eau sera sans doute contaminée, mais grâce à mon kit, ça ne devrait pas être un problème. Soulagée, je m'apprête à appeler Tomas quand je suis soufflée par une explosion.

CHAPITRE 12

Je tombe violemment sur le sol et je roule sans pouvoir m'accrocher à quoi que ce soit. Arrivée au bas de la colline, je me redresse, étourdie, un sifflement aigu dans les oreilles. L'oasis n'est plus qu'un trou béant. À quelques pas, Tomas est étendu, totalement immobile.

Je ravale un sanglot et je me précipite vers lui. Je ne veux pas. Je ne veux pas encore une fois tenir la main d'un de mes amis en train de mourir. Mais sa poitrine se soulève, il est en vie. Par bonheur, Tomas n'était pas près de la mare au moment de l'explosion. Sinon, comme les arbres et les fleurs, il serait à présent réduit en miettes.

Je tombe à genoux.

Il est inconscient et ce n'est pas bon signe. Je l'examine, à la recherche d'une plaie à la tête. Rien. En revanche, je découvre qu'une branche lui a perforé l'abdomen, au-dessus de la hanche. Il saigne. Mes larmes coulent, je les essuie. Pleurer ne lui sera d'aucune utilité. Je dois arrêter l'hémorragie. Je le tourne avec précaution. Puis, je prends une profonde inspiration et d'un coup sec, je tire sur le morceau de bois. Mais les aspérités de l'écorce s'accrochent à sa chair.

Il gémit et grimace quand je remue la branche dans la plaie pour l'enlever. Le saignement augmente mais au moins, je parviens à le libérer. Je déchire mon drap et, d'une main, je presse le pan de tissu sur la blessure pendant que de l'autre je cherche la trousse de secours. J'ai besoin du désinfectant ainsi que du fil et de l'aiguille. Même si je ne suis pas sûre d'avoir le courage de les utiliser. Tomas pousse un nouveau gémissement quand je le mets sur le dos.

Il ouvre les yeux.

– Qu'est-ce... qu'est-ce qui s'est passé ?

Entendre sa voix m'arrache en même temps un sourire et un sanglot.

– L'oasis a explosé et tu as été empalé par une branche. J'ai réussi à l'enlever mais la plaie n'est pas belle. Ne t'inquiète pas.

Je fais de mon mieux pour être rassurante. Ce n'est sans doute pas brillant.

– Je vais te recoudre en un rien de temps. Il faut juste que...

– Juste que quoi ?

Je rougis.

– Il faut juste que tu enlèves ton pantalon.

Le sourire égrillard qu'il me lance ne tarde pas à se transformer en grimace quand il commence à se déshabiller. Je vérifie sous ma compresse de fortune. Il saigne toujours mais moins abondamment. Sa blessure fait bien trois centimètres de diamètre et cinq ou six de profondeur. Les bords en sont affreusement déchirés. Il doit beaucoup souffrir.

J'ai vu le docteur Flint recoudre mes frères à plusieurs reprises au cours des dernières années mais il s'agissait de plaies plus propres et plus fines. Là, c'est un trou et je ne sais pas du tout comment m'y prendre.

Je dois quand même essayer.

Je fais avaler à Tomas plusieurs cachets antidouleur, puis je nettoie sa blessure de mon mieux avec de l'eau propre. Débarrassée du sang et de la boue, elle a un aspect encore plus terrifiant. C'est décidément impossible à recoudre. Il ne me reste qu'une solution et elle me donne envie de hurler, mais je n'ai pas le choix. Tomas saigne encore et si ça ne s'arrête pas très vite, il ne pourra pas continuer. Et moi non plus, parce que jamais je ne le laisserai là, en sachant qu'il a toutes les chances de mourir.

Je ramasse quelques brins d'herbe et des morceaux de bois que j'empile. J'y mets le feu avec les allumettes de Tomas et je sors mon couteau. Parmi les outils dont il est muni, il y a un tournevis, une lime à ongles, une petite scie, un crochet et deux ou trois autres gadgets dont je n'avais jamais compris l'utilité jusqu'à présent.

Celui que je sélectionne doit faire quatre centimètres de long et un de large. L'extrémité est plate avec un trou au milieu. Mon père m'a expliqué que quand il était petit, il s'en servait pour ouvrir des bouteilles. Mais nous n'avons pas ce genre de bouteilles à Cinq Lacs et je ne l'ai jamais vu l'utiliser. De toute façon, tout ce qui m'intéresse est la partie plate. Il faut juste que je trouve le courage d'exécuter mon plan.

Comme j'ai déjà vu le docteur Flint faire quand il est sur le point d'appliquer un traitement particulièrement douloureux à un patient, je donne à Tomas un morceau de drap pour qu'il morde dedans. Puis, je passe mon ustensile à la flamme jusqu'à ce que le métal devienne rouge. Je demande ensuite à Tomas de tourner la tête.

Je me mords la lèvre et j'applique le métal brûlant sur sa plaie.

Il hurle dans le drap et se tord de douleur. Mes yeux se remplissent de larmes, mais je ne dois surtout pas m'arrêter. D'une main, je remets l'ouvre-bouteille dans le feu et de l'autre, j'essuie le sang qui coule. Je recommence l'opération. L'odeur de viande grillée me donne envie de vomir.

Je n'essaie même plus de m'empêcher de pleurer. Je suis si oppressée que j'arrive à peine à respirer. Les cris étouffés de Tomas me déchirent le cœur.

Mais je continue, encore et encore. Jusqu'à ce que le saignement stoppe. Ma main tremble alors que je nettoie de nouveau la plaie avec notre eau si précieuse. J'applique du désinfectant et je couvre la blessure d'un bandage propre avant d'aider Tomas à remettre son pantalon. J'espère de tout mon cœur qu'il ne resaignera plus, car je ne crois pas être capable de recommencer.

Tomas a le regard vitreux et son front est emperlé de sueur, mais il parvient à m'adresser un faible sourire.

– Je n'ai presque rien senti, ment-il.

Je me penche pour l'embrasser sur la joue mais il tourne la tête et mes lèvres effleurent le coin de sa bouche. Nous nous regardons. Puis, très lentement, Tomas pose sa main sur ma nuque et m'attire à lui pour m'embrasser. C'est un baiser plus léger qu'une plume mais je le sens jusqu'au creux de mon ventre.

Si ce n'est pas mon premier baiser, aucun ne m'avait jamais fait cet effet. La peur et l'adrénaline y sont peut-être pour quelque chose. À moins que ce ne soit parce que je ne sais pas pourquoi Tomas m'embrasse. Par gratitude ? Ou parce que le lien que nous avons construit petit à petit ces dernières semaines devient de plus en plus solide ? Ou encore parce qu'il en avait envie depuis que nous avions dansé ensemble à la cérémonie des diplômes l'an dernier ?

Perturbée par des émotions que je refuse d'analyser, je lui tourne le dos pour ranger la trousse de secours. Je marmonne :

– Il va bientôt faire nuit. Du haut de la colline, j'ai repéré un ruisseau. Il n'est pas très loin. Tu crois que tu peux marcher jusque-là ou tu préfères que nous campions ici ? Dans ce cas, j'irai remplir nos gourdes le plus vite possible.

Tomas secoue la tête et s'agenouille péniblement.

– Si ton copain à l'arbalète a entendu l'explosion, il y a des chances qu'il rapplique par ici. On ne devrait pas rester.

Avec tout ce qui vient de se passer, j'avais presque oublié les autres candidats. Tomas a raison. On doit dégager au plus vite.

Je l'aide à se lever et il passe son bras sur mon épaule. Il fait plus d'une tête de plus que moi, mais nous arrivons à marcher. Nous gravissons le flanc de la colline à pas lents et arrivés au sommet, nous sommes à bout de souffle.

Heureusement, les cachets antidouleur commencent à faire effet et Tomas peut allonger le pas en descendant. Au bord du ruisseau, je repère un gros buisson aux feuilles grisâtres. J'emprunte son coupe-coupe à Tomas, je me glisse sous les branchages et je taille dedans pour nous faire une espèce de nid au centre duquel j'étends une couverture. Je l'aide à se coucher et il s'endort avant même que j'aie eu le temps de le prévenir que j'allais remplir nos gourdes.

Tester de l'eau n'est pas très compliqué, mais ça nécessite un peu de temps et de lumière. Sauf qu'il fait déjà très sombre. Je dois néanmoins essayer. Si la blessure de Tomas s'infecte pendant la nuit, j'aurai besoin de nettoyer la plaie.

Je remplis un petit récipient et j'ajoute un des révélateurs chimiques que j'ai à ma disposition. Je mélange un peu. Si l'eau devient rouge, c'est qu'elle contient du cyanure de potassium. Ce poison a été très utilisé lors des bombardements de la Quatrième Époque. Après quelques instants, le liquide n'a pas bougé et je passe au révélateur suivant. Les trois premiers tests ne donnent rien, mais le quatrième est positif. La teinte violette indique la présence d'une toxine créée par l'Alliance Asiatique. Elle a pour effet de bloquer le système cardio-vasculaire. Je jette mon échantillon et je remplis les gourdes en y ajoutant l'antidote prévu. Il lui faudra au moins une heure avant d'agir efficacement. Demain matin, je referai un test. Je rejoins Tomas sous le buisson et je me restaure de quelques morceaux de pomme séchée avant de me blottir contre lui. Je ne tarde pas à sombrer dans le sommeil.

Je suis réveillée par le chant d'un oiseau. Enveloppée dans la couverture, je me crois pendant quelques secondes à la maison. Quand j'ouvre les paupières, je découvre Tomas qui m'observe en souriant.

– Bonjour, me salue-t-il à voix basse.

– Je n'étais pas censée m'endormir, je maugrée.

Je me rends compte qu'il aurait pu nous arriver n'importe quoi. Nous pourrions aussi bien être morts. J'ai été stupide et je m'en veux.

Si ça ne semble pas trop perturber Tomas, il prend quand même soin de ne pas élever la voix.

– On est plutôt bien cachés. Je me suis levé tout à l'heure et je suis allé faire un tour dans les environs. Il n'y a pas de traces d'autres candidats.

Je fronce les sourcils.

– Tu ne trouves pas ça bizarre qu'on n'en ait croisé aucun, enfin, si on excepte le fou à l'arbalète ?

– Je ne sais pas, répond Tomas en haussant les épaules. La zone du Test est plutôt étendue. Du moins au début.

Il prend son livre de cartes dans son sac et l'ouvre aux pages du Kansas.

– Si je ne me trompe pas, poursuit-il, elle se rétrécit vers la fin. À partir de là.

Il pose le doigt sur une ville nommée Wichita.

– Je pense que les officiels ont prévu de réunir tous ceux qui resteront précisément là.

– Encore un test dans le Test, je commente, comme hier.

– Oui, acquiesce Tomas. Et regarde comment ça s'est terminé.

Ses yeux gris étincellent de colère. C'est une émotion que je ne l'avais jamais vu éprouver. Il est toujours si calme et rationnel.

– J'ai bien failli y rester, gronde-t-il, la mâchoire crispée. Tout ça parce que je ne t'ai pas fait confiance. Cet endroit m'a donné de l'espoir, pour la première fois depuis le début de ce fichu Test, et son but était de me réduire en miettes ! Je ne voulais pas que tu aies raison ! Je refusais de croire que les Officiels pouvaient vouloir nous tuer ! Je ne comprends toujours pas pourquoi ! C'est insensé !

Il serre les poings et je voudrais apporter une réponse à ses questions. Mais je n'en ai pas. Alors je lui prends la main parce que je me sens aussi perdue que lui.

Nous restons ainsi plusieurs minutes avant que Tomas me sourie.

– En tout cas, tu t'es trompée au moins sur une chose, Cia. Je ne suis manifestement pas l'élève le plus intelligent de la classe. Même si c'était très malin de ma part de faire équipe avec toi. Quelle autre fille aurait été capable de me soigner après que j'ai réussi à me faire exploser ?

Je me tourne pour prendre le paquet de fruits séchés afin qu'il ne remarque pas mes joues écarlates.

– Tu plaisantes, toutes les filles à marier de Cinq Lacs se seraient battues pour être à ma place. Surtout si tu leur avais promis de les embrasser pour les remercier.

– Cia...

Je le regarde. Il ne rit plus.

– Si une autre fille m'avait soigné, murmure-t-il, je ne l'aurais pas embrassée.

Ses mots provoquent en moi une sensation de douceur et... d'évidence.

Au bout d'un moment, il se lève et me tend la main.

– Allez viens, Tosu n'est pas la porte à côté.

Avant de partir je reteste l'eau, contente d'avoir quelque chose à faire pour ne pas trop penser à ce que vient de me dire Tomas. Suis-je vraiment spéciale à ses yeux ou voulait-il seulement me flatter ? Compte tenu du nombre de filles qui se jetaient à ses pieds à Cinq Lacs, j'ai du mal à croire qu'il pense réellement à moi de cette manière. Pourtant, quand je me rappelle notre danse et toutes ces fois l'année passée où je l'ai surpris à me regarder à la dérobée...

L'eau est potable. Nous en profitons pour en boire notre content et même pour nous débarbouiller. Nous mangeons quelques biscuits, des pommes et un peu de trèfle rouge que nous trouvons près de notre buisson. Après que j'ai vérifié la plaie de Tomas et que j'y ai appliqué du désinfectant, nous sommes prêts à lever le camp.

Il fait moins chaud qu'hier. Je pense qu'une tempête ne va pas tarder. Ce n'est pas une bonne nouvelle mais ça rend la marche moins épuisante. Autour de nous, le paysage devient un peu plus vallonné. Et si la terre est toujours aussi craquelée, la végétation y est plus fréquente. Les feuilles des arbres sont moins noires et leur tronc moins tordu. Je trouve des carottes sauvages, des roses trémières et des laiterons que nous pourrons faire bouillir si nous avons le temps. Nos réserves ne dureront pas plus de trois ou quatre jours et nous ne savons pas ce qui nous attend.

Nous apercevons aussi plus d'oiseaux. Tomas repère des empreintes de renard, de chevreuil, de lapin et d'autres animaux que nous ne reconnaissons pas. Nous allons devoir chasser ; la viande nous sera indispensable si nous voulons avoir assez d'énergie pour finir le Test. Mais pour le moment, le plus important est d'avancer. Nous traversons de nouveau une zone anciennement habitée et, la nuit venant, nous commençons à chercher un abri. Nous nous décidons pour une maison dont le premier étage est encore debout. Peut-être pourrons-nous y trouver du fil de fer pour des collets et un ou deux objets intéressants. L'idéal serait évidemment un moyen de locomotion pour aller plus vite.

Une famille d'animaux a manifestement élu résidence à cet endroit. Les traces de griffes et les déjections fraîches nous dissuadent d'entrer. La maison d'à côté semble sur le point de s'effondrer mais juste derrière, une espèce de réserve tient encore debout. Les derniers rayons du soleil pénètrent par la fenêtre dont les vitres ont disparu depuis longtemps. La poussière et l'odeur d'humidité me font éternuer. Un banc est en train de pourrir contre un mur. De l'autre côté, gît la carcasse rouillée de ce qui devait être un tracteur. Il y manque le moteur et les roues. En déplaçant un tas de bûches vermoulues, je découvre une carriole en bois. Elle est inutilisable telle quelle, mais les roues en métal paraissent récupérables. Tomas sort sa boîte à outils et entreprend de les démonter. Lourdes, couvertes de graisse et de toiles d'araignées, elles pourraient néanmoins nous servir à construire un moyen de transport plus rapide.

En explorant les autres maisons, nous récupérons une petite casserole et une poêle ainsi que quelques vis et écrous sur une vieille porte de placard. Ce n'est pas grand-chose mais c'est toujours mieux que ce que nous avions au départ. Nous installons notre campement pour la nuit et nous restaurons de deux pommes et de la fin de notre pain. Nous nous couchons en espérant dégotter de nouveaux trésors le lendemain.

Effectivement, le jour suivant, à seulement quelques kilomètres, nous tombons sur un regroupement d'une dizaine d'habitations en brique qui, étonnamment, ont résisté au temps. Nous supposons que nous nous trouvons dans un ancien centre-ville, un peu comme le parc des Cinq Lacs.

Nous nous apprêtons à entrer dans un des bâtiments quand Tomas me montre une empreinte de botte dans la poussière. Sans doute un autre candidat. Je n'ai qu'une envie : fuir le plus loin possible. Mais Tomas estime qu'il serait plus prudent d'essayer d'en savoir plus sur les intentions de notre concurrent.

Je reconnais que c'est assez logique. Je sors mon revolver et je le suis à l'intérieur de la maison. Nous effrayons une famille de boules de poils qui filent à toute allure vers un trou dans le mur. Par réflexe, je tends le bras et je tire. *Bang. Bang.*

Deux des petites bêtes s'écroulent, les autres disparaissent à toutes pattes.

Puis je réalise que je viens de commettre une bêtise. J'ai tout simplement alerté les alentours de notre présence. Je bafouille des excuses mais Tomas secoue la tête en riant.

– Ne t'en fais pas. S'il y avait vraiment quelqu'un, il a dû prendre ses jambes à son cou en entendant les coups de feu. Et s'il avait vu ta performance, il courrait certainement deux fois plus vite.

Il me demande de surveiller la porte d'entrée pendant qu'il vérifie les autres pièces. Au bout de quelques minutes, je l'entends pousser un cri. Je pense d'abord qu'il est tombé nez à nez avec quelqu'un mais quand il me demande de le rejoindre, je perçois nettement de la gaieté dans sa voix.

Je le retrouve tout sourires. Il a une surprise. Et quelle surprise ! Dans ce qui devait être un local où les gens rangeaient leurs véhicules, il a découvert deux bicyclettes sous une bâche plastique. La pièce est sombre et c'est difficile d'estimer leur état. L'une d'entre elles a une roue manquante, l'autre n'a ni chaîne ni pédale. Mais peu importe. C'est la plus belle chose que j'aie jamais vue.

Nous les sortons à la lumière et je vais chercher les deux animaux que j'ai abattus. Ce sont des opossums. Je sais d'expérience que leur chair est comestible.

Tomas propose de s'occuper du dîner et s'éloigne à la recherche d'une source pendant que j'examine les bicyclettes. Je les nettoie avec un morceau de drap. Je répare sans difficulté la chaîne de celle qui en a toujours une, puis j'utilise les trois heures suivantes à réaligner les vitesses, décoller les freins, enlever les chambres à air crevées, replacer la chaîne sur les pignons et rembourrer d'herbe les selles grignotées par des rongeurs. Quand le soleil commence à descendre à l'horizon, je suis couverte de graisse et de poussière, mais un des deux vélos est utilisable. Peut-être pas pour très longtemps, mais ce sera toujours ça de pris. Je suis convaincue que les roues, même sans chambres à air, peuvent encore parcourir quelques kilomètres.

Tout en travaillant, j'ai réfléchi à un moyen d'utiliser le deuxième vélo dont une seule roue est encore potable. Parfois, Daileen et moi nous amusions à rouler sur une seule à Cinq Lacs, mais c'est impossible sur une grande distance. Au moment où Tomas m'appelle pour manger, j'ai peut-être trouvé une solution. Je m'essuie les mains de mon mieux.

Une autre surprise m'attend. Tomas a fait un feu, rôti les deux opossums et mis à cuire des carottes sauvages avec de l'écorce de pin. Le mieux est sûrement le dessert : des framboises sauvages qu'il a trouvées derrière une des maisons.

L'espoir et la joie que j'ai éprouvés toute la journée n'en sont que renforcés.

Pendant que nous mangeons, je discute avec Tomas de mon idée de réparer la deuxième bicyclette avec les roues de la carriole. Nous décidons de passer le jour suivant à nous en occuper ensemble. Nous perdrons une journée de marche, mais nous espérons que notre pari sera payant.

Après notre petit déjeuner composé d'opossum froid et de framboises, nous partons travailler sur le vélo.

Le soir, nous avons réussi et, le sourire jusqu'aux oreilles, je fais le tour de la petite place en pédalant.

Satisfaits de notre journée, nous nous allongeons et regardons les étoiles apparaître dans le ciel. On se croirait presque dans le parc de Cinq Lacs. Je me tourne vers Tomas pour partager cette impression avec lui quand il pose doucement ses lèvres sur les miennes. Les battements de mon cœur s'accélèrent. Dans l'obscurité, je ne distingue pas les traits de son visage mais je sais qu'il me laisse l'opportunité de reculer si j'en ai envie. Je ne le fais pas. C'est à mon tour de l'embrasser. Je passe mon bras autour de son cou et je le sens sourire contre ma bouche. Je frissonne. Malgré notre situation plus que précaire, rien ne m'a jamais paru aussi parfait.

Jusqu'à ce qu'un cri retentisse dans la nuit. Une voix féminine. Nous nous séparons brusquement et nous levons. Tomas sort son couteau, je saisis mon revolver. Côte à côte, nous attendons un autre hurlement.

Mais rien ne vient.

Nous ne fermons pas l'œil de la nuit.

CHAPITRE 13

Nous nous levons à l'aube et chargeons nos sacs sur nos bicyclettes.

Nous nous dirigeons vers le sud-ouest.

Nous avons passé la nuit dans les bras l'un de l'autre, sans jamais lâcher nos armes.

Avant de partir, j'ai vérifié la blessure de Tomas. Elle cicatrise correctement mais il a du mal à trouver une position confortable sur le vélo. Le terrain est plein de cahots et nous n'avons pas de chambres à air pour absorber les chocs. À mesure que nous nous éloignons de Chicago, nous croisons de plus en plus d'arbres et de plantes de toutes sortes. Plus de maisons encore debout aussi.

La carte de Tomas indique une autoroute un peu plus loin vers le sud. Nous décidons de tenter notre chance. Peut-être est-elle encore en partie en état. Nous n'évoquons pas la véritable raison de cette décision. C'est de là que venait le cri cette nuit. Si nous trouvons celle qui l'a poussé, nous serons peut-être en mesure de l'aider. Je ne pourrais pas me regarder dans un miroir si nous l'abandonnions sans même essayer.

Au bout de plusieurs kilomètres, nous apercevons une nuée de corbeaux en train de décrire des cercles dans le ciel. Ma gorge se serre. Sans un mot, nous pédalons à travers l'herbe brune pour aller voir ce qui les a attirés. En arrivant, nous ne pouvons que constater qu'il n'y a plus rien à faire. Le corps de la jeune fille étendu sur le sol est déjà à moitié mangé par les oiseaux. Il me semble reconnaître la candidate qui marchait devant Malachi juste avant la première épreuve. Ses longs cheveux blonds sont englués de sang et de terre.

Elle a un carreau d'arbalète planté dans l'estomac.

Son sac a disparu. Il se peut qu'elle l'ait perdu mais il est plus probable que l'arbalétrier le lui ait volé. Il est peut-être encore dans les parages.

– On ne devrait pas rester ici, souffle Tomas. Nous ne devons plus être très loin de la route.

J'acquiesce.

Pourtant, nous ne bougeons pas. Je n'arrive pas à laisser cette fille se faire picorer petits morceaux par petits morceaux. Elle avait sans doute une famille, des amis ; des gens qui l'aimaient et qui la croient en sécurité au centre de Test de Tosu en train de démontrer ses capacités en maths ou en sciences. Ils ne sauront jamais rien de ce qui lui est arrivé mais l'amour qu'ils lui portaient exige du respect. C'est ce que mes parents m'ont enseigné. C'est ce que penserait n'importe quel habitant de Cinq Lacs.

Tomas trouve une fissure dans une roche et nous y glissons le corps de la jeune fille. Je parviens à lui détacher son bracelet d'identification. Son symbole était un triangle avec une roue à l'intérieur. Nous la recouvrons de pierres pour empêcher les oiseaux de continuer à la déchiqueter. Je place un caillou de teinte rouge au-dessus pour marquer l'emplacement de la tombe. En serrant le bracelet contre ma poitrine, je fais la promesse silencieuse que malgré la pression, je n'abandonnerai jamais les valeurs qui font de moi un être humain. Même si ça doit me faire échouer. Je n'oublierai pas non plus cette jeune fille aux cheveux blonds dont je ne connais pas le nom.

Nous avons perdu une bonne heure.

Nous remontons sur nos bicyclettes. Nous n'échangeons pas une parole et ne nous arrêtons que pour purifier de l'eau et ramasser des pissenlits et des carottes sauvages. Mes jambes tremblent d'épuisement, mais l'image de la jeune fille morte et de ses orbites vides me pousse en avant.

Nous n'arrivons à la route que le lendemain matin.

C'est une longue bande d'asphalte qui se déroule aussi loin que porte notre regard. Je devrais m'en réjouir mais le fait qu'il n'y ait aucun nid-de-poule ni aucune fissure me remplit au contraire de terreur. Je demande à Tomas :

– Tu penses que c'est encore un piège ?

Il hoche la tête.

– Depuis la source, je pense que tout est possible… Regarde.

Je tourne la tête dans la direction qu'il m'indique. Au loin, je distingue la ligne bleue de la clôture. La limite sud que nous ne sommes censés franchir sous aucun prétexte.

– Ils ont dû réparer la route pour pouvoir poser la clôture, reprend Tomas en sortant son livre. D'après la carte, elle va jusqu'à la frontière sud-ouest de l'ancien État et en croise une autre qui va directement à Tosu. Je parie que les officiels l'empruntent quand ils préparent le Test.

Le raisonnement de Tomas me paraît juste, mais il y a un autre problème. Sur sa carte, il est évident que la route traverse plusieurs grandes villes. Mon père parlait de gratte-ciel dans son cauchemar. Si les officiels nous ont tendu des pièges, ils seront très probablement là.

Je prends une profonde inspiration avant de proposer :

– On peut jeter des cailloux sur la route. On verra si elle explose.

Tomas rit et ramasse des munitions. Nous lançons une dizaine de cailloux sur le macadam avant de nous décider à y poser le pied. Après ce que nous venons de traverser, rouler sur un revêtement aussi lisse ressemble au paradis.

Le vent sur mon visage est plutôt agréable. Nous avançons vite et je suis heureuse d'être toujours en vie.

Mais au bout d'un moment, je réalise que si la route a accru notre vitesse de déplacement, elle a également augmenté notre exposition. Nous sommes visibles pour n'importe quel autre candidat embusqué dans un buisson. J'espère que l'arbalétrier n'a pas encore trouvé de moyen de se déplacer plus vite.

Nous traversons un pont qui enjambe une large rivière à l'eau opaque.

Je suggère à Tomas que nous nous arrêtions pour la nuit. C'est tôt pour camper mais je suis épuisée et en sueur. Les crampes menacent mes mollets. L'abondance d'eau signifie que je vais pouvoir me laver pour la première fois depuis plusieurs jours. C'est aussi un excellent endroit pour poser des collets.

Tomas accepte. Il est également fatigué. Le transcommunicateur nous apprend que nous avons parcouru plus de soixante-quinze kilomètres dans la journée. C'est-à-dire, depuis notre départ, un septième de notre trajet jusqu'à Tosu.

La rivière est évidemment contaminée, mais nous y apercevons malgré tout des poissons qui ont dû s'adapter à la pollution. Nous ne pouvons pas les manger crus mais s'ils sont cuits, nous ne risquons rien. Tomas attache un crochet trouvé dans sa boîte à outils à une lanière de drap. Il utilise nos derniers morceaux d'opossum comme appât. Quand je reviens de ma récolte d'oignons sauvages et de pontédérie bleue, il a déjà pêché, préparé et cuit trois poissons. Ils ressemblent aux petits bars que nous attrapons avec mon père.

Nous faisons un véritable festin.

J'ai encore une heure ou deux avant le coucher du soleil. J'en profite pour me laver. Le kit de test a déterminé que la contamination était légère ; elle n'aura donc aucun effet sur ma peau. En culotte et soutien-gorge, je m'immerge dans l'onde glacée. Le courant étant étonnamment fort, je ne m'aventure pas loin du bord.

Après m'être frottée, je remonte et je reste quelques instants à sécher avant de passer mes vêtements de rechange.

En revenant près du campement, j'aperçois Tomas raide comme un piquet, les yeux fixés droit devant lui, son couteau à la main. Je saisis mon revolver et je le rejoins en prenant soin d'éviter les cailloux et les brindilles pour ne pas faire de bruit. Tomas sursaute quand je lui touche l'épaule, puis il tend les doigts vers la route.

Trois silhouettes se découpent. À cette distance, impossible de savoir si ce sont des filles ou des garçons, mais à leur pas traînant, il est évident qu'ils sont fatigués, affamés et peut-être déshydratés.

Même à leur allure, ils seront là avant la tombée de la nuit.

– Tu veux qu'on s'en aille avant qu'ils nous aient vus ? me demande Tomas.

– Qu'est-ce que tu en penses ?

Il fronce les sourcils.

– Ils n'ont pas l'air en état de nous faire du mal. Nous pourrions peut-être les aider. Juste pour ce soir. De toute façon, ils ne s'attendront pas à voyager avec nous puisqu'ils sont à pied et nous à vélo.

Je suis d'accord avec lui. Certains candidats sont prêts à en tuer d'autres pour réussir le Test. Je ne veux pas être comme eux. C'est pourquoi je lui propose :

– Pourquoi n'irais-tu pas pêcher un ou deux autres poissons ?

Tomas les observe encore un moment avant de s'éloigner vers la rivière.

Quand le trio arrive, un grand garçon roux au visage constellé de taches de rousseur, et deux filles dont une grande, au teint mat et aux cheveux courts, nous les attendons cachés dans un buisson. Ils me sont vaguement familiers. Ils tiennent à peine debout et je n'hésite pas à me découvrir.

– Vous avez faim ?

Tomas est toujours dissimulé, son couteau à la main. Nous avons pensé qu'en voyant que nous étions deux, ils auraient plus de raisons d'avoir peur et donc de nous agresser. J'espère qu'ils n'estimeront pas nécessaire de s'en prendre à une fille maigrichonne et seule.

Aucun des trois ne semble surpris par mon apparition. Ils ont dû sentir l'odeur du poisson grillé. Mais la terreur s'allume dans leurs yeux quand ils remarquent mon arme. Je me sens mal à l'aise mais je ne la pose pas. Je ne suis pas si naïve. Je reprends :

– Je peux partager mon repas avec vous et j'ai de l'eau décontaminée. Vous pouvez passer la nuit ici, si vous voulez.

Le garçon prend la parole le premier.

– Pourquoi tu nous aiderais ?

Je hausse les épaules.

– C'est comme ça que j'ai été éduquée.

Je ne sais pas s'ils me croient ou si leur faim est trop grande, mais ils acceptent de me suivre. Je les informe que je ne suis pas seule. À la vue de Tomas et de son couteau, une des filles est effrayée et les autres deviennent plus méfiants. Le poisson et l'eau finissent de les rassurer. Ils s'assoient autour du feu sans lâcher leurs sacs. Une des filles se met à pleurer quand je lui propose de se servir.

Entre deux bouchées, elle parvient à se présenter. Elle s'appelle Tracelyn et ses compagnons Stacia et Vic. Ils viennent tous les trois de la colonie de Tulsa. Ils étaient assis côte à côte quand le docteur Barnes a montré la carte et comme Tomas et moi, ils se sont mis d'accord sur un point de rencontre : la clôture au sud du point de départ. Il leur a fallu deux jours pour se retrouver et depuis, ils suivent la route. Ils ne s'en éloignent que pour chercher à boire et à manger. Ils n'ont pas eu beaucoup de chance de ce côté-là. Dès qu'ils aperçoivent un autre candidat, ils se cachent.

– Nous étions dans une maison abandonnée quand vous êtes passés ce matin, précise Vic en reprenant du poisson. Nous pensions que vous étiez arrivés beaucoup plus loin et je n'ai pas pensé à chercher des traces de roue. J'aurais dû être plus prudent mais l'odeur de nourriture m'a distrait. Vous avez l'air de bien vous en sortir, mais ce n'est pas le cas pour tout le monde.

– On sait, lâche Tomas en regardant Vic droit dans les yeux.

Les deux garçons semblent se jauger. Vic contemple le couteau de Tomas et le revolver sur mes genoux.

– J'ai entendu des coups de feu, il y a deux jours, lance-t-il.

Je ne réponds pas. À la place, je demande :

– Vous n'avez pas été pris pour cible par un arbalétrier ?

Tracelyn écarquille les yeux.

– Quoi ? Un des candidats tire sur les autres à l'arbalète ? Je ne comprends pas. Les officiels nous ont dit que tous nos choix seraient évalués. Ils refuseront forcément ceux qui font ce genre de chose ! Quel genre de responsables seraient-ils ?

– Un responsable au caractère fort, intervient Stacia sans lever les yeux. La Quatrième Époque de la guerre aurait été évitée si le président des États-Unis avait attaqué l'Alliance Asiatique. Mais au lieu de ça, et contre l'avis de ses conseillers, il a voulu réunir une commission internationale. Il était pacifiste alors que le pays avait besoin d'un homme capable de montrer sa détermination par les armes.

Tomas secoue la tête.

– S'il avait attaqué le premier, l'Alliance Asiatique aurait riposté de toute façon. L'Époque Trois avait déjà causé de terribles dommages. Il voulait éviter ce qu'il considérait être le premier pas vers la destruction du monde.

– On peut pas dire que ça ait marché, ricane Stacia. Moi, je crois qu'en nous abandonnant au milieu de ces villes détruites, les officiels essaient de déterminer lesquels d'entre nous ont un instinct de tueur !

Elle a peut-être raison, mais je ne peux pas la laisser dire ça :

– Mon père a réussi le Test et il est pacifiste. Il croit à la création, pas à la destruction.

Stacia hausse les épaules.

– Peut-être qu'il a tout simplement menti à son retour et prétendu qu'il avait eu la peau de certains de ses camarades. De toute façon, ils n'ont aucun moyen de savoir ce qu'on fait pendant qu'on est ici, pas vrai ?

Je n'ai pas oublié les caméras dans l'aérojet, la cabane, les chambres, mais Tomas a calculé que l'écart entre les deux clôtures est à peu près de cinquante kilomètres. Il est impossible que les officiels aient réussi à en installer suffisamment pour couvrir toute la surface que nous devons parcourir. Mais ils ont pu trouver autre chose.

La conversation dévie et nos invités nous parlent de leur colonie. Tulsa comprend 70 000 personnes et le père de Vic travaille dans une ancienne raffinerie toujours active. Les parents de Tracelyn sont employés à la centrale électrique – c'est la plus grande de toute la Communauté Unifiée. Stacia, elle, ne dit rien. Allongée sur le dos, elle regarde les étoiles. Je me demande à quoi elle pense. Les garçons comparent leurs armes. Les filles ont des couteaux et Vic un revolver comme le mien. Ça me rassure qu'ils se soient montrés honnêtes mais je me demande si je vais réussir à dormir à côté d'autres candidats si bien armés.

Nous laissons le feu allumé et nous nous répartissons les tours de garde par deux. D'abord Vic et Tomas, puis Tracelyn et moi. Stacia ne se propose pas. Elle se recroqueville dans un coin et s'endort aussitôt. Avant de me coucher, je confie mon revolver à Tomas. Je ferme les yeux en me demandant si nous avons eu raison d'accorder notre confiance à trois inconnus.

Si nous nous sommes trompés, nous ne nous réveillerons sans doute pas demain matin.

Mais la nuit se déroule sans incident. Après avoir dormi plutôt profondément, Tracelyn et moi prenons notre tour de garde et nous assistons au lever du soleil. Nous discutons à voix basse. Si elle peut aller à l'université, elle aimerait devenir professeur. Elle me parle aussi du garçon dont elle est amoureuse et qu'elle aurait aimé épouser. Mais il n'a pas été choisi pour le Test et elle ne le reverra probablement jamais.

– Ton petit ami et toi avez de la chance d'avoir été choisis tous les deux, ajoute-t-elle.

Je rougis.

– Tomas n'est pas mon petit ami.

– Ah bon ? Pourtant, on pourrait le croire, lance-t-elle avec un sourire en coin. Je suis sûre qu'il est amoureux de toi.

– Il me protège, c'est tout.

Mais son commentaire me remplit d'une joie intense. Au fond de moi, j'espère de tout cœur qu'elle a raison car au fil des jours, je suis de plus en plus sûre que moi je suis amoureuse de Tomas.

Nous parlons de nos familles, des épreuves et de la distance qui nous reste à parcourir. Tracelyn semble authentiquement gentille et même moi, je la trouve un peu trop confiante, ce qui est tout dire. Je lui raconte ce qui nous est arrivé à la source. Je ne sais pas si elle me croit mais je dois lui faire prendre conscience des dangers qu'elle encourt.

Nos compagnons se réveillent l'un après l'autre. Pendant le petit déjeuner, Stacia garde ses distances. Tomas et moi ne nous éternisons pas. Nous rangeons rapidement nos affaires et nous récupérons nos vélos dans le buisson où nous les avions cachés.

Pendant que nous pédalons, je me demande si le petit groupe avec lequel nous venons de passer la nuit franchira la ligne d'arrivée. Je n'ai pas vraiment de doute concernant Stacia. Sa froide détermination devrait lui permettre d'affronter ce qui l'attend, mais à mon avis, elle constitue aussi un danger pour les deux autres. Ses propos me reviennent et contrairement à elle, je n'arrive pas à croire que le docteur

Barnes et les autres officiels se contenteront de notre parole. Nous sommes forcément surveillés. Peut-être pas tout le temps, mais régulièrement.

À la fin de la journée, je pense avoir compris comment ils s'y prennent et j'ai bien l'intention de vérifier ma théorie.

Nous installons notre campement près d'une ferme abandonnée. Des nuages s'amoncellent à l'ouest et nous nous réfugions dans une grange pour éviter d'être trempés par l'averse qui s'annonce. Le bâtiment semble en assez bon état pour ne pas s'écrouler pendant la nuit. En y entrant, nous effrayons quelques poulets sauvages. Quatre coups de feu plus tard, il ne nous reste plus qu'à les plumer et les rôtir. Dans leur nid, nous trouvons en plus cinq œufs magnifiques que nous gardons pour le petit déjeuner.

J'essaie de me comporter comme d'habitude, mais je ne dois pas être très convaincante car à plusieurs reprises, Tomas me jette des coups d'œil interrogateurs. Après le repas, je range mon sac et j'en profite pour examiner le bracelet d'identification de la jeune fille que nous avons enterrée.

Chaque candidat en a un. Et même deux en comptant celui qui se trouve sur notre sac. On nous a expressément demandé de ne jamais l'enlever. Le fermoir n'était pas évident à repérer, je suppose que les autres s'en sont tenus à cette règle.

J'examine la partie métallique du bracelet et là, juste au-dessous du symbole, je découvre trois trous gros comme des pointes d'aiguille. Cette fois j'en suis certaine : depuis le début, nous portons des micros.

CHAPITRE 14

Une vague de satisfaction me traverse comme quand j'ai réussi un examen. Mais elle disparaît rapidement pour laisser place à la peur.

Les officiels ont-ils enregistré tout ce que nous disions depuis que nous avons ces bracelets ou se sont-ils d'abord contentés des caméras ? J'espère que la deuxième hypothèse est la bonne car sinon, ils savent pour mon père et ses cauchemars. J'aurais dû me montrer plus prudente. J'ai été complètement stupide et j'ai peut-être mis la vie de mon père en danger. Parce qu'il est évident que des gouvernants prêts à laisser des jeunes gens ingérer du poison ou se suicider sous leurs yeux n'hésiteront pas à éliminer un homme qu'ils considèrent comme une menace. J'ai également impliqué la magistrate Owens, le docteur Flint et mon ancienne professeur. Tous ceux qui ont essayé d'éviter l'épreuve du Test aux élèves de Cinq Lacs…

– Cia ? Ça va ?

Je fais volte-face. Tomas m'observe avec inquiétude. Je dois avoir l'air totalement bouleversée. Je me force à sourire et je lance :

– Oui, oui, ça va, je m'inquiète seulement pour Tracelyn et les autres. J'espère qu'ils auront trouvé un abri pour la nuit eux aussi. J'ai l'impression que la tempête va être violente.

Puis, je pose mon index sur mes lèvres et je montre le bracelet au creux de ma main. Très doucement, je détache le mien et je le pose sur mon sac. Je prends ensuite la main de Tomas et je le débarrasse du sien.

Je lui fais signe de me suivre à l'extérieur.

Une fois dehors, Tomas est abasourdi.

– Ils nous espionnent ! Je ne devrais pas être surpris mais je n'y avais même pas pensé.

Angoissée, je lui demande :

– Depuis combien de temps crois-tu qu'ils nous écoutent ? Le début de cette épreuve ou notre premier jour ?

Il réfléchit un moment et se rappelle soudain notre conversation sous les arbres.

– Je ne pense pas qu'ils aient commencé si tôt. C'était matériellement compliqué. Nous étions quand même cent quatre-vingt-un. À mon avis, ils se contentaient de nous observer tous en même temps grâce aux caméras.

Je ne peux qu'espérer qu'il a raison.

– Cia, reprend-il, je sais que c'est difficile mais tu ne peux pas t'inquiéter de ce qui se passe chez toi.

Il me caresse la joue. Je m'accroche à sa main comme à une ligne de survie.

– Notre meilleure façon d'aider nos familles, poursuit-il, est de survivre au Test.

J'ai la gorge serrée mais je parviens à articuler :

– Mais même si nous réussissons, ils vont effacer notre mémoire. Nous ne nous souviendrons même pas de cette conversation !

– Nous pouvons essayer de découvrir comment ils comptent nous débarrasser de nos souvenirs, suggère Tomas. J'y ai beaucoup réfléchi et j'ai quelques idées. Maintenant que tu as découvert les micros, nous pouvons nous assurer qu'ils ne sauront pas que nous préparons quelque chose. Ça nous donne un sacré avantage.

Mais les doutes me submergent. Est-ce qu'on sera assez malins pour déjouer un système qui contrôle nos vies depuis des dizaines d'années ? Qui contrôle la vie des citoyens les plus brillants de la Communauté depuis la reconstruction du monde ?

Pourtant, je me redresse et je lève le menton.

– Oui, tu as raison, Tomas. Il suffit que nous nous servions intelligemment de cet avantage.

– Exactement ! me sourit-il. Nous formons une équipe du tonnerre, ça ne peut que marcher ! Tu ne crois pas ? Et puis…

Il hésite un moment avant de poursuivre :

– Il y a une autre raison pour laquelle je suis content que tu aies découvert ces micros.

– Laquelle ?

– Parce que je préfère que tu sois la seule à entendre la première fois où je te dis « je t'aime ».

Ses mots, sa voix, ses lèvres sur les miennes me font chavirer le cœur. Je sais que ce n'est vraiment pas le moment pour une romance. Nous sommes trop stressés, trop éprouvés pour faire confiance à nos émotions, mais la force que Tomas me donne est réelle. Je murmure :

– Moi aussi, je crois que je t'aime.

– Tu crois ?

Tomas rit et me serre contre lui.

– Alors je vais devoir utiliser les trois cents kilomètres qu'il nous reste à parcourir pour finir de te convaincre !

Il m'embrasse sur le haut de la tête et soupire :

– Nous devrions rentrer avant que notre public se demande si nous sommes morts d'une indigestion de poulet.

Nous retournons vers la grange, main dans la main.

– Tu comprendras, sourit-il, que je vais devoir te refaire ma déclaration. Sinon, les officiels vont se demander pourquoi je passe mon temps à te répéter que tu es belle.

Je souris aussi et c'est le cœur plus léger que je remets mon bracelet. Mais maintenant que je sais que nous sommes écoutés, j'ai du mal à avoir un comportement naturel. Heureusement, Tomas n'a pas le même problème.

– Je croyais avoir entendu un bruit dehors, annonce-t-il, mais j'ai dû me tromper. Il n'y a personne. Ça devait être des débris soulevés par le vent.

Pendant une seconde, je suis confuse, mais je finis par comprendre qu'il donne une explication pour le silence prolongé. Je me force à répondre :

– Tant mieux. Je suis fatiguée. Je ne regrette pas d'avoir invité les autres la nuit dernière, mais ce n'était pas évident de se reposer en les sachant à côté.

– C'est vrai, acquiesce Tomas en s'asseyant. Je n'ai pas beaucoup dormi.

– Ça ne t'a pourtant pas empêché de ronfler, en tout cas !

Tomas ne ronfle pas mais notre public trouvera peut-être amusant que je le taquine. Nous parlons des autres candidats pendant un moment et nous essayons d'imaginer comment nos amis se débrouillent. Se sont-ils retrouvés ou voyagent-ils seuls ? Le vent souffle de plus en plus fort et des gouttes de pluie tombent par une ouverture dans le toit.

Nous nous enroulons dans nos couvertures et nous écoutons l'averse tomber. Tomas passe son bras autour de moi.

– Tu sais, c'est vrai que je n'ai pas beaucoup dormi cette nuit et je voulais te dire que Tracelyn a raison. Je suis amoureux de toi.

Même si je sais que cette fois, c'est à l'intention du docteur Barnes, je ne peux m'empêcher de frissonner de plaisir. Tomas m'embrasse longuement et je me colle contre lui. Je souris en répondant :

– Je crois que je t'aime aussi.

Son éclat de rire est un véritable bonheur et je m'endors sans plus me poser de questions.

Nous ne sommes pas seuls.

Je suis toujours dans les bras de Tomas. Sa respiration est régulière. Une lumière pâle éclaire la grange. La pluie a cessé.

J'écoute un moment, puis je referme les yeux dans l'espoir de gagner quelques minutes de sommeil. Et là, je l'entends de nouveau.

Des halètements.

Je me dresse et je scrute la grange. Rien. Je referme les yeux pour isoler le bruit. Ça vient de derrière moi.

Le cœur battant, je repousse doucement le bras de Tomas et je tourne la tête vers le mur. Les premiers rayons du soleil passent à travers une longue fissure. Je me penche pour regarder et j'étouffe un cri.

C'est un animal. Immense. Debout, il est aussi grand que moi. Un pelage noir et gris le recouvre presque entièrement, laissant par endroits apparaître des morceaux de peau rose. Mais le plus effrayant ce sont ses griffes et ses dents.

Un genre d'ours ou de loup ? En tout cas, il ne ressemble à aucune espèce que je connaisse. Mon père m'a montré des photos prises dans les zones contaminées. On y voyait des animaux déformés par les produits chimiques qui ont dévasté la terre. Certains avaient un membre supplémentaire ou la queue en moins, d'autres avaient perdu leurs poils ou se voyaient munis d'une peau si épaisse qu'aucune arme ne pouvait la percer.

Tous les animaux mutants sont dangereux, quelle que soit leur taille. Les plus petits rongeurs au corps nu n'hésitent pas à attaquer des humains.

Pour ne rien arranger, la bête à l'extérieur n'est pas seule. Alors qu'elle tourne la tête, j'en aperçois une autre juste derrière elle. Le museau dressé, elle renifle. Nous a-t-elle sentis ? Si c'est le cas, nous devons partir et vite.

Nous gardons toujours nos sacs prêts. Je m'agenouille et le plus silencieusement possible, je réveille Tomas. Il sourit en me voyant mais il remarque rapidement mon inquiétude. Je me penche vers son oreille et je murmure :

– Animaux mutants. Il faut partir.

Il acquiesce et se lève. Moins d'une seconde plus tard, nous sommes dehors, à environ cinquante mètres de la route. Nous allons devoir franchir une zone couverte de cailloux et de végétation sans se faire repérer.

Je prends une inspiration et je serre la crosse de mon revolver :

– OK. allons-y.

Je cours les mains crispées sur le guidon de mon vélo. Je ne me retourne pas. Ça ne ferait que me ralentir.

Mais Tomas, lui, tourne la tête. Je le sais à sa façon de respirer et aussi parce qu'il se met à crier :

– Cours, Cia, cours !

C'est ce que je fais. Le plus vite possible. Tomas me double. Il me crie de ne pas m'arrêter. Je les entends. Ils sont sur mes talons. Et ils se rapprochent.

La peur décuple mes forces. Je manque de lâcher mon vélo qui rebondit sur les nids-de-poule. Les halètements des bêtes se sont transformés en grognements. Ils me rattrapent et je suis encore à dix mètres de la route. Une de mes pédales se prend dans une touffe d'herbe. Je tombe. Tomas est arrivé. Il a enfourché sa bicyclette et est prêt à partir.

– Dépêche-toi, Cia !

Je me redresse. Je n'ai pas d'autre choix que de me remettre à courir. Quand mes pieds se posent sur l'asphalte, je voudrais m'effondrer en sanglots. Mais les bêtes sont toujours là. Il y en a six. Énormes. La mâchoire ouverte, prêtes à me sauter dessus. L'une d'entre elles bondit devant les autres. Ses yeux jaunes sont fixés sur moi. Je lève le bras. Je vise. Je tire. L'animal laisse échapper un glapissement mais ne s'arrête pas. La balle lui a pourtant touché la poitrine.

– Viens vite ! me crie Tomas. Tu ne les auras pas comme ça !

Je monte sur mon vélo et j'appuie sur les pédales. Les grognements de la meute à ma poursuite me donnent l'énergie nécessaire. Ma bicyclette grince sous l'effort. J'espère que mes réparations ne vont pas lâcher maintenant. Tomas a raison. On ne se débarrassera pas de ces créatures avec un revolver ou un couteau. Notre seule chance est de les distancer.

Tomas me crie des encouragements. La route se met à descendre légèrement et nous prenons de la vitesse. Je continue de pédaler. Si seulement ces bestioles pouvaient se choisir un autre petit déjeuner…

Enfin, les grognements faiblissent. Je risque un coup d'œil par-dessus mon épaule. Les fauves ont abandonné. Ils ont dû renifler une autre proie car ils s'éloignent vers le nord, dans la direction opposée à la nôtre.

Nous ne nous arrêtons pas pour autant au cas où ils auraient décidé de nous prendre à revers, mais ce genre de raisonnement demande une logique et une capacité d'anticipation dont la plupart des animaux ne sont pas capables. Cependant, on raconte des histoires lors des veillées. Des humains ayant survécu aux radiations auraient subi de telles modifications qu'on pourrait les prendre pour des bêtes. Je n'y ai jamais cru mais je ne croyais pas non plus le comité de Test capable de tuer des candidats.

Nous parcourons encore une bonne vingtaine de kilomètres avant de poser le pied à terre pour reprendre notre souffle.

Je pose mon vélo sur le bas-côté et me jette dans les bras ouverts de Tomas. J'entends son cœur battre à tout rompre dans sa poitrine et je sais que le mien bat tout aussi vite. Nous sommes en vie. Concentrée sur le danger que représentent l'arbalétrier et les autres candidats, j'en avais presque oublié les bêtes sauvages. Je ne peux m'empêcher de me demander si elles n'ont pas été envoyées là exprès. Après tout, les officiels ont dressé des clôtures. Comment ces animaux ont-ils pu les franchir ?

Je m'écarte de Tomas et je bois une gorgée d'eau. Je me sens écœurée et épuisée. Je tends la gourde à Tomas avant de sortir les œufs que nous avions prévus pour le petit déjeuner. Par miracle, ils ne sont pas cassés.

Nous nous installons pour une pause bien méritée.

Tomas a l'air épuisé lui aussi, du moins, c'est ce que je pensais avant de remarquer le sang à l'arrière de son pantalon. À genoux pour allumer le feu, il est extrêmement pâle. L'allumette tremble dans sa main.

Je prends la trousse de secours et je lui ordonne de s'allonger. Il m'adresse un sourire qui ressemble plus à une grimace.

– Il ne faut jamais avouer à une fille que vous l'aimez, après elle pense qu'elle peut vous faire faire tout ce qu'elle veut ! Enfin, je vais obéir, mais c'est juste parce que tu me demandes de m'allonger !

Je ris mais après l'avoir examiné, je n'ai plus le cœur à m'amuser. La cicatrice s'est un peu rouverte et les bords sont rouges, ce qui indique une infection. Pas encore très sévère, mais elle pourrait le devenir. Je décide de changer de méthode.

Je fais avaler plusieurs cachets antidouleur à Tomas avant de stériliser l'aiguille. Et je me mets au travail. Tomas serre les dents quand la pointe métallique lui traverse la chair. Moi aussi. La déchirure fait à peine trois centimètres, mais les points sont si petits qu'il en faut au moins douze. Le docteur Flint m'a dit un jour que c'était plus difficile pour un médecin de soigner ceux qu'il aime. Je comprends mieux aujourd'hui. Quand je termine enfin, mes doigts sont poisseux de sang.

J'applique du désinfectant avant de refaire le pansement. Je ne me sens pas très bien et Tomas semble sur le point de s'évanouir. Il est hors de question de repartir maintenant. Je me lave les mains et je lui ordonne de dormir pendant que je prépare les œufs. Avant que j'aie le temps d'attraper la poêle, il a déjà fermé les yeux.

Tout ce sang m'a coupé l'appétit et je décide de remettre la cuisine à plus tard. Le revolver à la main, je m'éloigne un peu pour voir si je peux trouver quelque chose à cuire avec les œufs. Je trouve des oignons sauvages et, pour le dessert, une poignée de framboises sauvages.

Je laisse Tomas se reposer pendant deux heures. Quand je le réveille, il a bien meilleure mine. Et il râle d'avoir dormi si longtemps. Pourtant, quand nous avons fini de manger, il est évident qu'il ne peut pas remonter sur son vélo. Nous continuons donc à pied en poussant nos bicyclettes. Nous nous arrêtons régulièrement pour ne pas trop le fatiguer. À la fin de la journée, des gratte-ciel se découpent à l'horizon.

CHAPITRE 15

À la vue des édifices, je ne peux m'empêcher de frissonner. Les rues de cette ville qui semble immense peuvent regorger de toutes sortes de danger. Peut-être pires que des animaux sauvages ou des candidats armés. D'autre part, je doute que nous trouvions de l'eau dans ce cimetière de béton et d'acier.

Après avoir préparé le feu, je partage mes craintes avec Tomas.

– Je suis sûre que le comité de Test a prévu des épreuves dans la ville. La plupart des candidats décideront de la traverser parce que c'est apparemment le chemin le plus direct.

En réalité, je pense aux cauchemars de mon père. Quoi qu'il soit arrivé à ses amis, c'était dans une ville comme celle-ci.

Tomas acquiesce. Il m'a comprise à demi-mot et sait que je ne peux en dire plus. Il réfléchit un moment avant de donner son opinion.

– Il se peut aussi qu'ils aient truffé de pièges les routes qui contournent la ville pour nous obliger à emprunter ce chemin. Je pense qu'ils veulent connaître nos réactions lorsque nous sommes confrontés aux autres. Regarde…

Je suis du regard la direction qu'indique son doigt tendu.

– La clôture sud touche les limites de la ville, je ne vois pas la limite nord mais je suis à peu près sûr qu'elle est plus proche que nous ne le pensons.

Nous ne tardons pas à nous coucher, les armes à la main. Le lendemain, nous nous levons à l'aube. Après vérification de nos réserves, nous partons à la recherche d'eau. Nous tombons sur une mare boueuse à une centaine de mètres de la route. Il nous faut pas moins de trois produits pour la décontaminer et même après ça, je ne suis toujours pas très sûre qu'elle soit potable. J'espère trouver un autre point d'eau avant que nous entrions dans la ville. Si ce n'est pas le cas, nous ferons avec. Je n'ai pas envie de m'empoisonner, mais nous ne pouvons pas non plus prendre le risque de nous déshydrater.

Nous nous mettons en route et ne tardons pas à arriver à une fourche. Une des routes contourne la ville. Elle est en si mauvais état que nos vélos ne tiendraient pas plus de quelques minutes avant de se disloquer. L'autre route est parfaitement lisse. Le comité de Test ne nous laisse pas vraiment le choix. Le malaise me tord l'estomac. Il ne va pas falloir traîner.

La route se rétrécit alors que nous dépassons les premiers immeubles. Ils ne font pas plus de deux ou trois étages et sont en très mauvais état. Pour certains, il est même étonnant qu'ils tiennent encore debout. Nous prenons garde à rester au milieu de la route au cas où les officiels auraient prévu d'en faire écrouler un sur notre passage. D'ailleurs, à mesure que nous avançons, de plus en plus sont en ruines. À chaque fois, les débris bloquent les rues adjacentes. Au début, je ne suis pas certaine que ce soit intentionnel mais au bout d'un moment, ça devient évident : les officiels nous obligent à tous emprunter le même chemin.

J'en discute avec Tomas et je lui fais part de mon inquiétude concernant ce qui nous attend au bout de la route.

– Tu veux qu'on fasse demi-tour pour contourner la ville ?

À son visage crispé, je sais qu'il n'en a pas envie. Pour être franche, je ne suis pas certaine de le vouloir moi non plus. Cette solution pourrait se révéler encore plus dangereuse. De plus, nous perdrions beaucoup de temps.

Je secoue la tête.

– Non. Pas vraiment. Je veux juste qu'on soit prudents.

Il m'embrasse et sourit.

– Je promets de ne pas jeter de cailloux dans les mares sans te demander la permission, ça te va ?

Malgré mon angoisse, je lui rends son sourire.

– Tu as intérêt à tenir cette promesse.

Nous continuons d'avancer mais un peu plus lentement. Nous scrutons les alentours, à l'affût du moindre danger. Les buildings sont de plus en plus hauts. Nous arrivons à une intersection. Aucun tas de gravats ne nous barre le passage. Cette fois, le choix nous appartient.

– À ton avis ? me demande Tomas.

– Je crois qu'il est temps de jeter des cailloux.

Tomas rit et ramasse une grosse pierre qu'il envoie au milieu de la route qui nous fait face. Elle ricoche sur le macadam. Il recommence dans les deux autres directions. Toujours rien.

– Et maintenant ?

Je ne sais pas. Nous examinons les possibilités. Tout droit et à gauche, les rues sont bordées de bâtiments. Sur la droite, un immeuble retient notre attention. Il est plus haut que les autres et surmonté d'un dôme. La curiosité nous pousse à aller y faire un tour.

Mais c'est impossible d'y entrer. L'intérieur est totalement effondré et toutes les ouvertures sont bouchées. Est-ce que nous sommes censés trouver un moyen ? Tomas ramasse une nouvelle pierre et la balance sur une volée de marches.

Rien.

Je lui demande d'en jeter une autre, juste pour être sûre. Il obtempère et cette fois, la pierre atterrit sur un mur en partie écroulé. Silence puis… un cliquetis. Et une explosion. Message reçu. Toute tentative de se détourner du chemin tracé sera pénalisée.

Nous poursuivons tout droit. Sauf que nous tombons là aussi sur une impasse. Nous ne prenons même pas la peine de jeter des pierres. Demi-tour. Nous prenons à gauche. Comme l'indiquent les enseignes en piteux état, cette rue devait être celle d'un quartier commerçant. Nous pourrions peut-être trouver des trésors derrière ces devantures, mais nous ne nous arrêtons pas. Jusqu'à ce que nous nous retrouvions une nouvelle fois devant trois possibilités. Nous allons tout droit et sommes stoppés par les décombres d'une récente explosion. Encore demi-tour. Et soudain, je comprends. Nous sommes dans un labyrinthe.

Quand j'étais petite, mon père nous dessinait des labyrinthes compliqués et nous demandait de les résoudre. C'était un peu comme une course. Mes frères et moi en avions chacun un et papa donnait le départ. Une fois que nous avions pris le crayon, nous n'avions pas le droit de le reposer. Si nous nous retrouvions bloqués, nous avions perdu. Il voulait nous apprendre à réfléchir au lieu de foncer droit devant nous.

Peut-être cela lui venait-il de fragments de souvenirs du Test ? À moins que ce n'ait été qu'un moyen de passer le temps durant les longues soirées d'hiver. Mais peu importe. Je peux aujourd'hui utiliser ce qu'il m'a enseigné. Si nous ne sommes pas plus prudents, nous pourrions nous retrouver coincés dans ce labyrinthe jusqu'à ce que nos provisions soient épuisées.

Je propose à Tomas de nous arrêter pour manger. Il n'est pas tard, mais il accepte. Nous nous asseyons au milieu de la rue et sortons le poulet froid. C'est ce qui risque de s'avarier le plus vite avec cette chaleur. Tout en mangeant, j'examine la carte. La route qui sort de la ville se trouve au sud-ouest. C'est la direction que nous devons prendre. Ce n'est pas grand-chose mais ça suffira pour commencer. Nous remontons sur nos vélos. Encore une intersection. Nous prenons à gauche. Impasse. Demi-tour et cette fois, en face. Nous sommes trempés de sueur et même avec le compas, nous avons du mal à nous y retrouver. La nuit tombe et nous oblige à installer notre campement. Nous restons au milieu de la route, près d'une impasse. De cette façon, nous verrons le danger arriver.

Nous finissons le poulet et gardons les légumes et le dernier sachet de fruits secs pour demain matin. Nous avons soif et n'avons pas d'autre choix que de boire l'eau de la mare polluée. Elle n'est pas bonne mais ni Tomas ni moi ne détectons un goût caractéristique de polluant mortel. Il y a au moins un point positif : la blessure de Tomas ne s'est pas rouverte. J'y réapplique du désinfectant.

– Mon médecin est le meilleur de la région, déclare Tomas en m'embrassant.

Nous ne tardons pas à nous endormir.

Le lendemain, nous nous retrouvons face aux mêmes difficultés que la veille. Impasses, demi-tours, encore et encore. Plus inquiétant encore, nous distinguons des voix dans les rues adjacentes. Nous ne sommes pas seuls dans le labyrinthe.

Une explosion retentit. Suivie d'un hurlement. Puis d'un autre. Et le silence. Nous pédalons plus vite. Impasse, demi-tour.

Au début, quand nous nous retrouvons bloqués, nous essayons de blaguer mais au fur et à mesure que le temps passe, nous n'en avons plus le courage. Nous sommes couverts de sueur et de poussière. Nous mangeons nos derniers fruits secs. Tomas trouve un vieux roulé à la cannelle dans le fond de son sac et le partage en deux. Heureusement, l'eau ne nous a pas rendus malade. C'est déjà ça. Mais le problème est que nous n'en avons plus beaucoup. Et dans le ciel, pas le moindre nuage promesse d'averse.

Les muscles de mes cuisses protestent alors que nous gravissons une côte en danseuse. D'en haut, nous avons une chance d'avoir une vue d'ensemble de la ville. La main en visière, il me semble distinguer le dôme du bâtiment que nous avons vu en arrivant. Il est très, très loin.

Tomas sourit.

– Ça veut dire qu'on est bientôt au bout, non ?

Cette idée nous redonne un peu d'espoir. Quand nous arrivons de nouveau devant une impasse, Tomas déclare :

– C'est la dernière avant la sortie.

Et nous repartons.

Soudain un bruit de bottes sur le macadam nous pétrifie. Quelqu'un court. Tout près. Tomas me fait signe de me remettre à pédaler. Je le suis. Impasse, demi-tour.

Les pas se rapprochent. Tomas et moi échangeons un regard. Nous descendons de nos vélos, prenons nos armes et nous allongeons au sol.

J'aperçois d'abord l'ombre. L'ombre d'une arme dans une main. Mon index se crispe sur la détente. L'ombre vient vers nous. Je dois me tenir prête. Si l'ombre nous veut du mal, je dois tirer la première. Sans attendre de connaître ses intentions.

L'ombre devient une silhouette. Je dois le faire. Mais je ne peux pas.

Si Tomas meurt, ce sera ma faute.

Sauf qu'au lieu d'un coup de feu, j'entends :

– Cia, Tomas, c'est vous ?

Avant d'avoir compris que je ne vais pas mourir, je suis soulevée et écrasée contre la poitrine de Will qui ne peut pas s'arrêter de rire. Je m'accroche à lui en riant moi aussi. Il sent mauvais, la sueur, la poussière, le sang. Mais ça m'est égal. Je ne dois pas sentir la rose non plus. Je me demande si Nicolette et Zandri sont aussi en vie.

– C'est génial que Tomas et toi soyez ensemble. Je ne pensais pas vous retrouver ! Comment vous avez fait ?

Je réponds :

– Tomas est tombé sur moi alors que j'étais en très mauvaise posture. Il m'a sauvée d'une baignade forcée et peut-être même de la noyade.

Inutile de lui préciser que nous avions prévu de faire la route ensemble. Ça mettrait en évidence que nous ne les avions pas inclus dans notre plan. Je remarque que Will a un bandage imbibé de sang séché à l'épaule.

– Qu'est-ce qu'il t'est arrivé ? Tu vas bien ?

Will secoue la tête.

– Rien de grave. Une petite dispute avec une branche.

J'insiste.

– Tu es sûr que ce n'est pas infecté ? Tu ne veux pas que je regarde ?

– Non, je t'assure. Tout va bien. On devrait plutôt essayer de sortir de ce foutu labyrinthe. Je commence à arriver au bout de mes réserves d'eau et de nourriture.

J'aimerais convaincre Will de me laisser examiner sa plaie mais Tomas prend la parole.

– Will a raison. Il faut qu'on sorte d'ici.

Nous récupérons nos vélos. Will nous demande où on les a eus. Tomas n'a pas l'air d'avoir très envie de parler et je raconte donc toute l'histoire à Will. En échange, il nous décrit la trottinette rouillée qu'il a découverte dans un garage. Après l'avoir retapée, il est venu jusqu'ici par la même route que nous.

– Mais depuis que je suis là, je passe mon temps à me retrouver bloqué. Ça m'a tellement énervé que j'ai moins fait attention. J'ai glissé dans une descente et je me suis cassé la gueule. J'ai dû balancer ma trottinette. Je crois qu'il va falloir que je me trouve un autre moyen de déplacement, surtout si je veux faire la route avec vous.

Pendant que nous continuons à chercher notre chemin, Will nous raconte son périple qui me paraît beaucoup plus paisible que le nôtre. L'eau qu'il a bue le deuxième jour l'a rendu un peu malade mais jusqu'à présent, il a réussi à trouver les ressources nécessaires. Quand il sort de son sac un rouleau de fil de fer, je suis prête à l'embrasser. Si nous arrivons à sortir d'ici, nous n'aurons plus de problème pour attraper des petits animaux bons à manger. Je suis tellement contente avec ce fil de fer que Will me propose de le garder. J'en meurs d'envie mais je refuse.

– C'est toi qui l'as trouvé. Il est à toi.

– Prends ça comme un cadeau de remerciement. Si tu ne m'avais pas empêché d'aller à l'infirmerie après la deuxième épreuve, je ne serais plus là. Aucun des candidats n'en est revenu.

Il baisse la voix pour ajouter :

– Et puis, je ne suis pas sûr de venir avec vous. J'ai l'impression que Tomas a bien envie de te garder pour lui tout seul.

J'aimerais pouvoir le contredire mais il est vrai que Tomas n'a pas beaucoup ouvert la bouche depuis que nous avons retrouvé Will. Et quand il prend la parole, son ton n'est pas des plus aimables. Pour le moment, il marche devant nous. Assez près pour nous entendre mais pas assez pour participer à la conversation. Je suis sûr que ce n'est pas une triviale question de jalousie. Tomas sait mieux que personne que ce n'est ni le lieu, ni le moment. Le fait que Will soit à pied doit le tracasser. Si nous faisons équipe avec lui, nous serons obligés de ralentir notre allure. Cela dit, Tomas ne doit pas oublier qu'il est blessé. Il boite de plus en plus. Nous devons trouver de l'eau le plus vite possible pour que je puisse de nouveau nettoyer sa blessure.

De toute façon, c'est inutile de s'inquiéter de tout ça maintenant. Nous sommes de nouveau devant une impasse. Nous retournons sur nos pas. Au carrefour suivant, nous n'avons que deux possibilités : droite ou gauche. La boussole indique que la sortie est à droite.

Tomas remarque que les buildings sont de moins en moins hauts. C'est sûrement bon signe. J'aimerais sauter sur mon vélo et foncer voir si nous sommes encore loin. Nous parcourons un kilomètre sans intersection. Puis deux. Nos sourires s'élargissent. Les édifices se font de plus en plus rares et enfin, il ne reste que la terre craquelée, quelques touffes de plantes çà et là et la route qui se déroule devant nous.

Au bout de quelques kilomètres, Will nous demande :

– Ça vous ennuie que je passe la nuit avec vous ? Je ne veux pas être un poids mais ce serait cool d'avoir de la compagnie un peu plus longtemps.

– Bien sûr que oui, s'empresse d'accepter Tomas. On peut camper ensemble.

Je note qu'il a limité sa réponse au campement. Et je sais que ça ne va pas lui plaire mais j'ajoute :

– On doit chercher à boire et à manger demain. Peut-être qu'on te trouvera aussi un moyen de locomotion. Comme ça, on pourra rester tous les trois.

Will hoche la tête.

– Ce serait chouette. Mais seulement si je peux aller aussi vite que vous. Je ne veux pas vous ralentir. Plus tôt vous arriverez, mieux ce sera.

Tomas semble se détendre un peu. Nous marchons jusqu'à ce que le soleil effleure la ligne d'horizon. La clôture sud est visible et derrière j'aperçois le scintillement d'un point d'eau. Elle semble si claire et si tentante que je me demande s'il ne s'agit pas d'un test destiné à vérifier que nous ne brisons pas les règles.

Nous choisissons de camper au pied d'un gros rocher. Pendant que Will et Tomas s'occupent du feu, je pars en quête de nourriture. La terre est encore plus sèche ici que dans les zones que nous venons de traverser, mais de l'autre côté de la clôture, j'aperçois des plantes pleines de vie. Le point d'eau est un lac. C'est lui sans aucun doute qui irrigue la végétation. Malgré ma frustration de ne pas pouvoir l'approcher, je ramasse des feuilles de pissenlit, des oignons sauvages et du trèfle blanc. Je fabrique aussi quelques collets avec le fil de fer de Will. Ce sont mes frères qui m'ont appris et avec un peu de chance, j'attraperai bien quelque chose. Mon estomac crie famine.

Will n'a plus rien à boire. Tomas et moi partageons avec lui ce que nous avons. À la nuit tombée, il ne nous reste que deux ou trois gorgées dans la gourde. Trouver une source sera notre priorité demain matin.

Tomas insiste pour que nous prenions chacun un tour de garde pour la nuit.

– À nous trois, ceux qui dorment auront le temps de bien se reposer. Je n'ai aucune envie de revivre l'expérience d'avant-hier avec les bêtes qui nous ont attaqués.

Nous laissons le feu allumé et Tomas m'embrasse avant de grimper sur le rocher pour prendre le premier quart. J'ai été désignée pour le dernier.

Will me secoue pour me réveiller avant de se coucher et de rapidement sombrer dans le sommeil. Dans la faible lumière du feu, je vois les épaules de Tomas se relaxer alors que Will commence à ronfler. Est-il resté éveillé pendant toute la garde de Will ? Je pense que oui. Je suis déchirée entre mon agacement que m'inspire le manque de confiance de Tomas et la culpabilité d'être peut-être trop crédule. Mais quoi qu'il en soit, le malaise de Tomas m'oblige à reconsidérer mon envie de voyager avec Will.

Le chant des oiseaux annonce l'arrivée de l'aube. J'ai promis à Tomas de le réveiller dès les premières lueurs mais je décide de le laisser dormir encore un peu et d'aller relever mes pièges.

Un lapin maigrichon mais tout à fait mangeable s'est laissé prendre. Je suis fière de moi.

Je reviens vers le campement en longeant la clôture dans l'espoir de trouver autre chose à manger. Une poignée de carottes sauvages et de trèfle finit dans mon sac. Je m'apprête à rejoindre Will et Tomas quand le craquement d'une brindille me fait sursauter. Je me retourne, prête à affronter un animal, mais, là, de l'autre côté de la clôture, il y a un homme aux cheveux gris qui me sourit.

CHAPITRE 16

Avant que j'aie le temps d'ouvrir la bouche, l'homme jette un sac par-dessus la clôture et part en courant. Je fixe le sac à mes pieds en me demandant s'il s'agit d'un nouveau test. Dois-je regarder dedans au risque qu'il m'explose au visage ou vaut-il mieux le laisser là où il est ?

C'est d'ailleurs plus une bourse qu'un sac. En toile rêche et brune. Rien à voir avec le tissu fabriqué par les manufactures de la Communauté Unifiée. Les vêtements de l'homme étaient usés mais bien reprisés. Son visage était buriné par le soleil et le vent, son corps musclé comme celui de quelqu'un habitué à travailler dur. Un peu comme mon père. Rien à voir avec les officiels que j'ai rencontrés.

Qui était-il ? Un des rebelles évoqués par Michal chez la magistrate Owens ? Nous avons appris en histoire que différentes options se présentaient aux survivants après la Septième Époque de la guerre pour revitaliser la terre : regrouper tout le monde et créer un gouvernement centralisé ou laisser à chacun le choix d'avancer comme il le pouvait. Ceux qui ont refusé la Communauté Unifiée sont devenus des rebelles. Mais pourquoi, dans ce cas, l'homme a-t-il lancé son sac sur un territoire de la Communauté ?

Après plusieurs minutes d'hésitation, ma curiosité l'emporte. Je ramasse le sac en espérant trouver des réponses à mes questions à l'intérieur. Mais je ne découvre qu'un petit morceau de pain, du fromage, un sachet de raisins secs et une bouteille d'eau. Je l'ouvre et je la renifle. Elle semble pure. Une ou deux gouttes de mes révélateurs chimiques le confirment.

Je contemple ces aliments. L'eau est une bénédiction. Ainsi que le reste d'ailleurs. Mais je ne peux pas les partager avec mes compagnons. S'il n'y avait eu que Tomas, je lui aurais fait signe d'enlever son bracelet, mais Will ne sait rien du micro qu'il porte sur lui. Et je ne le connais pas depuis assez longtemps pour être sûre de sa réaction si je le lui révèle. Il pourrait très bien nous trahir sans le vouloir et ruiner le seul avantage que nous avons sur le comité de Test. Il est également hors de question que les officiels apprennent que je viens de recevoir de l'aide de l'extérieur. Je n'ose pas imaginer quelle est la pénalité pour une telle infraction au règlement.

Ne sachant pas vraiment quoi faire, je verse le contenu de la bouteille dans ma gourde en attendant de trouver un bon prétexte pour en faire profiter Will et Tomas.

De retour au campement, je ranime le feu et dépèce le lapin pendant que des centaines de questions me tournent dans la tête.

J'ai appris en écoutant les autres candidats au centre de Test que les Cinq Lacs est une colonie plutôt bien pourvue. Nous mangeons à notre faim et ce n'est apparemment pas le cas partout. Alors pourquoi cet homme offrirait-il sa précieuse nourriture à une inconnue ? Sait-il pourquoi je suis là ? Sait-il que nous sommes plusieurs ? L'odeur du lapin grillé réveille mes compagnons. Et moi, je n'ai toujours pas de réponses à mes questions.

À la vue de la viande, Will exécute une petite danse de joie. Il me fait penser à mon frère Hamin les soirs de Noël. C'est peut-être parce qu'il ressemble à mon frère que j'ai envie de lui faire confiance.

Ni Tomas ni Will ne posent de questions sur la quantité d'eau dans la gourde.

Nous levons le camp, l'estomac plein, prêts à reprendre la route. Je marche derrière mes camarades, les yeux fixés vers la clôture.

Nous parcourons quinze kilomètres sans croiser de point d'eau. En revanche, un pommier sauvage fait notre bonheur et nous remplissons nos sacs de petits fruits durs. Dix kilomètres plus loin, je commence à me dire qu'en restant sur la route nous n'avons aucune chance de tomber sur une source ou une mare. Les membres du comité de Test n'auront certainement pas voulu nous faciliter la tâche. Je m'arrête pour proposer un plan aux autres :

– Il faudrait que l'un d'entre nous parcoure les environs à vélo. Il pourrait couvrir plus de distance et aurait plus de chances de trouver de l'eau.

– Je veux bien y aller, accepte Will.

Mais Tomas proteste aussitôt :

– Sans vouloir te vexer, Will, qui nous dit qu'une fois que tu auras le vélo, tu n'en profiteras pas pour nous laisser en plan et foncer vers la ligne d'arrivée ?

Will hoche la tête.

– C'est vrai, je pourrais faire ça.

Sa voix est calme, mais ses yeux scintillent de colère.

– Je pourrais te donner ma parole, mais je comprends que ça ne te suffise pas dans ces circonstances. Même s'il me semble que ta petite copine saurait s'en contenter. Mais je parie que tu n'accepteras pas non plus que je reste seul avec elle pendant que tu pars en éclaireur ?

– Tu as raison, acquiesce froidement Tomas. Je ne laisserais Cia seule avec personne. Pas même avec toi.

Ses poings sont serrés. Ceux de Will aussi.

– Et alors, on fait quoi maintenant, hein ? siffle-t-il.

J'interviens avant que Tomas ait le temps d'envenimer la situation :

– Ce qu'on fait ? Eh bien, vous deux, vous restez à transpirer pendant que je vais chercher de l'eau pour nous tous !

Je n'ai pas essayé d'adopter un ton aimable. Ils sont prêts à se battre et même si je suis reconnaissante à Tomas de vouloir assurer ma protection, leur petit numéro de machos m'agace profondément. Comme si on n'avait pas autre chose à penser.

Je lance à Tomas la gourde presque vide.

– Je vais en profiter pour poser des collets. Je vous laisserai des marques pour vous indiquer où ils sont au cas où vous y arriviez avant que j'y repasse. Et essayez de vous comporter en adultes pendant que je me donne du mal pour nous garder tous en vie. Si vous n'en êtes pas capables, vous méritez tous les deux d'échouer à cette épreuve !

J'enfourche rageusement mon vélo et je m'éloigne sans un regard. Tomas me crie d'attendre, mais je l'ignore. Ces deux idiots vont devoir résoudre leur différend tout seuls. L'idée qu'ils sont armés m'inquiète un moment, mais je décide de ne pas me tracasser. Ma colère s'éteint à mesure que je m'éloigne d'eux. C'est vrai qu'ils ont dépassé les limites mais ma réaction était également exagérée. J'ai moi aussi besoin de grandir.

Après m'être assurée grâce au transcommunicateur que j'ai parcouru quinze kilomètres, j'attache un morceau de drap à un buisson, j'installe des collets et je commence mon exploration, direction nord-ouest.

Le soleil est haut dans le ciel. Il fait chaud. Lourd en fait. Avec un peu de chance, nous aurons de la pluie. Je suis contente de m'être gardé un peu d'eau dans la bouteille secrète au fond de mon sac et je suis encore suffisamment énervée par les garçons pour manger le morceau de fromage sans trop de culpabilité.

Je pousse mon vélo en observant le sol à la recherche d'éventuelles traces d'animaux. S'il y a un point d'eau, elles pourraient m'y conduire. Je découvre des empreintes de raton-laveur et je les suis. J'ai parcouru cinq kilomètres et je suis sur le point d'abandonner quand je distingue au nord une légère dépression de terrain. Tout autour, la végétation est un peu moins maladive.

Je m'approche. Il s'agit en fait de la berge d'un petit ruisseau. Je sors mon kit pour purifier l'eau et remplir ma gourde avant de repartir, très contente de moi. Si contente que j'entends le bruit trop tard. Avant que j'aie le temps de sortir mon revolver, ma bicyclette est renversée et je roule sur le côté pour éviter de justesse un animal qui bondit sur moi. Il n'attend pas que je reprenne mes esprits avant de lancer une deuxième attaque. Je hurle. Ses griffes me déchirent le bras gauche. Même si j'arrivais à récupérer mon vélo, je n'ai aucune chance de le distancer. Je rampe pour lui échapper et parviens à me redresser. Je sors mon revolver de mon sac et je vise. L'animal est plutôt haut sur pattes, ses poils sont roux et emmêlés, son dos bossu, ses babines retroussées sur des dents noircies.

Je tire. Les yeux de l'animal s'écarquillent. J'y lis de la peur et de la colère. Sa poitrine se teinte de rouge. Et il s'écroule. Son dernier glapissement ressemble à un appel à l'aide. C'en était peut-être un, car maintenant qu'il ne bouge plus, je peux plonger mon regard dans les yeux bleu foncé de mon assaillant. Ce ne sont pas ceux d'une bête. Ils sont trop intelligents. Ils ressemblent beaucoup trop aux miens quand je me regarde dans le réflecteur. Et malgré le corps déformé, je n'ai aucun doute, je viens de tuer un être humain.

Je n'ai pas le temps de me laisser aller à mes émotions. Je ramasse ma bicyclette et alors que je m'apprête à partir, trois autres sauvages apparaissent. Quand ils remarquent le corps qui gît au sol, ils poussent un cri empli de douleur qui me fait monter les larmes aux yeux. Puis le gémissement est remplacé par un grognement. Ils se lancent à ma poursuite.

Ils sont beaucoup plus rapides que moi. La pollution qui a modifié leur corps l'a également pourvu d'une incroyable détente. Ils courent en s'aidant de leurs mains. Ils sont terrifiants. Il y a une petite colline. Je la gravis à perdre haleine. Ils grognent et prononcent des mots incompréhensibles pour moi, mais je sais qu'ils communiquent entre eux, échangent sur la meilleure façon de m'attraper.

Ma blessure saigne. La chaleur et l'épuisement me donnent le tournis. Si je ralentis, je suis morte. Je pédale en danseuse, j'atteins le sommet de la colline, je saute de mon vélo et tends les bras, le revolver crispé dans les deux mains.

Ils sont tout près. À moins de dix mètres. Je vise le plus à gauche. Mais je ne tire pas. Je ne veux pas les tuer. Ce sont des humains. Des humains très différents de moi mais nous avons les mêmes ancêtres. Tout ce que l'on m'a enseigné dans mon enfance me pousse à vouloir leur parler. À vouloir les aider.

Pourtant, je presse la détente.

Le premier s'étreint la jambe et tombe en glapissant. Celui du milieu se tourne vers lui. Je tire de nouveau. Au niveau de la poitrine. Et il tombe. Le dernier, les lèvres retroussées, se jette sur moi.

Ma balle lui explose le crâne.

Il est mort. Les deux autres sont suffisamment blessés pour être incapables de se relever. Une part de moi veut enterrer celui qui est décédé, mais de toute façon, je n'en ai pas le temps. Je dois partir avant que d'autres arrivent. Je remonte à vélo.

Je continue à perdre du sang mais je ne m'arrête pas avant d'être arrivée à la route. Je m'assois sur l'asphalte brûlant et je prends ma trousse de secours.

Les cinq griffures parallèles de quinze centimètres de long sont vilaines mais peu profondes. Je peux bouger le bras, ce qui prouve que ni les muscles ni les tendons n'ont été touchés. Je nettoie les plaies et y applique du désinfectant avant de les protéger d'un bandage. Je pleure sans pouvoir m'arrêter. En enfilant une tunique propre, j'accroche mon bracelet dans le tissu. Je me demande si ceux qui m'écoutent ont apprécié ce qu'ils viennent d'entendre. Est-ce que les coups de feu les excitent ? Pensent-ils que j'ai tué un candidat ? Est-ce que ça leur donne une plus haute opinion de moi ? Comprennent-ils que je suis blessée ? En ont-ils quelque chose à faire ?

Je voudrais pouvoir rester là, sans bouger, mais je me force à me lever. Le transcommunicateur m'apprend que j'ai parcouru cinquante kilomètres aujourd'hui. Will et Tomas sont quelque part sur la route et ils ont besoin d'eau.

À vrai dire, une autre raison me pousse à les retrouver : j'ai peur d'être seule. Peur d'affronter la nuit sans eux.

Peur d'affronter ma conscience aussi.

Je viens de tuer des êtres humains.

Mais mes jambes refusent de m'obéir et le soleil décline à l'horizon. Je mange le pain qui me reste et quelques raisins secs. J'ignore combien de temps il me faut pour rejoindre Will et Tomas. S'ils se sont eux aussi arrêtés pour chercher de l'eau, ils sont peut-être beaucoup trop loin pour que j'aie la moindre chance de les retrouver avant le coucher du soleil.

Je cherche des yeux un endroit où camper. Un endroit où je ne serais pas trop exposée mais d'où j'aurais une bonne vue sur la route. Après trois kilomètres, je me décide pour un bosquet au bord de la clôture. Je noue un morceau de drap à une branche pour prévenir Will et Tomas que je suis là, au cas où ils décideraient de continuer d'avancer durant la nuit.

Je dormirais sûrement plus confortablement par terre, mais, après avoir caché mon vélo au milieu des hautes herbes, je décide de grimper à un arbre pour me sentir plus en sécurité. Ce n'est pas facile avec mon bras blessé. Je me mords les lèvres pour ne pas crier de douleur mais je ne laisse pas tomber. Je serre les dents et finis par parvenir à me hisser.

Calée entre plusieurs grosses branches, je suis sûre de ne pas tomber si je m'endors. La lune se lève. J'aimerais que ma mère me caresse les cheveux comme elle le faisait quand j'étais malade. Je voudrais être chez moi.

Je garde les yeux fixés sur la route mais sans m'en rendre compte, je ferme les paupières et je m'endors.

Des mains me saisissent. Des griffes pénètrent ma chair. L'homme sauvage ne grogne plus d'inintelligibles syllabes mais crie mon nom. Des larmes roulent sur ses joues. Ses yeux si intelligents me supplient de l'épargner. Mais je tire, encore et encore et encore.

Je me réveille en sursaut. Je ne suis plus sur la colline. Je suis seule.

La nuit est déjà plus grise que noire. Mon fanion de fortune est toujours en place au bout de sa branche. Tomas et Will ne sont pas là.

Je descends de mon arbre. Mon bras me fait mal. Beaucoup plus qu'hier. J'avale des cachets antidouleur avant de nettoyer la plaie. Elle ne semble pas infectée, ce qui me rassure. Un bruit sourd me fait sursauter. Je fais volte-face, le revolver à la main. Au pied de l'arbre, je découvre un sac brun comme celui que l'homme aux cheveux gris m'a donné hier. Cette fois, je n'hésite pas à le ramasser. De l'eau, deux pommes, une tranche de pain, du fromage et ce qui ressemble à un morceau de poulet froid. Pas de mot. Mon bienfaiteur n'est nulle part en vue.

Je me sens mieux après m'être restaurée d'une pomme et de poulet. Les cachets font de l'effet. Je récupère mon morceau de tissu et j'enfourche ma bicyclette.

Je retrouve mes compagnons quelques kilomètres plus loin. Épuisés mais vivants. Dès que Tomas me voit, son visage s'éclaire. Le cœur gonflé, j'accélère, je saute de mon vélo et je me jette dans ses bras. Nous nous embrassons et pendant quelques instants, j'oublie la présence de Will. Quand Tomas et moi nous séparons, je lui dépose un baiser sur la joue et lui tend la gourde pleine d'eau.

– Tu vois, lance Will à Tomas. Je t'avais dit qu'elle allait bien et qu'elle avait trouvé de l'eau.

Il avale deux grandes goulées avant d'ajouter à mon intention :

– Et tes collets ont très bien fonctionné. On a eu deux écureuils et une espèce de renard mutant. Dommage que ça n'attrape pas les vélos sauvages, hein ?

Je hoche la tête.

– J'ai pensé à ton problème, Will et…

– Qu'est-ce qui t'est arrivé ? m'interrompt Tomas en remarquant mon pansement. Ça va ?

– Oui, ça va. Je n'étais pas la seule intéressée par l'eau de ce ruisseau.

Je leur raconte sans trop de détails ce qui m'est arrivé. Tomas me pose des questions auxquelles je réponds aussi brièvement que possible. À aucun moment, je ne précise que mes assaillants étaient humains. Et je ne fais pas mention des trois qui m'ont poursuivie. C'est ensuite à mon tour de leur demander comment s'est passé leur trajet. À leur expression, je devine qu'il y a eu un problème.

Tomas détourne le regard pendant que Will soupire :

– Après ton départ, nous avons beaucoup crié et il se pourrait qu'on se soit aussi un peu battus. Et puis, on a décidé d'arrêter de se comporter comme des crétins et de continuer à avancer. Vers midi, on s'est retrouvé à court d'eau. Et on a rencontré un autre candidat.

– Qui ? Quelqu'un que l'on connaît ?

Will secoue la tête.

– Un type de la colonie de Colorado Springs. Il n'était pas super ravi de nous croiser mais… il a été plutôt cool, pas vrai Tomas ? Il a accepté de nous donner à boire.

Tomas hausse les épaules sans un mot. Je fronce les sourcils.

– Et il est où maintenant ?

Je ne suis pas étonnée que Tomas ne veuille pas s'adjoindre un autre compagnon de route, mais maintenant, nous avons quelqu'un derrière nous qui sait où nous sommes. Et l'idée ne me rassure pas du tout.

Will reprend une gorgée d'eau avant de poursuivre :

– J'ai essayé de convaincre Tomas de laisser ce type venir avec nous mais il a refusé. On l'a laissé il y a une vingtaine de kilomètres. Il était plutôt mal en point. Je pense qu'il voulait se reposer un peu. Il n'est pas près de nous rattraper.

Tomas m'adresse un sourire forcé et évite mon regard. Will ne me dit pas tout. Il s'est passé quelque chose de grave. Ils répondent à peine à mes interrogations suivantes et je n'apprends rien de plus sur le secret qu'ils partagent.

Nous repartons. Will nous assure qu'il comprendra si nous voulons utiliser nos vélos mais j'insiste pour que nous restions encore ensemble. La présence des deux garçons me rassure. Plus tard dans l'après-midi, nous repérons des bâtiments à l'horizon. Sans doute les restes d'une petite ville.

– Bon, j'ai peut-être une chance de trouver quelque chose, lance Will. Je pars en exploration. Si je dégotte ce qu'il me faut, je vous retrouve demain, sinon... rendez-vous à la ligne d'arrivée.

Tomas lui recommande d'être prudent mais son sourire ne laisse aucun doute : il est content de voir Will partir.

Il nous laisse une partie de la viande d'écureuil et de renard et me serre contre lui.

– Fais attention à toi, Cia, me murmure-t-il à l'oreille. Ton petit copain n'est pas le type cool qu'il essaie de paraître. Je vous retrouve demain soir. Jusque-là, surveille tes arrières.

Je veux lui demander des précisions, l'obliger à me raconter ce qui a obscurci leur regard à tous les deux, mais je ne peux pas. Will s'éloigne. Je devrai éclaircir ce mystère seule.

Tomas n'est pas d'humeur à discuter. Il marche vite, sûrement pour essayer de mettre le plus de distance possible entre Will et nous. Ou bien entre lui et ce qui s'est passé pendant mon absence. Je dois allonger le pas pour le suivre. J'ai mal au bras et mon corps réclame du repos mais je continue jusqu'à ce que le ciel s'assombrisse. Nous nous asseyons sur la route et alors que je sors la viande de mon sac, Tomas me demande :

– La lune est claire ce soir, tu te sens capable d'avancer encore un peu après manger ?

– Pourquoi ? Enfin, moi aussi je veux finir ce Test le plus vite possible, mais on dirait qu'un démon te poursuit. Raconte-moi ce qui s'est passé pendant que tu étais avec Will !

Tomas hausse les épaules.

– Rien, c'est juste qu'on a perdu beaucoup de temps dans le labyrinthe et on ne sait pas ce que les officiels nous ont préparé pour nous ralentir. Je pensais qu'on pourrait essayer de prendre de l'avance.

Ses arguments sont logiques mais pourquoi crispe-t-il la mâchoire ? Et pourquoi serre-t-il le poing ?

C'est seulement à ce moment que je remarque la lame de son couteau.

Elle est tachée de sang.

Je pense évidemment au garçon qu'ils ont rencontré.

Non, il n'a pas fait ça.

Pourtant, son malaise et les avertissements de Will…

Non. Je connais Tomas depuis des années. C'est un garçon doux, serviable et attentionné que tout le monde apprécie. Il est incapable d'un tel geste. Ce sang vient sans doute de l'écureuil ou du renard qu'il a découpé. Et même si ce n'est pas le cas, il ne s'en serait pas pris à un autre candidat sans une bonne raison. Il suffit que je le lui demande.

Pourtant, je n'arrive pas à former les mots. Je mange, je bois et je remonte sur mon vélo.

Quand nous nous arrêtons enfin pour dormir, Tomas insiste pour que l'un de nous deux monte la garde. Après ma rencontre de la veille, je n'ai pas d'objection. Il prend le premier quart debout près d'un arbre. À la lumière de la lune, je le vois essuyer des larmes. J'ai envie de le rejoindre mais il me croit endormie. Ce chagrin lui appartient. Je suis malheureuse qu'il ne veuille pas le partager avec moi, mais après tout, j'ai des secrets moi aussi. Des secrets qui m'empêchent de trouver le sommeil et quand enfin, je parviens à m'endormir, ils me poursuivent dans mes rêves.

Tomas me réveille au milieu d'un cauchemar plein de coups de feu et de lames ensanglantées. Il m'embrasse et me demande si je vais bien. Non, mais je souris et prétends que ce n'était rien. Encore des secrets. Puisque je ne dors plus, je vais prendre mon tour pour qu'il puisse se reposer. Je m'assois sous le même arbre que lui mais au lieu de surveiller la route, je garde les yeux fixés sur la clôture. Personne ne vient. Le jour se lève. Nous remontons sur nos vélos.

Tomas a les traits tirés. Il élude toutes mes tentatives de conversation et quand il ouvre la bouche, c'est pour s'inquiéter du manque d'eau et de nourriture. Je fais de mon mieux pour rester optimiste mais un pont se dessine au loin et sous ce pont, une ville. La peur m'étreint. D'autres épreuves nous attendent encore.

Le pont mesure plusieurs kilomètres de long et enjambe une rivière. D'en haut, elle semble claire mais elle est hors de portée. Pour l'atteindre, nous serions obligés de faire un détour de plusieurs kilomètres. Ça fait peut-être partie du Test. Vaut-il mieux perdre du temps ou prendre le risque de chercher un point d'eau ailleurs ? Un candidat désespéré ne se poserait pas la question. Nous ne le sommes pas.

Nous en sommes récompensés quelques kilomètres plus loin. La mare que nous croisons n'est pas d'une limpidité fantastique mais mes tests indiquent que nous pouvons remplir nos gourdes sans risque. La ville n'est plus qu'à cinq ou six kilomètres et nos réserves sont très basses. Même avec ma ration secrète, nous ne pourrions pas survivre plus de quelques jours. Après ce qui s'est passé dans le labyrinthe, nous devons prendre le temps de réfléchir. Tomas a beau avoir envie d'avancer le plus vite possible, c'est lui qui propose que nous nous arrêtions avant d'entrer en ville. Je m'empresse d'accepter. Pendant que Tomas s'occupe du feu, je vais poser des collets et ramasser des légumes sauvages. Je suis en train de déterrer des carottes quand un bruit de l'autre côté de la clôture attire mon attention. L'homme aux cheveux gris sort de derrière un buisson. Il me fait signe. Sans hésiter, je retire mon bracelet d'identification et je le pose sur le dessus de mon sac avant de m'approcher du grillage.

CHAPITRE 17

Je n'ai même pas pris mon arme. Si cet homme avait voulu me tuer, il en aurait eu l'occasion lors de notre première rencontre. J'ai d'abord cru qu'il était vieux à cause de ses cheveux gris mais de plus près, je m'aperçois qu'il n'a pas de rides. Il porte une chemise sans manches et un pantalon large. Il est très musclé. Il tient à la main un sac comme ceux qu'il m'a déjà donnés. Je le regarde droit dans les yeux.

– Merci pour la nourriture.

Il sourit.

– De rien.

J'attends qu'il poursuive mais il reste silencieux.

– Qui êtes-vous ?

– Juste un ami qui veut que tu survives, répond-il. Mon nom n'a pas d'importance.

Sa réticence à me dire comment il s'appelle me rend méfiante.

– Bon, merci encore.

Je tourne les talons mais il me rappelle.

– Si tu as un peu de temps, je peux t'expliquer pourquoi je t'aide et pourquoi je ne peux pas te dire mon nom.

Je m'immobilise.

– Mon nom n'aura aucune signification pour toi mais il en aura une pour ceux qui t'évalueront à la fin de ce Test. Si je suis sûr que tu ne leur livreras pas de ton plein gré, tu pourrais ne pas avoir le choix.

Je suis revenue près de la clôture et je l'observe attentivement.

– Que voulez-vous dire ?

– Ils t'ont parlé de l'entretien qui suit le Test ?

Il attend que j'acquiesce avant de continuer.

– Juste avant, ils te feront avaler un produit qui t'obligera à répondre honnêtement à leurs questions. Tu ne pourras pas t'empêcher de tout raconter. Même ce que tu aimerais garder secret.

Je le crois mais je ne vois pas ce qui justifie de telles extrémités. Rien de ce que j'ai vécu durant cette épreuve ne pourrait m'attirer de véritables problèmes. Bien sûr, j'ai compris comment enlever mon bracelet et ce pourrait être une source d'inquiétude pour le comité, mais rien de plus. Même le fait que cet homme m'ait donné à manger n'est pas spécifiquement interdit par le règlement. Les épaules en arrière, le menton dressé, j'affirme :

– Je n'ai rien à cacher.

– Tu en es vraiment sûre, Cia ?

Il connaît mon nom. J'avais supposé que notre rencontre était due au hasard mais ce n'est manifestement pas le cas.

– Comment savez-vous qui je suis ? Êtes-vous un membre du comité de Test ?

Il rit.

– Non, loin de là. Je suis au contraire quelqu'un qui pense que ce Test est une foutaise. Je veux t'aider. Pas seulement aujourd'hui, mais aussi lorsque tu devras faire face aux dangers de l'université.

Jusqu'à présent, mon but était de sortir vivante de cette épreuve. Que l'université représente un autre défi à relever me glace le sang. Mais ce n'est pas le moment de m'en inquiéter, des questions plus urgentes me trottent dans la tête.

– Si vous êtes contre le Test, pourquoi m'aidez-vous à le réussir ? Pourquoi ne pas tout simplement me permettre de m'échapper ?

– Comme le docteur Barnes vous l'a sans doute expliqué, vous n'êtes pas autorisés à quitter la zone de test, explique l'homme d'une voix douce. La clôture n'est inoffensive que si vous n'essayez pas de la franchir.

Il sort de sa poche un bracelet d'identification dont le symbole représente un triangle avec un œil à l'intérieur. Après la troisième épreuve, Tomas m'avait désigné un garçon de son groupe. Grand, avec des cheveux roux en bataille, il avait l'air gentil.

– Il a essayé d'escalader le grillage, reprend mon interlocuteur. Il est mort avant d'avoir posé le pied de l'autre côté. Je l'ai enterré comme ton camarade et toi l'avez fait avec la jeune fille que vous avez trouvée.

Tous mes muscles se raidissent.

– Seul un membre du comité peut savoir ça !

– C'est vrai. Mais tous les membres ne sont pas d'accord avec les procédures. L'un d'entre eux a même saboté plusieurs aérojets pour empêcher des officiels d'atteindre les colonies avant le début du Test. Malheureusement, ils ont été réparés plus rapidement que nous ne l'avions prévu. Sinon, tes amis et toi seriez toujours aux Cinq Lacs et je discuterais en ce moment avec un autre candidat.

S'agirait-il de Michal ? Michal aurait-il parlé de moi à cet homme ? Je suppose que même si je pose la question, je n'obtiendrai pas de réponse. Et puis, il est temps d'en venir au but. Ça fait déjà trop longtemps que j'ai posé mon bracelet. Mon silence pourrait amener ceux qui m'écoutent à se méfier.

– Que voulez-vous de moi ?

Pour la première fois, il sourit.

– Nous savons que ta famille a des secrets que le comité ne doit apprendre sous aucun prétexte, Cia.

Il me jette le sac qu'il avait à la main.

– Tu trouveras dedans une petite fiole. Elle contient un liquide qui, nous l'espérons, empêchera le sérum de vérité d'agir. Si tu veux que ta famille reste en sécurité, prends-le avant l'entretien.

La menace à peine voilée contre mes parents et mes frères me terrifie. Mais la peur ne me sera d'aucune aide. Je me mords la lèvre.

– Comment puis-je être sûre qu'il ne s'agit pas d'un autre test ?

Si c'est le cas, cette drogue me tuera très probablement. *Les mauvaises réponses seront pénalisées.*

– Tu ne peux pas, soupire l'homme d'une voix triste. Tu dois te contenter de ma parole.

Il recule d'un pas.

– Cache la fiole dans tes vêtements de rechange. Un de mes amis au comité fera en sorte que personne ne la trouve. Bonne chance, Malencia. J'espère qu'on se reverra.

Je le regarde s'éloigner jusqu'à ce qu'il ait complètement disparu avant de récupérer mon bracelet. Le soleil commence à se coucher. Je dois retourner auprès de Tomas, mais j'ai besoin d'un moment pour réfléchir. J'examine la fiole. Je l'ouvre et en renifle le contenu. Ça sent un peu la rose.

Dans le sac, il y a aussi de l'eau et à la place du pain et du fromage, une boîte remplie de framboises fraîches, une petite botte de carottes sauvages et de fruits jaunes que je pense être des poires. Après avoir cherché une quinzaine de minutes dans les environs, je découvre un framboisier et un poirier ainsi que des carottes. Cette nourriture n'est pas seulement pour moi. Si je peux en expliquer la provenance à Tomas, je peux aussi la partager avec lui. L'homme aux cheveux gris doit savoir que je n'ai pas parlé de lui à Tomas. Il a l'air de savoir beaucoup de choses.

Il a évoqué des secrets de famille. Faisait-il allusion aux cauchemars de mon père ? Au fait que Zeen est beaucoup plus intelligent que ne le croient les officiels ? Que certains dirigeants de Cinq Lacs ont conspiré pour éviter le Test aux jeunes diplômés de la colonie ? Je sais maintenant qu'on me posera des questions sur ces sujets lors de mon entretien.

Ou alors, je me trompe complètement. Et dans ce cas, je tomberai raide morte après avoir ingurgité son poison.

J'aurai un choix à faire le moment venu. Mais pas maintenant.

Tomas est ravi de ma récolte. Une fois que j'ai tout déposé par terre, il me prend dans ses bras et me fait danser avec lui. Les ombres des deux jours précédents s'évanouissent. Je suis heureuse.

Nous terminons la viande et nous régalons des framboises et des poires juteuses. Nous en ramasserons d'autres demain avant de repartir. Je vérifie la plaie de Tomas qui cicatrise plutôt bien. La mienne est très douloureuse et paraît infectée. Je la nettoie et reprends des cachets antidouleur. Je réapplique du désinfectant en sachant au fond de moi que ça ne changera pas grand-chose. Mais il faut bien essayer. Tomas m'aide à refaire le pansement. Il se moque de mes lèvres tachées de fruit avant de les embrasser. Il est redevenu lui-même et je suis tentée de partager mes secrets avec lui. Mais je ne peux pas. Pas avant de connaître les siens.

– Dis-moi ce qui s'est passé avec Will.

– Will t'a déjà tout raconté.

– Il n'a pas tout raconté, je le sais.

Tomas se raidit.

– Tu me traites de menteur ?

– Non, mais j'ai l'impression que…

Tomas s'écarte de moi et se lève. Il s'éloigne même de quelques pas. Ça me donnerait presque envie de pleurer. Je me redresse à mon tour et je m'approche de lui.

– J'ai confiance en Will.

– Tu ne devrais pas, me rembarre Tomas. Ton père t'a pourtant dit de n'avoir confiance en personne.

Ses mots me pétrifient. Il sait que nous sommes écoutés et que s'il ne fait pas attention, il peut mettre toute ma famille en danger.

Malgré la boule qui m'obstrue la gorge, je parviens à articuler :

– Je te fais bien confiance à toi ! Et si mon père m'a prévenue que la compétition pouvait inciter certains à mal agir, je ne pense pas que Will soit de ceux-là !

– Et comment peux-tu en être aussi sûre ? Parce qu'il est drôle ? Parce qu'il était bouleversé en apprenant que son frère avait échoué à la première épreuve ? Tu ne sais pas de quoi il est capable ! Quand nous avons trouvé tes collets, il a ouvert son sac et dedans, il avait un kit de purification, une trousse de secours, une paire de jumelles et un livre de cartes comme le mien !

– Et alors ?

– Nous n'avions le droit de choisir que trois objets, je te rappelle. Trois que nous pouvions ajouter à deux objets personnels. Il avait également un revolver et un couteau. Fais le compte !

– Peut-être qu'il a trouvé les jumelles ou le couteau…

– Avec le logo du Test ? Mais oui, bien sûr ! Non, il a croisé au moins un autre candidat !

L'image de la jeune fille morte m'apparaît, mais je la repousse.

– Peut-être qu'un des candidats a perdu son sac ou peut-être même qu'il l'a volé à quelqu'un qui dormait.

Ce ne serait pas terrible d'un point de vue moral, mais je pourrais le comprendre. Je pousse un profond soupir.

– Écoute Tomas, les gens peuvent agir bizarrement quand ils sont sous pression. Tu ne peux pas être sûr qu'il a tué quelqu'un ! Vous avez croisé un autre candidat pendant mon absence et il ne lui est rien arrivé !

Tomas baisse les yeux.

– Ouais, marmonne-t-il. Tu as raison.

De tout mon cœur, j'ai envie de le croire. Mais c'est presque impossible. Tomas, que je n'ai jamais vu autrement que calme et serein, bout de colère et de désespoir.

– Tomas, je te demande seulement de considérer l'éventualité d'une autre explication. Le comité cherche des leaders et même les leaders doivent apprendre à avoir confiance, parfois.

Si mes mots échouent à convaincre Tomas, mon ton semble au moins l'apaiser. Nous nous allongeons et il me reprend dans ses bras, mais je dois encore lui poser une question. Une dernière.

– Comment s'appelait le candidat que vous avez croisé ?

Je sens les battements du cœur de Tomas s'accélérer. Après un petit moment, il murmure :

– Je ne sais pas. S'il nous l'a dit, j'ai oublié.

Il ment. S'ils ont réellement croisé quelqu'un, il lui a forcément demandé son nom après s'être présenté. Ne serait-ce que par habitude ou politesse. C'est comme ça que nous avons été éduqués aux Cinq Lacs. La déception me serre la gorge et je me force à rester dans ses bras malgré mon envie de m'éloigner de lui.

Cette nuit, nous faisons tous les deux semblant de dormir.

Mes collets fonctionnent bien. J'ai attrapé deux lapins et un opossum. Pendant que Tomas les prépare, je vais ramasser des fruits et des légumes. Suffisamment pour tenir durant la traversée de la ville. Nous ne nous embrassons pas ce matin. Tomas ne prononce pas un mot et je suis perdue dans mes pensées.

Le ciel est couvert. Je jette des coups d'œil réguliers de l'autre côté de la clôture, mais je n'aperçois aucun signe de mon mystérieux bienfaiteur. Ça ne me surprend pas. Pourtant, je suis presque sûre qu'il nous observe. Lui ou un des siens. Sont-ils des rebelles ? Il a affirmé ne pas faire partie du comité de Test et ne pas être d'accord avec les méthodes de sélection. Pourtant, il veut que je réussisse. Si lui et ses amis ont la possibilité de saboter des aérojets, ils doivent aussi avoir le moyen de faire franchir la clôture sans risque à un candidat. Bien sûr, comme il l'a dit lui-même, si leur plan avait marché, je ne serais pas là. Mais quand même. Je suis certaine que s'ils voulaient seulement nous permettre de fuir, ils le feraient. De nombreux candidats, affamés, effrayés, seraient sûrement ravis de prendre leurs jambes à leur cou.

Ou peut-être pas. Nous avons tous des familles, des parents, des frères, des sœurs. Le gouvernement leur verse une pension quand nous sommes sélectionnés pour le Test, mais que se passerait-il si le candidat ne respectait pas les règles ?

Nous passons sous une immense arche métallique et entrons dans la ville. Les buildings sont plus hauts que ceux de la ville précédente mais ils semblent en bien plus mauvais état. Il est bientôt évident qu'ils ont été bombardés.

D'après la carte de Tomas, nous sommes à Saint-Louis. Ni lui ni moi ne nous rappelons ce que nous avons appris sur cet endroit en histoire. Aucune idée du genre de bombes utilisées. C'est dommage car certaines, celles que l'on appelait les bombes sales, contenaient des polluants destinés à contaminer l'eau et la terre durant de nombreuses années. Nous décidons donc d'emprunter la route qui la contourne. Nous avons suffisamment de nourriture et d'eau pour nous permettre de perdre un peu de temps.

Les jours suivants passent sans histoire. Nous marchons, mangeons, dormons. Nous croisons quelques cours d'eau qui nous permettent de nous laver. Nous ne ressentons pas la faim, mais nous commençons à flotter dans nos vêtements. Je suis obligée de me faire une ceinture avec un lambeau de drap pour empêcher mon pantalon de tomber. Tomas fait de même. Nous n'abordons entre nous que les sujets les plus superficiels. Une ou deux fois, je le surprends à me regarder comme s'il était prêt à me parler. Mais il ne passe pas à l'acte.

Chaque bruit me fait sursauter. Pourtant, nous n'apercevons aucun animal. Seulement, par deux fois, d'autres candidats, au loin. Nous pédalons vite, du lever au coucher du soleil. Nous voulons à tout prix éviter une confrontation. L'homme aux cheveux gris ne réapparaît pas. Les cernes de Tomas se creusent. Même quand il sourit, sa lassitude est palpable.

Mes cauchemars empirent, mais j'ai appris à retenir mes cris. Je me réveille et, pour me rassurer, je touche la fiole que j'ai glissée dans mon sac. Les griffures de mon bras refusent de guérir. Les contours en deviennent verdâtres et elles exsudent un épais liquide jaune. Je suppose que les ongles de mes assaillants étaient empoisonnés par les mêmes produits chimiques qui les ont fait muter. Je prends des cachets et je bois beaucoup d'eau. J'espère arriver à la fin de cette épreuve sans dommages physiques permanents.

Au bout d'une semaine, nous arrivons en vue d'une autre ville. La clôture sud et la clôture nord sont toutes les deux visibles. Nous entrons dans un entonnoir. Si d'autres candidats sont arrivés jusque-là, nous sommes presque sûrs de les croiser.

D'ailleurs, nous ne tardons pas à trouver des empreintes. Ils sont au moins deux. Peut-être trois. Nous avons pourtant été rapides, mais ils l'ont été plus que nous. Ils peuvent être n'importe où, à nous guetter.

Nous décidons de les trouver avant qu'ils nous trouvent.

La ville est dans un état de décomposition avancée mais certains édifices tiennent encore bon. Jusqu'au moment où au détour d'une rue, nous débouchons devant un immense cratère qui s'étend sur plusieurs kilomètres.

Les doigts crispés sur les guidons de nos vélos, nous fixons ce vide qui était auparavant un endroit où des gens vivaient et travaillaient. Nous sommes face à un paysage dévasté. Pendant notre trajet, nous avons traversé des terres ravagées, mais des plantes avaient réussi à pousser çà et là. À s'adapter tant bien que mal. Ici, il n'y a rien, absolument rien. Comment un chef de gouvernement a-t-il pu donner un ordre dont la conséquence a été une telle destruction ? La terre est résiliente, certes, mais il est difficile d'imaginer un jour où ce lieu sera autre chose qu'un douloureux souvenir de ce dont l'homme est capable.

Nous devons contourner le cratère. Nous choisissons au hasard de prendre à droite. Nous poussons nos vélos au lieu de pédaler. J'ai mal partout, au bras en particulier. Les cachets font effet un temps, mais la douleur finit toujours par revenir.

Alors que nous nous enfonçons dans des rues, je demande à Tomas :

– Tu penses que les gens qui ont bombardé cette ville avaient conscience des conséquences ? Tu crois qu'ils ont réalisé qu'ils allaient tout tuer autour d'eux ? qu'ils se détruisaient eux mêmes ?

Tomas hausse les épaules.

– Même si c'était le cas, est-ce que ça changerait quelque chose ?

– Peut-être, oui.

J'y ai beaucoup réfléchi ces derniers jours. Sans doute parce que si nous franchissons la ligne d'arrivée, nous deviendrons l'élite de la Communauté ; certains d'entre nous en deviendront les dirigeants. Au cours de ce Test, beaucoup des candidats ont démontré que pour eux, la fin justifie les moyens. Je n'arrive pas à être d'accord avec ça. En revanche, j'ai compris une chose importante : on ne peut pas changer le passé. Ce qui est fait ne peut être défait. J'ai le temps de réfléchir durant mes nuits d'insomnie quand mes cauchemars ne me laissent pas en paix. Rien dans ce test n'est laissé au hasard. Je suis certaine que les officiels avaient assez d'éléments, avant cette quatrième épreuve, pour deviner à coup sûr lesquels d'entre nous utiliseraient les armes pour manger ou se défendre et lesquels s'en serviraient pour tuer leurs camarades. Ce Test n'est pas seulement destiné à évaluer nos choix mais notre capacité à vivre avec les choix que nous avons faits. Pouvons-nous apprendre de nos erreurs et les transformer en atouts ou les laisserons-nous nous entraîner dans la dépression ? Quand j'observe Tomas à la dérobée, je sais une chose : il est en train de se laisser entraîner.

Ryme s'est pendue. Elle s'est noyée dans la peur et les doutes. J'ignore quel souvenir hante Tomas mais il est évident qu'il est en train de perdre le combat. Quoi qu'il ait fait, il ne mérite pas d'être une nouvelle victime du Test.

Je prends une profonde inspiration et je me lance :

– Je crois que le but de ce Test est de nous obliger à regarder en face les conséquences monstrueuses des actes du passé afin que nous apprenions des fautes de ceux qui nous ont précédés. Les meilleurs gouvernants commettent des erreurs mais jamais deux fois les mêmes. La seule façon d'apprendre est de comprendre ce qui nous a poussé à agir.

Tomas, les yeux fixés sur le cratère sombre, réfléchit un long moment. Quand il tourne la tête vers moi, je le sens un peu moins tendu.

– Je pense que les chefs de gouvernement qui ont ordonné ce bombardement savaient qu'ils allaient détruire des vies, mais je ne crois pas qu'ils avaient conscience d'anéantir le monde dans lequel ils vivaient. À un moment, ils ont dû se rendre compte qu'ils commettaient une erreur mais ils n'ont pas su s'arrêter.

J'acquiesce.

– Peut-être que c'est la marque d'un véritable dirigeant : savoir reconnaître qu'il s'est trompé et être capable de changer de cap quoi qu'il lui en coûte.

Soudain, un frisson me parcourt. Je porte la main à mon front mais je n'ai pas de fièvre. Quand j'étais petite, mes frères s'amusaient à me faire faire des bêtises – comme voler du pain dans la réserve ou transformer un drap en costume de pirate. Je savais toujours que j'allais me faire prendre quand je me mettais à tressaillir. Cette fois, c'est la même chose : je suis certaine que nous sommes observés.

Fenêtres béantes, portes fracassées, fissures dans les murs, il ou elle peut être n'importe où. Je sors mon revolver. Le vent se lève, le ciel vire au gris. Une tempête approche. Peut-être que c'est ce qui m'a alertée.

Une rafale libère une mèche de cheveux qui me tombe sur le front. C'est en la repoussant que je le vois. Un visage sous un porche. De grands yeux dans un visage ridé, des touffes de cheveux bruns sur le crâne. Une épaule, une main et des ongles comme des griffes.

Le vent souffle et porte des voix. Des murmures. Ils sont plusieurs. Je plisse les paupières et je les distingue dans l'ombre. Cinq. Dix. Deux autres au deuxième étage d'un immeuble. S'ils décident d'attaquer, nous n'avons aucune chance. Mais ils sont parfaitement immobiles.

Tomas n'a encore rien remarqué. Ses yeux sont fixés droit devant lui. Je retiens mon souffle. La pluie commence à tomber. Tomas pousse un juron et suggère que nous remontions sur nos vélos pour aller plus vite. Mais je n'ose pas. Pour le moment, les habitants de cette ville fantôme n'ont fait que nous regarder. Nous ne représentons peut-être pas une menace, mais j'étais à vélo quand j'ai été attaquée. Si c'était une offense à leurs yeux ? Je ne veux pas prendre le risque.

– Cia, tu m'as entendu ?

J'acquiesce en murmurant :

– Regarde aux fenêtres.

Il s'arrête et lève la tête. Il frémit. Je me penche vers lui :

– Il y en a des dizaines.

– On dirait presque des humains, souffle Tomas en posant la main sur son couteau.

Je secoue la tête.

– Ils sont humains.

– Comment peux-tu en être aussi sûre ?

La pluie tombe de plus en plus dru et nous brouille la vue. Nos vêtements nous collent à la peau. Une des créatures s'avance vers nous. Tomas dégaine son couteau. L'homme s'arrête à une dizaine de pas. Il semble attendre notre réaction. Nous nous remettons à marcher, doucement. Ma poitrine est prise dans un étau. Le tonnerre gronde. Les griffures sur mon bras me brûlent plus que jamais. Deux autres créatures rejoignent la première. Elles se mettent à nous suivre.

Des éclairs zèbrent le ciel et se reflètent dans les pupilles des mutants. Ils sont maintenant une dizaine et d'autres ne cessent d'arriver. Lorsque nous atteignons le bout de la rue, ils s'arrêtent. Nous accélérons, ils ne bougent pas.

Il ne se passera rien.

Peut-être que les membres du comité d'évaluation voulaient voir si notre peur nous pousserait à attaquer sans avoir été provoqués.

J'aperçois une autre créature à une fenêtre. Elle nous observe de cet étrange regard qui ne cille jamais. Et soudain, une détonation et son visage explose.

CHAPITRE 18

Tomas me jette au sol et s'allonge sur moi pour me protéger. D'autres coups de feu retentissent. Le corps du mutant est tombé sur l'asphalte dans un bruit mat. Un cri de douleur s'élève derrière nous, suivi d'une clameur. Bien que leur langage me soit incompréhensible, les sentiments qu'il véhicule sont parfaitement clairs. Indignation, colère, soif de vengeance. Le groupe qui nous suivait franchit les limites de la rue et se précipite vers nous en hurlant.

Tomas se lève et me tend la main. Un autre coup de feu et un sauvage, touché, tombe à genoux. Une fusillade réduit des membres en bouillie, fracasse des crânes, pulvérise des côtes, créé un immonde chaos de chair et de sang. Les mutants hurlent. Je lève la tête. Au troisième étage d'un immeuble, j'aperçois une silhouette et l'éclat métallique d'une mitrailleuse. Tomas me crie de bouger.

Mais je ne peux pas. J'ai reconnu le tireur. C'est Brick. Je lève les bras pour attirer son attention :

– Arrête ! Arrête de tirer !

Des glapissements angoissés se mêlent à mes cris. Des dizaines et des dizaines de mutants continuent d'arriver.

Je devrais être terrifiée mais je n'arrive à penser qu'à une chose : Brick doit cesser le feu et regarder le carnage qu'il a provoqué. L'odeur du sang me soulève l'estomac. Je ne suis pas la seule. À côté de moi, Tomas vomit.

La pluie rougie par le sang coule sur la chaussée.

Écarlate.

Entre les hurlements et les coups de tonnerre, il me faut quelques secondes pour comprendre que Brick nous appelle.

– Cia, je vous couvre ! Venez, vite avant qu'ils attaquent !

– Arrête, arrête.

Je sanglote. Tous ces corps déchiquetés. Tous ces hommes et ces femmes morts, tués par un garçon dont j'ai contribué à sauver la vie.

– Ils ne nous voulaient pas de mal. Ce sont des gens. Des gens.

Mais Brick n'écoute pas. Il a rouvert le feu sur des mutants qui ne nous menaçaient pas, qui voulaient seulement récupérer leurs morts et leurs blessés. Tomas me saisit le bras. Je lâche mon vélo qui tombe dans un bruit de ferraille.

– On ne peut rien faire, Cia. On ne peut pas les aider. Il faut partir.

J'ai du mal à rester debout, à ne pas m'effondrer. Je voudrais que Brick arrête mais il continue, encore et encore.

Je lui ai sauvé la vie et en retour, il croit sauver la mienne.

Le massacre auquel je viens d'assister me submerge de honte, de tristesse, de peur. Tomas, patiemment, me répète que nous devons partir. Je voudrais me recroqueviller sur le sol et ne plus jamais ouvrir les yeux.

Mais je remonte sur mon vélo et je pédale.

Nous nous éloignons.

Alors que nous arrivons en bordure de la ville, Tomas repère un petit immeuble qui semble suffisamment solide pour que nous puissions y passer la nuit. Il ne pleut plus mais nos vêtements et nos chaussures sont trempés. Tomas trouve assez de bois pour faire un feu près d'une fenêtre et m'exhorte à me changer. J'obéis machinalement. Mon autre chemise est tachée du sang des mutants que j'ai tués près du ruisseau.

Je suis incapable d'avaler quoi que ce soit. Les jambes ramenées contre la poitrine, je fixe le feu en essayant d'imaginer mes parents et mes frères devant la cheminée à la maison. Tomas m'oblige à lui montrer mon bras. Il me soigne et me donne des cachets. Peut-être qu'ils m'aideront à arrêter de trembler. Puis il me prend dans ses bras et me répète combien il m'aime pendant que je pleure.

Le visage baigné de larmes, je finis par m'endormir.

Je rêve de coups de feu et de rivières de sang. Quand je me réveille, je me rappelle que tout était réel et la nausée me revient. Je sais que je devrais manger mais mon estomac se recroqueville à la vue d'un morceau de viande. Je me force à boire et à avaler une poire, par minuscules bouchées. Nous remettons nos chaussures mouillées.

Dehors le ciel, lavé par la pluie, est d'un bleu magnifique. Le soleil étincelle. La brise est agréable. Ici et là, des fleurs ont poussé dans les cassures de l'asphalte.

Une journée parfaite qui semble railler l'horreur de la veille.

Par habitude, nous consultons la carte. D'après le transcommunicateur, il ne nous reste plus que trois cents kilomètres à parcourir. Nous pédalons vite.

Nous éloigner de cet endroit. De la mort.

Les clôtures nord et sud se rapprochent l'une de l'autre. Oui, les membres du comité veulent que les candidats s'affrontent. Je me demande s'ils auront un choix à faire ou s'ils acceptéront tous ceux qui franchissent la ligne d'arrivée. Je serais étonnée que nous soyons plus d'une vingtaine.

Nous nous arrêtons le moins possible. Ma blessure a empiré. Je transpire et je ne sens presque plus les doigts de ma main gauche. Mais je continue. Pas de rencontre dans la journée et le soir nous vérifions le décompte des kilomètres. Plus que deux cent quarante. Tomas me garde dans ses bras toute la nuit. Il me répète doucement que si nous conservons cette allure, il ne nous reste que trois jours. Trois jours. Je peux y arriver. Je veux y croire.

Le lendemain matin, nous levons le camp sous un ciel couvert. Mes jambes tremblent, mon bras me lance. Je reprends des cachets. Asperge ma blessure de désinfectant. Pourront-ils me soigner à Tosu ? Tomas affirme que oui, mais il est prêt à tout pour m'empêcher d'abandonner. En réalité, je n'en ai aucune envie. Abandonner signifierait que rien de tout ça n'avait de sens. Ce serait insupportable. Une idée me tourmente de plus en plus : je ne veux pas qu'on efface mes souvenirs. J'essaie de me rappeler tout ce que je sais sur le fonctionnement du cerveau humain.

Après la pause, je prétends que j'ai besoin d'une sieste mais au lieu de m'allonger, je retire mon bracelet et m'éloigne d'une cinquantaine de mètres. Tomas m'imite et me rejoint.

– Qu'est-ce qu'il y a ? C'est ton bras ? On peut ralentir si tu veux.

Je secoue la tête et je murmure :

– Nous sommes presque arrivés.

Il sourit. Ses fossettes me donnent envie de pleurer.

– Oui. Encore un jour ou deux et ce sera terminé.

Il pose la main sur mon front et m'annonce ce que je sais déjà. Je suis brûlante.

– Ils vont te soigner, tu verras, ils te remettront sur pied.

Oui, c'est possible, mais ce n'est pas ce qui me tracasse pour le moment.

– D'après mon père, ils ont une méthode pour effacer tous nos souvenirs. Nous ne nous rappellerons rien de ce qui nous est arrivé ici.

Tomas se mord l'intérieur de la lèvre.

– Peut-être que ce n'est pas une si mauvaise chose, finalement. Peut-être le font-ils pour nous aider à survivre à ces épreuves. Tu veux réellement te rappeler toute ta vie la manière dont Malachi est mort ? Ou Brick et sa mitrailleuse ?

– Non.

Ma réponse est honnête. Une vie de cauchemars ne me tente évidemment pas plus que ça. Mais l'idée d'être reprogrammée me déplaît encore plus. Et surtout, je ne veux pas oublier pourquoi Malachi est mort.

– Je veux garder mes souvenirs, Tomas, les bons et les mauvais. L'oubli ne change pas le passé. Et puis, les cauchemars de mon père prouvent que la technique du comité n'est pas efficace à cent pour cent. Des images lui reviennent, mais, étant incapable de les expliquer, il en est prisonnier. Est-ce que ça ne te paraît pas encore pire ?

Tomas donne un coup de pied dans une touffe d'herbe. Mes arguments le touchent.

– Ses cauchemars et ceux du docteur Flint me font supposer qu'ils n'ont pas subi d'intervention chirurgicale.

Je suis d'accord. J'ai appris que le siège de la mémoire à court et moyen terme dans le cerveau est facile à trouver mais que chaque personne est différente. Procéder à une opération qui permette d'effacer précisément trois ou quatre semaines de la vie d'une personne me paraît risqué et compliqué. Ça l'est forcément encore plus pour plusieurs candidats. Je réfléchis.

– Ils utilisent peut-être de la drogue, une onde magnétique ou l'hypnose ?

– Je parie pour la drogue, grimace Tomas.

Moi aussi. Et ma discussion avec l'homme aux cheveux gris tendrait à le confirmer. Je pourrais profiter de ce moment sans nos bracelets pour parler de lui à Tomas. En me taisant, j'ai un peu l'impression de le trahir. Mais j'ai peur qu'il me reproche de ne pas lui en avoir parlé plus tôt. J'avais de bonnes raisons, mais Tomas pourrait ne pas les comprendre. La dernière chose dont nous avons besoin en ce moment est bien de nous disputer ou de prononcer des mots blessants. Je devrai trouver un autre moment pour partager ce secret avec lui. En attendant, je lui demande :

– Comment contrer une drogue dont nous ne savons rien ?

– Je ne sais pas. Nous devrons y réfléchir une fois là-bas, quand nous en saurons plus sur la façon dont ils comptent nous l'administrer. S'ils la mettent dans un verre d'eau, nous pourrons faire semblant de boire et leur donner l'impression de n'avoir aucun souvenir. Même s'il y a beaucoup de choses que je préférerais oublier, je veux garder en mémoire notre premier baiser.

Il m'embrasse avec passion et je me laisse aller dans ses bras. Ses lèvres se posent sur mes joues, mes yeux, mon cou. Je frissonne. La fièvre ? Non, je ne crois pas. Je l'enlace et je l'embrasse à mon tour comme si j'étais affamée de son amour. Nous nous collons l'un à l'autre pour ne faire qu'un mais ce n'est pas encore assez et quand Tomas s'écarte légèrement, nous sommes hors d'haleine et à peine rassasiés.

Mais nous devons récupérer nos bracelets. Notre silence va finir par alerter les membres du comité. Tomas m'embrasse, doucement cette fois, sur les lèvres et nous retournons vers notre campement, la main dans la main.

Je fais semblant de me réveiller et je lui demande ce qu'il a fait pendant ma sieste. Je l'écoute en souriant broder à propos d'un écureuil qu'il a essayé d'attraper. Je ne sais pas si ceux qui nous écoutent sont amusés, mais moi oui.

Nous mangeons et remontons à vélo, en comptant parcourir une cinquantaine de kilomètres avant la nuit. Je ne suis pas sûre d'y arriver. La douleur dans mon bras est insupportable. Je ralentis malgré moi. Tomas m'encourage mais je n'y arrive plus. Je parviens tout juste à garder l'équilibre.

Soudain, Tomas s'arrête et tend le bras vers la clôture nord. Une silhouette court. Je plisse les paupières. Sans doute un autre candidat. À son allure, je devine que c'est un garçon. Tomas désigne une autre ombre derrière nous. Chancelante. Amie ou ennemie ? Nous reprenons notre route en espérant ne pas avoir à répondre à la question.

Encore cinq kilomètres et je suis obligée de descendre de vélo. J'ai la tête qui tourne, la gorge sèche. La plaie de mon bras est à vif. Je n'arrive plus à me concentrer sur quoi que ce soit d'autre que la douleur.

J'ôte mon bandage. J'ai bien fait de m'attendre au pire. La peau est gonflée et chaude. Quand j'étais petite, je suis tombée et je me suis éraflée tout le long du tibia. Le docteur Flint n'était pas aux Cinq Lacs et c'est maman qui m'a soignée. J'ai dû rester couchée, mais quelques jours plus tard, ma jambe avait doublé de volume. Heureusement, à son retour, le docteur Flint a su quoi faire. Après m'avoir légèrement anesthésiée, il m'a ouvert la chair pour laisser le pus s'échapper. Avec est venu un petit morceau de métal contaminé qui avait provoqué l'infection.

Je suis certaine que le poison est là aussi enfermé dans ma plaie.

Je ne veux pas mourir.

Tomas prépare un feu. Il fait bouillir de l'eau et y plonge la serviette que j'ai prise au centre de Test avant notre départ. Nous avons déjà utilisé tous les pansements de la trousse de secours. J'avale une poignée de cachets et je demande son couteau à Tomas. Il me jette un regard interrogateur et hésite mais finit par me le donner. Avant qu'il ait le temps de me demander ce que je compte en faire, j'entaille la boursouflure d'un geste sec. Sans les cachets, je me serais peut-être évanouie sous le coup de la douleur. Une nausée me traverse, mes yeux se remplissent de larmes. Je pince la peau et la chair pour faire sortir le pus mêlé à un sang épais. L'odeur me fait vomir. Je pleure. Mais je n'arrête pas de presser. Le liquide jaune et vert me coule sur le bras. Tomas passe la compresse que je viens d'enlever dans l'eau et m'essuie doucement. Ma vision vacille. Je suis pliée en deux. Et je serre encore, de plus en plus fort. La voix de Tomas me parvient comme s'il était loin. Je ne distingue pas ses mots. Et puis, le sang remplace le pus et je sais que je peux relâcher la pression de mes doigts.

Je laisse Tomas nettoyer ma plaie avec l'eau qu'il a fait bouillir. Il applique les dernières gouttes de désinfectant et me refait un bandage propre et stérile avec la serviette. Puis il me prend dans ses bras et me berce en me murmurant de dormir, qu'il veillera sur moi.

Mes rêves sont peuplés, dans une égale proportion, de visions joyeuses et horribles. Malachi m'aide à enterrer la jeune fille dont les yeux ont été dévorés par les corbeaux, Zeen me pardonne de lui avoir pris son transcommunicateur et me demande de revenir à la maison dès que je le pourrai, Roman m'abandonne en souriant à une horde de mutants qui me déchirent de leurs griffes avant d'exploser sous mes yeux. Mon père me serre contre lui et me chante des chansons à mi-voix comme quand j'étais petite. Puis il penche la tête sur le côté et me demande de me réveiller. Quelqu'un est arrivé.

J'ouvre les yeux.

Tomas respire doucement près de moi. Je m'assois et remue les doigts de la main gauche. Ils bougent mieux qu'hier. Mon bras et mon épaule paraissent moins gonflés et j'ai moins mal. C'est alors que je perçois un mouvement sur ma droite. Je retiens ma respiration. C'était grand. Sans doute un humain. Un mutant ou un candidat ? À sa façon de se déplacer, je pencherais plutôt pour un candidat.

Notre feu est éteint et nous sommes dans un trou, cachés par un buisson. Il ne nous a peut-être pas repérés. Mais l'aube ne va pas tarder et il ne semble pas prêt à partir. Il se dirige vers nous.

Je tends le bras pour attraper mon sac à tâtons. Mais je ne le trouve pas. Tomas a dû le poser un peu plus loin pendant que je dormais. Mon revolver est dedans. J'essaie de le retrouver dans la pénombre, en vain. N'ayant aucune idée des intentions de notre invité surprise, je n'ose pas faire un mouvement. Je murmure à l'oreille de Tomas :

– Nous ne sommes pas seuls.

Il s'éveille aussitôt et m'adresse un imperceptible signe de tête.

Des branches craquent. L'intrus s'est approché. Je regarde à travers le buisson. Personne. Tomas me fait signe qu'il ne voit rien non plus. Le candidat ne faisait sans doute que passer sur son chemin pour Tosu.

– Je crois que c'est bon, chuchote Tomas. Il s'assoit, faisant bruisser des feuilles séchées.

J'entends le sifflement du couteau avant de le voir. Ça me sauve la vie. Je me jette à plat ventre. La lame se plante juste à coté de moi. Notre assaillant pousse un juron. Dans les premiers rayons du soleil, je repère mon sac, près de ma bicyclette à moins de cinq mètres. Tomas jaillit hors de notre cachette et se précipite en avant. Au bruit métallique, je comprends que notre adversaire a une autre arme et que Tomas et lui sont en train de se battre au corps à corps. Tomas pousse un hurlement. Il est blessé. C'est à ce moment que je reconnais notre agresseur, malgré son visage amaigri. Roman. Il s'apprête de nouveau à embrocher Tomas. Je plonge la main dans mon sac. Tomas pare le coup. Un nouveau cri. La voix de Roman cette fois. Touché au bras, il ne recule pas pour autant. Au contraire. Tête baissée, il fonce sur Tomas et le renverse. Les deux garçons roulent au sol. J'étouffe un hurlement. Roman a raté la gorge de Tomas de quelques centimètres. Je suis pétrifiée. Chacun essaie d'avoir le dessus sur l'autre. Coups de poing, de pied et Roman se retrouve à califourchon sur Tomas. Il brandit son couteau, prêt à l'abattre.

J'ai enfin mon revolver à la main. Je vise.

Une détonation.

Le sang jaillit sur la tempe de Roman. Son visage s'affaisse, ses yeux s'écarquillent. Surprise, puis néant. Il lâche le couteau et s'effondre. Mort.

La main serrée sur le côté, Tomas se dégage de sous le cadavre. Soulagé d'être encore en vie. Que nous soyons en sécurité. Sauf que nous ne le sommes pas. Ce n'est pas moi qui ai tiré.

CHAPITRE 19

– Couche-toi ! Il y a quelqu'un d'autre !

La peur vibre dans ma voix. Mes mains toujours crispées sur le revolver tremblent.

– C'est moi.

Je fais volte-face, les bras tendus, l'index sur la détente. Mais ce ton en même temps nonchalant et insolent m'est familier.

Will.

Je baisse mon arme. Il avance vers nous en faisant tourner un pistolet autour de son doigt. Et même si je sais que Tomas ne veut pas que je lui fasse confiance, je me jette dans ses bras.

– Je suis tellement contente de te voir. Je ne sais pas si j'aurais été capable de tirer. Merci.

À vrai dire, je ne sais pas si je le remercie d'avoir sauvé Tomas ou de m'avoir épargné l'obligation de tuer Roman. Probablement les deux.

Will glisse le pistolet dans sa poche.

– Je suis sûr que tu te serais parfaitement débrouillée sans moi, affirme-t-il. Et puis, finalement, c'est plutôt bien que ce salaud vous ait attaqués. Je ne vous aurais jamais retrouvés sans tout ce raffut. Je vous cherche depuis des jours et je commençais à me dire que vous aviez déjà franchi la ligne d'arrivée.

– Non, malheureusement, lâche Tomas, la main pressée contre sa taille.

– Ouais, ricane Will en haussant les sourcils. Je me doute que tu espérais m'avoir semé. Mais, on dirait bien que je viens de te prouver que tu peux me faire confiance, non ?

Les deux garçons se toisent. Tomas est le premier à baisser les yeux.

– Ouais, on dirait, souffle-t-il.

– Bien, rit Will. Alors pourquoi on ne laisserait pas Cia jeter un coup d'œil à ta blessure avant que tu perdes tout ton sang ? Si tu meurs, tu ne pourras pas m'être éternellement reconnaissant de t'avoir sauvé, pas vrai ? Ça serait dommage !

Je m'approche de Tomas en faisant de mon mieux pour ignorer le corps de Roman qui gît à ses pieds. La coupure est longue mais peu profonde. Il n'aura pas besoin de points de suture. Tant mieux parce que je ne suis pas certaine que mes doigts engourdis soient capables du moindre travail de précision. Will me propose le contenu de sa trousse de secours et je nettoie rapidement la plaie de Tomas avant de lui faire un pansement.

En rendant ses affaires à Will, je lui lance :

– Si tu nous as rattrapés, ça veut dire que tu t'es trouvé des roues ?

Will sourit triomphalement.

– Pas des roues, en fait. Bien mieux que ça. Venez voir.

Il nous emmène jusqu'à la route où est posé un minuscule aérojet qui ressemble plus à un scooter volant avec une cabine.

Mon père en a trois comme ça pour le travail. C'est très pratique pour couvrir de courtes distances. En revanche, pour les longs trajets, les moteurs ont tendance à chauffer. De plus, ils ne peuvent pas porter plus de 70 kilos, ce qui limite leur utilité. Mais Will est mince et ne doit pas peser bien lourd.

– Tu l'as trouvé où ?

J'entends la méfiance dans la voix de Tomas, mais soit Will ne l'a pas remarquée, soit il décide de ne pas s'en offusquer.

– Deux jours après vous avoir quittés, je suis tombé sur un grand bâtiment avec une porte métallique. Il m'a fallu un moment pour l'ouvrir mais ça valait le coup. Il y en avait quatre comme ça à l'intérieur. Aucun ne marchait, évidemment, mais je les ai tous démontés pour en faire un valable. Je pense qu'ils ont été mis là exprès. J'ai aperçu d'autres candidats qui en avaient trouvé aussi. J'en ai même rencontré qui avaient dégotté des armes automatiques dans une cabane, juste avant d'entrer dans la dernière ville qu'on a traversée. Je dirais que si la première partie du Test portait sur la survie, la deuxième évalue plutôt notre capacité à nous débarrasser de nos concurrents.

– Et tu comptes en tuer combien ? chuchote Tomas d'une voix à peine audible.

Mais Will a entendu et il n'essaie pas d'éluder la question. Il y répond, le visage sérieux.

– Je ne compte m'occuper que de ceux qui constitueront une menace directe. Comme celui-ci qui a bien failli t'égorger, je te rappelle. À moins que tu penses qu'il méritait de vivre…

Il y a du défi dans ses yeux. Apparemment, Tomas a beau lui devoir la vie, il ne semble toujours pas disposé à lui accorder sa confiance. Je fais un pas en avant pour me placer entre eux.

– D'après le transcommunicateur, il nous reste cent quarante kilomètres à parcourir. Au lieu de nous en prendre les uns aux autres, on ferait mieux de manger un morceau et de reprendre la route.

– Tu as raison, Cia, approuve Will. Je suis d'accord pour mettre nos différends de côté si Tomas l'est aussi.

Tomas acquiesce en silence et je pousse un soupir de soulagement. Je ne suis pas assez naïve pour me dire qu'ils ne saisiront pas la moindre occasion de s'en prendre l'un à l'autre, mais j'espère qu'ils sauront se tenir.

Pendant que je prépare le petit déjeuner, Will fouille dans le sac de Roman. Il y trouve des vêtements, deux bouteilles d'eau, une boussole, du matériel de pêche, quelques outils ainsi qu'un arc et des flèches. Roman avait forcément volé une partie de son équipement à un autre candidat.

Nous partageons des poires et du lapin avant de nous répartir les affaires. Je garde le couteau, l'arc et les flèches. Je ne veux pas que mes compagnons de route aient trop d'armes à leur disposition si leurs disputes s'enveniment.

Pendant que Tomas et Will ont le dos tourné, j'ôte le bracelet d'identification de Roman. Il rejoint dans mon sac celui de la fille que Tomas et moi avons enterrée.

Roman n'était pas digne de confiance. Prêt à tout pour réussir le Test, il n'a pas hésité à s'en prendre aux autres. Il ne méritait pas de devenir un dirigeant de la Communauté Unifiée, mais même si je suis en profond désaccord avec ses choix, ceux des membres du comité me dégoûtent plus encore. Il a payé de sa vie. Nous ne devons pas l'oublier.

Tomas et moi fixons nos sacs sur le porte-bagages de nos vélos. Will rejoint son aérojet. Deux silhouettes apparaissent derrière nous sur la route. D'autres candidats ? Si Will a dit vrai, ils pourraient être en possession de véhicules leur permettant de nous dépasser rapidement. Nous devons nous dépêcher.

L'aérojet solaire de Will est plus rapide que nos bicyclettes mais il fait en sorte de rester près de nous. Je ne peux pas m'empêcher de me demander pourquoi. Il pourrait sans doute atteindre la ligne d'arrivée en quelques heures. S'il se sentait redevable envers moi pour l'aide que je lui ai apportée après la deuxième épreuve, il a largement payé sa dette en sauvant Tomas. Quelles que soient ses raisons, je suis heureuse qu'une autre paire d'yeux scrute l'horizon avec nous.

D'ailleurs, il est le premier à repérer le scintillement d'un câble tiré en travers de la route. Un piège que les roues de nos vélos auraient déclenché.

Nous mettons pied à terre pour faire le tour, pendant que Will le survole. Nous reprenons la route un peu plus lentement. La prudence élémentaire l'exige. Ce retard déplaît à Tomas. À moi aussi, mais nous n'avons pas le choix.

La végétation autour de nous est de plus en plus verdoyante. Les troncs d'arbre sont moins tordus, l'herbe et l'eau moins rares. Ce sont les signes de la revitalisation. J'ai mal au bras, mais à mesure que nous approchons de notre but, la douleur et la fatigue se font moins intenses.

Une explosion derrière nous secoue les arbres. Des coups de feu et des voix retentissent au nord-ouest. Nous ne sommes pas seuls et le danger est toujours aussi présent. Nous prenons des tours de garde pendant la nuit et nous levons tôt en espérant que c'est notre dernier jour de Test. Je vérifie fréquemment le transcommunicateur pour mesurer notre progression. Soixante-dix kilomètres. Cinquante-cinq. Quarante. Nous buvons sans nous arrêter et nous ignorons notre faim. Nous aurons tout ce que nous voulons à manger quand nous serons arrivés.

Encore vingt-cinq kilomètres et déjà le soleil descend à l'horizon. Le ciel se strie de mauve et de rose. Nous poursuivons notre route, plus que jamais en alerte.

Quinze kilomètres.

C'est uniquement par chance que j'aperçois un éclat métallique près du tronc d'un gros chêne. Je pousse un hurlement pour prévenir Tomas et Will. Une détonation retentit. Une lueur illumine brièvement l'obscurité. Je tourne mon guidon mais le brusque changement de direction est trop violent pour mon vélo déjà en piteux état. La roue avant se détache et je tombe sur l'asphalte. Je me fais horriblement mal au bras gauche. Tomas crie mon nom. De nouveaux coups de feu résonnent. Je ne peux plus bouger, à peine respirer.

Mais je ne veux pas mourir. Tomas et Will crient encore. Je roule sur moi-même en ignorant la douleur. J'attrape mon sac et je me saisis de mon arme. Le canon d'un fusil apparaît maintenant clairement derrière le tronc de l'arbre. Je tire et le cri qui suit m'annonce que j'ai visé juste. C'était une voix féminine. Le bras tendu, j'attends que mon agresseur réapparaisse.

– Elle s'en va ! nous prévient Will.

Je cligne des yeux sans comprendre. Puis j'entends le bruit d'un aérojet qui décolle. Quand je l'aperçois, je tire mais il est trop rapide.

À moins qu'un autre candidat s'en prenne à elle avant, elle va atteindre l'arrivée dans moins d'une demi-heure. Cette fille qui s'est cachée dans le seul but de nous tuer va gagner le droit d'entrer à l'université. Elle représentera l'élite de la Communauté Unifiée. J'étouffe un hurlement de frustration. Maintenant, la seule chose susceptible de l'empêcher de réussir est que nous soyons plus de vingt à l'arrivée. Il faut alors espérer que le comité exclura automatiquement ceux qui n'auront pas eu recours à la stratégie d'élimination des concurrents.

Nous devons continuer.

Je me redresse. J'avais oublié que mon vélo était hors d'usage. Je n'ai pas besoin de l'examiner de très près pour être sûre que les dégâts sont irréparables. Je me tourne vers les garçons.

– Je vais finir à pied.

J'essaie de cacher mon découragement. Il me reste dix kilomètres. Ce n'est rien en comparaison de ce que j'ai déjà fait.

Tomas s'approche de moi et me prend la main.

– Je reste avec toi.

– Tu n'es pas obligé.

Mais je suis contente qu'il l'ait proposé. L'idée de marcher seule dans le noir sans savoir quel danger me guette est terrifiante.

Il dépose un baiser sur mes lèvres avant de répondre.

– Je sais, mais c'est ce que je veux.

Il se tourne vers Will.

– Je suppose que nos routes se séparent une nouvelle fois. Cia et moi ne voulons pas te retarder.

Will sourit.

– C'est drôle, mais c'est exactement ce que j'allais dire.

C'est son sourire qui m'alerte. Froid, calculateur. Je pousse Tomas sur le côté, juste au moment où Will sort son arme et lui tire dessus. Mais je ne suis pas assez rapide. La balle pénètre dans l'abdomen de Tomas. Ses yeux s'écarquillent sous le coup de la surprise, il se plie en deux et tombe à genoux avant de s'effondrer.

Je brandis mon revolver.

– Qu'est-ce que tu fais, Will ?

– À ton avis ? Je me débarrasse de mes concurrents, comme tout le monde. Je n'ai pas perdu mon frère et subi toute cette merde pour qu'on me dise que je ne suis pas assez bon pour entrer à l'université. Je n'ai malheureusement pas réussi à te tuer mais j'ai eu la chance de croiser quelques autres candidats avant d'arriver au bout de mes carreaux. Gill et moi étions champions de tir à l'arc.

Chicago. L'arbalétrier. La blessure de Will à l'épaule. C'est moi qui l'ai touché en me défendant. Tout prend sens avec une monstrueuse clarté.

– Et tu crois que je vais te laisser me tuer maintenant ?

Malgré la rage qui me submerge, ma voix est étrangement calme et ferme. Je dois puiser dans cette rage la force de tuer un garçon que je pensais mon ami.

– Je ne me laisserai pas faire, Will.

Son sourire s'élargit. Ses dents blanches brillent dans la semi-obscurité.

– Tu es intelligente, Cia, mais tu es incapable de tuer quelqu'un. Si je partais maintenant, tu ne me tirerais pas dessus.

– Tu veux prendre le pari ?

Le tremblement de ma main dément l'aplomb de mon ton. Pendant un instant, je me dis qu'il a raison. Je suis incapable de tuer un être humain. Je vais donc mourir ici.

– Cia.

C'est ce murmure du garçon que j'aime qui change tout. Tomas n'est pas mort. Will pointe son arme sur moi. Mes doigts se crispent et le coup part. Une seconde avant que Will tire. Ma balle lui entre dans le ventre, la sienne siffle à mon oreille. Will pousse un cri rauque, mais il ne tombe pas. Il court vers son aérojet. Je tire une nouvelle fois. Il vacille. Son pistolet tombe par terre. Je tire encore et encore. Il atteint son véhicule et décolle. Deux nouveaux coups de feu qui manquent leur cible. Et il disparaît.

Il fait nuit à présent. Je m'agenouille près de Tomas. L'adrénaline qui courait dans mes veines laisse place à la peur et l'épuisement.

– Il est parti ? demande Tomas d'une voix faible.

Je réponds en feignant plus d'assurance que je n'en ressens réellement.

– Avec un peu de chance, il perdra connaissance avant la ligne d'arrivée. Où est-ce que tu es touché ?

Ma question est inutile car je vois bien que Tomas a les mains crispées sur son côté droit. Je le retourne doucement pour découvrir une plaie sanglante dans son dos. La balle l'a traversé. C'est une bonne nouvelle. Je prends la serviette du centre de Test dans mon sac et je la déchire en larges bandes que j'applique sur sa blessure. Une fois le sang épongé, j'essaie de me rappeler tout ce que le docteur Flint m'a appris en anatomie. Je pose l'oreille sur la poitrine de Tomas. Ses battements de cœur sont rapides mais réguliers. Sa respiration est un peu haletante mais aucun gargouillement n'indique que ses poumons seraient remplis de sang. Je dois maintenant trouver un moyen de le ramener à Tosu.

Nous risquons de tomber sur d'autres candidats. Nous n'avons aucun moyen d'avancer en nous cachant. Nous devons donc franchir la ligne d'arrivée le plus vite possible.

Je fabrique des compresses avec ce qui me reste du drap et je les maintiens en lui enroulant son tee-shirt autour de la taille. Puis je lui donne à boire. J'hésite un peu avant de lui poser la question :

– Est-ce que tu peux marcher ?

– Je peux essayer.

Mais après quelques pas, il est évident que nous n'irons nulle part de cette façon. Tomas se laisse tomber sur le bas-côté et secoue la tête.

– Je ne vais jamais y arriver.

– Tu as seulement besoin de te reposer un peu.

Mais je sais que c'est faux. Le temps est notre ennemi. À chaque seconde, il perd un peu plus de sang. Il y a aussi le risque d'infection et le danger que représentent les autres candidats. Plus nous attendons, plus nous avons de chances d'y rester.

Il me prend la main.

– Je sais que tu ne veux pas entendre ça mais tu vas devoir me laisser ici. Après avoir dormi un peu, je serai peut-être capable de me lever et de…

– Hors de question que je t'abandonne !

J'essaie de reprendre ma main, mais Tomas résiste.

– Oh que si, reprend-il. Tu vas finir ce foutu Test pour nous deux. Je veux que tu t'en ailles. S'il te plaît. Avant qu'un autre candidat n'arrive.

Mes yeux se remplissent de larmes que je ne laisse pas couler.

– Tout est ma faute. Je t'ai demandé de faire confiance à Will. C'est à moi de réparer mes erreurs.

Je l'embrasse fermement sur les lèvres pour l'empêcher de me contredire et je lui donne les derniers cachets contre la douleur pour qu'il puisse se reposer pendant que je réfléchis. Il ferme les yeux et je commence à faire les cent pas.

Tomas ne peut pas marcher.

S'il n'arrive pas à la ligne d'arrivée, il mourra.

Mon vélo est cassé mais les roues sont encore en état. En utilisant celui de Tomas, je peux bricoler un moyen de transport qui lui permettra de s'asseoir derrière moi.

Allumer un feu augmentera le risque de me faire repérer par un autre candidat, mais la nuit est froide. Tomas a besoin de chaleur et moi de lumière pour fabriquer ce que j'ai en tête. Tomas s'est endormi. En prenant les allumettes, je sens un objet métallique dans le fond de son sac. Un bracelet d'identification. Peut-être celui qui était sur le sac de la fille que nous avons enterrée. Il est possible que, comme moi, il ait voulu garder un objet lui appartenant afin de ne pas l'oublier. Je le glisse dans ma poche. Je prépare le feu en suivant les conseils de mes frères qui m'ont appris à faire en sorte qu'il dégage un minimum de lumière. Mon revolver à portée de main, je commence à démonter les vélos.

Je sursaute à chaque craquement et saisis mon arme au moindre souffle de vent. Mais finalement, rien ne vient perturber ma besogne. Une carriole où Tomas pourrait s'installer serait l'idéal, mais je n'ai pas assez d'outils à ma disposition. Je manque également de temps. La meilleure solution est de modifier nos vélos de façon à ce que nous puissions y monter à deux.

Quand j'ai terminé, mes doigts sont couverts de graisse. La lune a disparu. L'aube est proche. J'ai enveloppé la selle de Tomas dans son pantalon de rechange pour la rendre un peu plus confortable. J'ai ajouté les deux roues de mon vélo au sien pour que le cadre puisse supporter le poids supplémentaire. On dirait un peu le tricycle sur lequel j'ai appris à pédaler. C'est d'ailleurs ce qui m'a inspirée. Il me faut des heures pour réussir à tout assembler. Ironie : j'utilise le fil de fer que m'avait donné Will. J'essaye mon œuvre et je la consolide à plusieurs reprises avant de décider qu'elle fera l'affaire.

Mais je sais qu'elle ne tiendra peut-être pas jusqu'au bout.

Le front de Tomas est chaud et moite mais pas brûlant. Je le réveille et je l'oblige à avaler des petits morceaux de poire et de la viande en lui expliquant ce que j'ai prévu.

– Tu as juste à t'accrocher à ma taille. Je fais le reste.

Je ne lui laisse pas l'occasion de protester et je vide nos sacs pour ne garder que l'essentiel. Je laisse de côté la casserole, la poêle, l'arc et les flèches, plusieurs bouteilles vides, le livre de cartes, la bourse de l'homme aux cheveux gris et la trousse de secours vide. J'y ajoute à contrecœur la petite boîte à outils de Tomas mais j'ai mon couteau et de toute façon, si mon vélo casse, je serai probablement incapable de le réparer. Ma seule chance est que tout se passe bien.

Pour finir, je glisse la fiole contenant la drogue inconnue dans ma chaussette. Je ne sais pas ce qui nous attend à la fin de la route.

Quoi que ce soit, mieux vaut y être préparé.

Quand tout est prêt, je hisse Tomas sur le vélo que les deux roues supplémentaires empêchent de basculer pendant la manœuvre. Je ne prends pas la peine d'éteindre le feu. Je m'installe devant et une fois qu'il a passé ses bras autour de ma taille, je nous attache l'un à l'autre avec des bandes de drap que j'ai transformées en corde. Si nous tombons, nous tomberons tous les deux.

Le cadre grince sous notre poids. Je pousse sur les pédales. Notre allure est celle d'un escargot mais je ne perds pas courage. Nous avançons et en soi, c'est déjà une victoire.

Pied droit, pied gauche. J'appuie de toutes mes forces. Au bout d'un petit moment, nous avons atteint une allure de croisière. La route descend légèrement et nous gagnons de la vitesse.

J'ai fixé le transcommunicateur de Zeen sur mon guidon.

Dix kilomètres.

Neuf.

Huit.

Le soleil est déjà haut dans le ciel. Je transpire.

L'étreinte de Tomas se desserre. Ses bras glissent. Je m'arrête pour vérifier son état. Il frissonne ; sa fièvre a augmenté. Je lui fais boire la moitié de notre réserve d'eau et nous repartons. Quelque part derrière nous, des coups de feu retentissent. La peur m'aide à accélérer.

Sept kilomètres.

Les deux clôtures ne sont plus distantes que d'une petite dizaine de mètres. Je n'aperçois nulle part Will ou son aérojet. Il a dû arriver malgré sa blessure. À moins que... est-il possible qu'il nous guette dans l'idée de finir ce qu'il a commencé ?

Six kilomètres.

Je demande à Tomas s'il peut se redresser un peu et moins peser sur moi. Il veut bien essayer. Je détache les cordes. C'est plus confortable pour moi. Je peux pédaler plus vite.

Cinq kilomètres.

Tomas vacille et menace de tomber. Je nous réattache l'un à l'autre.

Trois kilomètres.

J'aperçois des taches rouges et violettes au loin. Des officiels nous attendent. Je suis presque arrivée. Derrière eux, les immeubles de Tosu scintillent. La tête de Tomas bringuebale sur mon dos. Une nouvelle fois, il manque de tomber. Ma corde de fortune le retient à peine, mais je ne peux pas m'arrêter. Si je le fais, je n'arriverai peut-être jamais à le remettre sur le vélo et si je dois le traîner, il ne survivra probablement pas.

D'une main, je cale du mieux que je peux le corps inconscient de Tomas. De l'autre, je maintiens le guidon. Tous mes muscles hurlent de douleur. Mais ce n'est pas le moment d'écouter ma douleur ou ma fatigue. Je pédale. La silhouette des officiels est de moins en moins floue. Je distingue des sourires et aussi des mines inquiètes. Tous se tiennent derrière un bandeau blanc. La ligne d'arrivée.

J'ignore les officiels pour me concentrer sur le bandeau. Il approche. Nous ne sommes plus qu'à quelques mètres quand je sens Tomas basculer. Il m'entraîne avec lui. J'entends des cris étouffés. Devant, le docteur Barnes m'observe avec intérêt. Personne ne nous vient en aide. Nous ne sommes plus qu'à cinquante mètres de la ligne. Les officiels se contentent de nous regarder.

Je suis fatiguée, j'ai peur et j'ai mal mais à cet instant c'est la rage qui prend le pas. Les poings serrés, je scrute chaque visage et je souhaite de tout mon cœur les faire payer pour la mort de Ryme, de Malachi et des autres. Pour cette fille dont j'ignore le nom et dont le corps repose sous des cailloux. Pour les humains mutants massacrés. Et pour Tomas et ces foutus cinquante mètres restants, tellement importants que les officiels sont prêts à le voir mourir sous leurs yeux plutôt que de le sauver après tout ce qu'il a traversé.

Je détache la corde et je me relève. Je prends les sacs sur le porte-bagages et les balance sur mon épaule. Les jambes tremblantes, j'aide Tomas à se redresser. Je ne regarde pas les officiels. Pas une fois. Tomas est vivant. Je passe son bras sur mon épaule et je me plie en deux pour faire levier. Un pas après l'autre, les yeux fixés sur l'asphalte, j'avance. Deux fois, je suis obligée de le poser pour reprendre mon souffle. Je me retourne et j'aperçois un autre candidat un peu plus loin. Je dois me dépêcher.

Et j'y suis.

Un dernier effort et Tomas et moi franchissons ensemble la ligne blanche.

Je m'écroule aux pieds du docteur Barnes qui m'annonce d'une voix douce :

– Félicitations, Malencia Vale ! Tomas Endress et vous venez de réussir la quatrième épreuve.

CHAPITRE 20

Cent huit candidats ont été sélectionnés pour le Test. Cent huit candidats dont le seul espoir était d'entrer à l'université.

Aujourd'hui, nous sommes vingt-neuf dans le réfectoire. Il paraît qu'un ou deux doivent encore arriver.

Les officiels m'ont appris que neuf jours se sont écoulés depuis que j'ai franchi la ligne d'arrivée. J'ai été inconsciente pendant presque tout ce temps. Le poison dans mon bras était beaucoup plus dangereux que je ne l'ai cru. Si je n'en avais pas pressé une bonne partie hors de mon système, je serais morte. Il a fallu plusieurs heures aux médecins pour déterminer quel médicament permettrait d'éliminer ce qui restait. Ils disposent d'un moyen permettant de faire disparaître les cicatrices, mais ils n'ont pu l'utiliser sur moi. Je suis marquée à vie.

Finalement, Tomas s'en est plutôt mieux sorti. Sa peau est parfaitement lisse, sans le moindre stigmate. Du moins, visible. Vu la façon dont Will et lui se regardent, je suis contente que toutes les armes aient été confisquées aux candidats à leur arrivée.

Will.

Il est là dans le réfectoire, non loin de moi. Nos regards se croisent et il m'adresse un sourire et un clin d'œil. Il est assis avec d'autres candidats à qui je n'ai jamais adressé la parole. Sauf un. Brick. Il n'est pas encore venu me parler et c'est tant mieux parce que je ne sais pas si je serais capable de le supporter. Je me demande s'il a compris qu'il avait massacré des êtres humains et si leurs visages en charpie viennent le hanter quand il dort.

De l'autre côté, Stacia, le visage aussi impénétrable que lorsque nous l'avons rencontrée, est seule. Son compagnon de voyage, Vic, est assis loin d'elle. Tracelyn, qui rêvait d'être professeur et voulait revoir son petit ami, n'est nulle part en vue. Le regard vide de Vic et le petit sourire triomphant de Stacia ne laissent pas beaucoup de doutes sur ce qui lui est arrivé.

Tomas et moi restons entre nous. Nous prenons nos repas ensemble et quand on nous y autorise, nous allons marcher dans le parc. Nous parlons de chez nous. Une fois, à voix basse, Tomas me glisse qu'il a peut-être trouvé le moyen pour que notre mémoire ne soit pas effacée. Pendant qu'il était à l'hôpital, il a entendu un médecin discuter avec un officiel. Ce dernier était inquiet car le traitement administré à Tomas est connu pour interférer avec la procédure prévue. Il a insisté pour que le médecin s'assure que toute trace médicamenteuse soit éliminée avant les sélections finales.

– Ils pensaient que je dormais. Plus tard, quand l'infirmière m'a apporté mon cachet, j'ai fait semblant de le prendre. Je vais essayer d'en récupérer un autre lors de la prochaine visite médicale. Certaines infirmières sont plus distraites que d'autres. Avec un peu de chance, je peux y arriver.

Je ne suis pas surprise que les yeux gris et les fossettes de Tomas aient la capacité de distraire les infirmières. Quand il m'embrasse, je ne pense à rien d'autre.

Au cours des deux jours suivants, Tomas ajoute un cachet à celui qu'il avait déjà et deux autres candidats franchissent la ligne d'arrivée. J'espère que Zandri est parmi eux mais ce n'est pas le cas. Le soir même, les haut-parleurs nous annoncent que la dernière partie du Test commencera le lendemain. Je ne la reverrai jamais.

Cette nuit-là, elle rejoint les fantômes qui peuplent mes cauchemars. Sa chevelure blonde est étalée sur la terre desséchée. Sa bouche est grande ouverte et des corbeaux lui picorent les yeux.

Je me réveille en sursaut et étouffe un cri. Il me faut plusieurs minutes pour me rappeler que je suis au centre de Test. Je n'ai plus rien à craindre.

Sauf que si. Les entretiens commencent aujourd'hui. Le danger est toujours là. Peut-être plus présent que jamais.

Mon sac dans les bras, je fixe le plafond jusqu'à l'aube. Personne ne partage ma chambre et je n'ai pas besoin de dormir avec mon sac, mais les habitudes ont la vie dure. Aux premières lueurs de l'aube, je me lève pour prendre une douche. Dans la poche du pantalon que je portais hier, je trouve la fiole. Comme l'homme en gris me l'avait promis, elle était toujours là quand on m'a rendu mes affaires.

Assise par terre, je fais rouler le flacon entre mes doigts.

Juste avant l'entretien, ils vous feront avaler un produit qui vous encouragera à répondre honnêtement à leurs questions. Vous ne pourrez pas vous empêcher de tout raconter. Même ce que vous aimeriez garder secret.

C'est ce que l'homme m'a dit. Je lui ai répondu que je n'avais rien à cacher mais je me trompais. Mes réponses pourraient mettre en danger mon père ou Zeen. Ou notre ancienne professeur. Si cette fiole peut me permettre de ne pas les incriminer, je dois la prendre. Mais la même question revient. Et s'il s'agissait d'un autre test du docteur Barnes ? Dans ce cas, je risque la mort. Ils ont prouvé maintes fois qu'ils n'accordaient aucune importance à la vie des candidats.

Je dois faire un choix.

Quand le haut-parleur annonce le petit déjeuner, je n'ai pas encore pris ma décision. Je ne peux pas attendre plus longtemps. Ils vont bientôt se demander pourquoi je ne sors pas de la salle de bains.

Je débouche la fiole et en avale le contenu. La sécurité de ma famille est la priorité. Je ne vais pas tarder à savoir si j'ai eu tort ou raison.

Pour le meilleur ou pour le pire, le Test se termine aujourd'hui.

Au réfectoire, l'ambiance est au chahut. La plupart des candidats ont pris place au milieu de la salle comme pour prouver qu'ils n'ont rien à craindre de l'évaluation finale. Will est au centre d'un groupe. Il plaisante bruyamment. Il me regarde m'asseoir.

Je grignote un morceau de pain en attendant Tomas et les éventuels effets de la drogue. Je ne remarque pas que Will s'est approché avant d'entendre le crissement de la chaise à côté de moi.

Il se laisse tomber dessus et mord dans sa pomme en me regardant.

– Je me suis dit que ça te ferait plaisir de savoir que j'ai failli mourir. Ton dernier coup de feu a fait exploser mon appendice. Heureusement qu'on n'en a pas vraiment besoin pour vivre, sinon, je ne serais pas là.

Je reste silencieuse et son sourire s'évanouit.

– OK, je sais que ça va te paraître idiot, mais je suis content de ne pas t'avoir tuée comme je l'avais prévu.

– Tu as raison, ça me paraît idiot.

Je ne peux pas m'empêcher d'ajouter :

– Je te faisais confiance.

– Oui, c'est ton talon d'Achille. Un dirigeant est censé inspirer la confiance, pas l'accorder aussi facilement.

– Tu avais confiance en Gill.

Une expression de douleur traverse brièvement son regard, presque aussitôt remplacée par un sourire mauvais.

– Mon talon d'Achille à moi. Après son départ, j'ai eu du mal à me concentrer pour la deuxième épreuve mais je me suis rattrapé à la troisième et la quatrième. Je crois que j'ai démontré au comité ma capacité à me consacrer entièrement à la réalisation de l'objectif que je me fixe.

– Zandri n'a rien remarqué de spécial dans ton comportement lors de la troisième épreuve.

– C'est parce qu'elle est passée la première. Ce n'est que quand tu as raconté ce que Roman avait fait qu'elle a commencé à comprendre. Nous sommes les deux seuls de notre groupe à être revenus.

Je secoue la tête. Je n'arrive pas à y croire. Will, comme Roman, a choisi de trahir ses camarades afin de les éliminer de la compétition. J'aurais dû m'en douter mais j'étais trop absorbée par le retour de Brick. Si j'avais fait plus attention, Tomas ne se serait pas pris cette balle dans le ventre. Mais il est vrai aussi que sans Will, Tomas et moi n'aurions peut-être pas survécu à notre rencontre avec Roman.

– Je t'ai pris pour quelqu'un de bien, Will.
– Je suis quelqu'un de bien, rit-il.
– Les gens bien ne tuent pas les autres.
– Ce n'est pourtant pas ce qui a été le plus difficile. Chez moi, j'allais souvent à la chasse aux loups. C'était un peu pareil. Il suffit de viser, tirer et le problème est résolu.
– C'est aussi simple que ça pour toi ?
Une bile amère emplit ma gorge.
– La jeune fille blonde que tu as abattue d'un carreau d'arbalète n'était pas un animal. Elle avait une famille, des amis. Elle essayait de survivre à ce Test. Comme toi.
Je m'attends à ce qu'il se défende, essaie de me convaincre que c'était un mal nécessaire, la seule façon pour lui d'entrer à l'université. Mais au lieu de ça, il baisse la voix et me chuchote :
– Elle s'appelait Nina. Elle venait de la colonie Pierre. Une des filles qui est revenue est allée à l'école avec elle.
Nina. Je pense au bracelet dans mon sac et je suis heureuse d'avoir cette information. C'est important à mes yeux. Will hoche la tête.
– Et tu as raison, Cia, ce n'est pas si facile. L'acte en lui-même est simple, mais vivre avec l'idée de l'avoir fait…
Il soupire.
– Peut-être que c'est à ça que ce Test sert, finalement. Un dirigeant éclairé est parfois obligé de tuer, il doit ensuite apprendre à vivre avec les décisions qu'il a prises. C'est ce que je vais faire.
– Tu crois réellement que c'était le but de cette quatrième épreuve ? Apprendre à tuer et à vivre avec ?
Il hausse les épaules.
– On va bientôt le savoir, de toute façon.

Je me rappelle les mots de Stacia, qui font écho à ceux de Will. Je repense au docteur Barnes qui a froidement regardé le corps de Ryme se balancer au bout de sa corde. Croyait-il réellement que sa mort était un mal pour un bien ?

En réalité, j'ai peur que Will ait raison.

Moi aussi, j'ai ôté une vie. Si c'est le critère, j'ai toutes mes chances. En revanche, je ne suis plus si certaine de vouloir devenir une dirigeante de la Communauté Unifiée. Pas s'il s'avère que le meurtre est une valeur plus estimée que la compassion.

Un mouvement à l'entrée du réfectoire attire mon attention. Je souris pour la première fois de la journée. Tomas. Il serre la mâchoire en apercevant Will, et au lieu de me rejoindre, il prend le temps de remplir son assiette. Si Will est un peu malin, il sera parti avant que Tomas arrive. Il a suivi mon regard et grogne à mi-voix :

– J'aurais dû me douter que tu trouverais un moyen de le sauver comme tu m'as sauvé, moi. Et si je suis content de ne pas t'avoir tuée, je regrette de l'avoir raté.

Il se lève et se penche vers moi.

– Navré de te le dire, Cia, mais il ne mérite pas plus ta confiance que moi. Et encore moins ton amour !

Sur ces mots, il m'adresse un de ses éternels clins d'œil et s'éloigne à grands pas.

Tomas s'assoit près de moi.

– Qu'est-ce qu'il voulait ?

Bonne question. Je ne suis pas sûre de connaître la réponse.

– Il est venu me dire qu'il était content que je sois en vie. Et qu'il regrettait que tu le sois aussi.

Tomas esquisse un sourire.

– Dommage pour lui, parce que j'ai l'intention de rester dans les parages.

– Je suis contente de le savoir.

– C'est ce que j'espérais.

Il regarde autour de lui et me demande :

– Tu te sens prête pour l'entretien ?

Le rire de Will résonne dans le réfectoire et je me demande une nouvelle fois s'il a raison sur le but final de ce Test. Je prends une grande inspiration avant de répondre à Tomas :

– Ce ne sont que quelques questions. Après ce qu'on a vécu, ça va être du gâteau.

– Bonjour à tous.

Sur l'estrade de l'amphithéâtre, le docteur Barnes nous sourit.

– Félicitations. Votre intelligence, votre ingéniosité et votre implication nous ont beaucoup impressionnés. Cette quatrième épreuve vous a donné l'occasion de découvrir les terres dévitalisées et de vous rendre compte par vous-mêmes de l'ampleur de la tâche à laquelle est confrontée l'élite de la Communauté Unifiée. Vous avez vécu des moments difficiles et beaucoup d'entre vous ont échoué. Mais les décisions que doivent prendre nos dirigeants sont encore plus complexes et les conséquences potentiellement plus graves. Nous sommes conscients de ce que nous avons exigé de vous et nous sommes heureux que vous soyez plus nombreux que prévu à avoir réussi.

Notre groupe de survivants me paraît minuscule. Je me demande combien il en restait les années passées pour que le docteur Barnes soit ainsi satisfait.

– Bien sûr, vous vous posez des questions sur les entretiens qui vous attendent aujourd'hui. Je suis heureux de vous apprendre qu'ils seront courts et que les questions seront simples. Vous avez déjà fait la preuve de vos aptitudes intellectuelles dans tous les domaines, de votre capacité à survivre dans des conditions extrêmes et à résoudre des problèmes presque sans ressources. Nous savons que vous êtes brillants ; à présent, nous aimerions en savoir plus sur votre personnalité et ce qui la constitue. Nous allons vous interroger sur votre famille et votre colonie, ainsi que sur les décisions que vous avez prises durant le Test. Soyez honnêtes et ouverts. Restez tout simplement vous-mêmes. La seule mauvaise réponse possible est le mensonge car un dirigeant se doit d'être droit et honnête.

Pendant que je me demande comment ils comptent faire appliquer cette règle et quelle punition ils ont prévu pour ceux qui l'enfreindraient, le docteur Barnes poursuit ses instructions.

– Chacun d'entre vous sera interrogé par cinq officiels et les entretiens n'excéderont pas quarante-cinq minutes. Vous êtes priés de ne rien lire jusqu'à ce que vous soyez appelés. Quand ce sera terminé, vous serez escortés jusqu'à votre chambre où vous attendrez les résultats. Je vous préviens qu'il nous faudra sans doute beaucoup de temps pour prendre les décisions définitives. Vous devrez faire preuve de patience pendant que nous déterminerons lesquels d'entre vous sont les plus aptes à entrer à l'université. Certains membres du comité sont têtus.

Il nous adresse un dernier sourire chaleureux avant de conclure :

– Je vous souhaite bonne chance à tous. J'ai hâte de travailler avec tous ceux d'entre vous qui entreront à l'université l'an prochain. Nous allons faire ensemble un excellent travail.

Le docteur Barnes sort de l'amphithéâtre et une femme aux cheveux gris vêtue d'une tunique rouge monte sur l'estrade à sa place.

– Quand vous entendez votre nom, vous êtes priés de rejoindre le couloir. Un officiel vous y attend et vous escortera jusqu'à la salle d'évaluation.

– Victor Josslim.

Vic, le rouquin au regard perdu, se lève. Il sort, tête baissée. Il est pâle comparé au garçon que j'ai rencontré sur la route. Il a changé. Nous avons tous changé. Alors que d'autres noms sont appelés, je m'accroche à la main de Tomas et je me demande si ce n'est pas la raison pour laquelle les membres du comité effacent notre mémoire. Afin que nous puissions abandonner notre fardeau. Afin que nous redevenions les jeunes gens insouciants et optimistes que nous étions en arrivant. Ceux qui pensaient qu'ils pouvaient changer le monde.

Tomas se raidit. C'est son tour. J'effleure sa joue de mes lèvres pour lui souhaiter bonne chance. Et c'est seulement à cet instant que je me rappelle : c'est lui qui a les cachets. Notre seule chance de garder notre mémoire intacte. J'espère que nous nous recroiserons avant que les officiels nous donnent leur drogue. Si ce n'est pas le cas, Tomas devra se souvenir pour nous deux.

Peu à peu, l'amphithéâtre se vide. J'essaie en vain de ne pas m'agiter sur mon siège en me demandant quel genre de questions ils comptent me poser sur ma famille. Le docteur Barnes a beau affirmer que seul le mensonge constitue une mauvaise réponse, je sais que c'est faux. Quatorze candidats doivent encore être éliminés. Le comité cherche certainement une information spécifique. Mais j'ignore laquelle.

– Malencia Vale.

Je me lève en tremblant un peu. Mon cœur cogne dans ma poitrine. Je répète les mots du docteur Barnes dans ma tête, « soyez vous-mêmes ». Un officiel me conduit devant une porte et me demande d'attendre. Il entre et j'entends murmurer. Je me ronge l'ongle du pouce en me retenant de faire les cent pas.

La porte ne s'ouvre qu'au bout de plusieurs longues minutes.

– Entrez, lance une voix.

« *Soyez vous-mêmes.* »

Au lieu de me calmer, ces mots ne font qu'augmenter mon angoisse. Parce que je ne suis pas sûre de ce que ça veut dire. Ni même d'en être capable. Je ne suis plus celle qui a quitté les Cinq Lacs, celle qui croyait qu'un diplôme pouvait faire d'un enfant un adulte. Je n'étais encore qu'une petite fille et maintenant…

Après tout ce que j'ai vu et tout ce que j'ai fait, je ne sais plus qui je suis. Il faut néanmoins que je leur montre quelque chose. C'est ce qu'ils attendent de moi.

CHAPITRE 21

Les murs de la petite pièce sont d'un blanc éclatant. Il n'y a pas de fenêtre. Cinq officiels sont assis derrière une longue table noire. Deux en rouge, deux en violet et le docteur Barnes qui me fait signe d'approcher.

Au milieu, une petite table et une chaise semblent m'attendre. Ainsi qu'un verre contenant un liquide aussi clair que de l'eau.

– Je t'en prie, bois.

Ce n'est pas une suggestion mais un ordre. Le docteur Barnes hoche la tête en me voyant prendre le verre.

Un arrière-goût métallique et amer me reste dans la bouche. Presque immédiatement, tous mes muscles se détendent. Après être restée sur mes gardes si longtemps, la sensation est extraordinaire. Je souris malgré moi. Ce que je viens d'avaler n'est pas un simple décontractant musculaire, c'est également un euphorisant. Je me sens incroyablement bien.

– Sérum de vérité.

Les mots sont sortis de ma bouche sans que je puisse me contrôler. Le docteur Barnes acquiesce.

– Vous êtes la première candidate à le deviner.

– Les autres avaient peut-être simplement trop peur pour vous le dire.

Une nouvelle fois, j'ai exprimé ma pensée sans prendre le temps de la soupeser. Le docteur Barnes éclate de rire.

– Oui, c'est possible, m'accorde-t-il. C'est bien pour ça que nous vous donnons cette drogue. Nous savons que cet entretien est extrêmement stressant et votre anxiété risque d'altérer votre comportement et donc notre jugement sur votre véritable personnalité.

Mon esprit s'est un peu éclairci et cette fois, je prends le temps de réfléchir avant de reconnaître :

– Je ne suis plus très sûre de savoir qui je suis vraiment.

– C'est ce que nous allons essayer de découvrir ensemble. Parlez-nous de votre famille, Cia.

Ma famille. Je prends une longue inspiration pour me donner un peu de temps. Que j'en sois capable indique sans doute que le contenu du flacon donné par l'homme aux cheveux gris fonctionne. Maintenant, je dois leur donner la réponse qu'ils attendent. Mais que veulent-ils entendre ?

Je décide de m'en tenir à l'essentiel. J'énumère le nom de mes parents et de mes frères. Les officiels me posent quelques questions sur les Cinq Lacs et j'y réponds de mon mieux. Leurs interrogations tournent presque toutes autour de mon père. Ce qu'il m'a appris, ce qu'il m'a raconté sur le Test. J'explique qu'il n'a presque pas de souvenirs.

– Mais il m'a prévenue que certains candidats seraient sans doute prêts à tout.

L'interrogatoire se poursuit. Même si je suis très détendue, mon esprit reste suffisamment alerte pour m'éviter de mettre ma famille en danger. Quand le docteur Barnes mentionne qu'il a entendu dire que mon frère avait dirigé plusieurs projets ambitieux pour mon père, je n'hésite pas une seconde. Je mens.

– Mon père essaie toujours de faire retomber le mérite de ses succès sur les gens qui travaillent pour lui, qu'ils le méritent ou pas. J'aime beaucoup Zeen mais son travail est souvent brouillon et la plupart du temps inachevé.

J'ai à peine le temps de me réjouir d'avoir évité cet écueil qu'un autre se dresse devant moi. Il s'agit cette fois de mon père. Veut-il que ses enfants marchent sur ses traces ? Était-il heureux que je sois sélectionnée ? Je donne des réponses simples, sans fioritures. Je n'évoque ni les cauchemars de mon père, ni sa crainte en apprenant que j'avais été choisie pour le Test. Rien qui leur permette de se douter de quoi que ce soit.

On aborde ensuite le sujet du Test lui-même.

Pourquoi ai-je prévenu Brick quand j'ai compris la trahison de Roman ?

Si j'avais gardé cette information pour moi, je me serais révélé une bien piètre coéquipière.

Pourquoi ai-je enterré la candidate inconnue ?

Mes parents m'ont appris à respecter mes semblables.

Ai-je été approchée par des personnes de l'autre côté des clôtures ?

Non.

Comment ai-je vécu la trahison de Will ?

Faire confiance à Will était une erreur. Une erreur que je ne compte pas reproduire à l'avenir.

Le docteur Barnes m'examine, me scrute, m'étudie, pèse chacun de mes mots.

– Parlez-nous de votre relation avec Tomas Endress.

Cette question me prend par surprise. J'hésite avant de répondre.

– Nous sommes amis. Il dit qu'il m'aime mais je pense que c'est parce que je lui rappelle notre colonie.

– Vous ressentez certainement plus que de l'amitié pour M. Endress. Pourquoi, sinon, auriez-vous risqué votre vie pour sauver la sienne ?

Je me mords la lèvre avant de répondre :

– Ma famille m'a appris que nous devions nous entraider, que la loyauté et la solidarité sont des valeurs essentielles. C'est ainsi que fonctionnent tous les citoyens des Cinq Lacs.

Le docteur Barnes se penche en avant :

– Estimez-vous que prendre le temps de modifier votre vélo pour l'aider était une décision sage ?

– Ça a marché. Nous sommes tous les deux en vie.

– C'est vrai, sourit-il, mais je crains que vous ne soyez émotionnellement trop attachée au candidat Endress.

Le ton léger dissimule mal la menace. Même les autres officiels se trémoussent dans leur siège, mal à l'aise. Le silence s'étire. Je suis sans doute censée dire quelque chose mais le docteur Barnes ne m'a pas vraiment posé de question. Je ne veux pas m'avancer trop à découvert et quelque chose me dit que ma réaction est capitale. Au bout d'un moment, je finis par reconnaître :

– Je ne comprends pas.

– L'attachement émotionnel est à proscrire dans certaines situations, consent à m'expliquer le docteur Barnes. Par exemple, que se passera-t-il si vous êtes acceptée et qu'il ne l'est pas ?

– Je serai heureuse pour moi et déçue pour lui que le comité n'ait pas reconnu son potentiel. Il est intelligent et plein de ressources. Il a tout à fait sa place à l'université.

– Votre déception pourrait-elle avoir un impact sur vos performances personnelles ?

Je réfléchis à toute vitesse. Je ne veux surtout pas desservir Tomas. Affirmer que je suis indifférente serait un trop gros mensonge. Ils devineraient que le sérum n'a pas fonctionné sur moi. Après tout, comme l'a fait remarquer le docteur Barnes, je lui ai sauvé la vie au risque de la mienne. Je résiste à l'envie de m'essuyer les paumes sur mon pantalon.

– Tous les dirigeants doivent parfois faire face à des déceptions. Si je dois apprendre cette leçon maintenant, ce sera sans plaisir, mais je ferai de mon mieux pour que ça n'affecte en rien mon travail.

Les officiels se regardent pendant que j'attends que le docteur Barnes revienne à la charge. Il me fixe en faisant rouler son crayon sur la table devant lui. Je reste parfaitement immobile et je ne baisse pas les yeux. Un des officiels tousse. Un autre s'éclaircit la gorge. Les minutes passent.

Enfin, le docteur Barnes prend la parole :

– Je pense que nous avons toutes les informations dont nous avions besoin. À moins que mes collègues veuillent ajouter quelque chose ?

Les quatre officiels secouent la tête. L'entretien a duré à peine vingt minutes. On ne m'a posé aucune question sur mes performances lors des trois premières épreuves et finalement très peu sur la quatrième. Leur désintérêt signifie-t-il que j'ai échoué ? Les officiels s'adossent à leur chaise. C'est terminé. Je voudrais leur demander d'attendre, leur exposer ce que je pense, les convaincre que les candidats qui ont trahi les autres, abusé de leur confiance, ne devraient pas avoir la moindre chance de devenir des dirigeants. Leur répéter que si je ne suis plus la jeune fille qui est arrivée à Tosu pleine d'idéaux et d'espoir, je mérite quand même ma place à l'université. Pas parce que je veux participer à ce système. Non, je n'en ai plus envie. Mais seulement parce que je ne veux pas mourir.

Avant que j'aie le temps d'ouvrir la bouche, le docteur Barnes me demande :

– Avez-vous des questions à nous poser ?

C'est l'occasion de briller, de les impressionner, de leur démontrer la profondeur de mes capacités d'observation et d'analyse. Mais rien de ce genre ne me vient à l'esprit. Il y a une chose et une seule que j'ai envie de savoir à cet instant précis. Peut-être parce que je viens d'évoquer les Cinq Lacs et notre petite communauté unie. Ou parce que Will a pris le temps de se renseigner sur la jeune fille qu'il a tuée. Même si les chances sont minces, il se peut qu'un jour je rentre à la maison. Si les cachets que Tomas a chapardés à l'hôpital me permettent de garder mes souvenirs intacts, je pourrai aller voir la famille de Malachi. Lui raconter comment il est mort. Et je ferai de même pour la famille de Zandri.

– Qu'est-il arrivé à Zandri Hicks pendant le Test ? Comment est-elle morte ?

Le docteur Barnes esquisse un sourire.

– Moi qui pensais que vous l'aviez compris. Mais la réponse vous viendra probablement à la fin de cet entretien. Après tout, vous avez son bracelet dans votre sac.

Puis il jette un coup d'œil à sa montre et soupire :

– Nous arrivons au terme de cette évaluation. Je vous félicite encore d'être arrivée aussi loin, Cia. C'était un réel plaisir de vous voir à l'œuvre.

Un officiel m'escorte jusqu'à la porte. Mes genoux vacillent et menacent de se dérober. Sans doute un effet secondaire de ce qu'ils m'ont fait avaler, ou tout simplement du stress, car l'officiel me soutient sans commentaire jusqu'à ma chambre.

À présent, je suis seule. Seule avec mon angoisse d'avoir tout raté et les derniers mots du docteur Barnes.

Zandri.

Pourquoi le docteur Barnes a-t-il cru que je savais ce qui lui était arrivé ? Je ne l'ai jamais croisée durant le Test. Qu'a-t-il voulu dire avec cette histoire de bracelet ? Je renverse le contenu de mon sac sur mon lit. Mes vêtements, le transcommunicateur, mon couteau. Un petit morceau de drap déchiré. Tout le reste a disparu. Sauf les trois bracelets d'identification dans la pochette avant. Je passe l'index sur le premier. Un triangle avec une roue. Il appartenait à la jeune fille que Tomas et moi avons enterrée. Nina. Qui venait de la colonie Pierre pour passer un examen et a fini assassinée par la Communauté Unifiée. Car si c'est bien Will qui l'a transpercée d'un carreau d'arbalète, ce sont les officiels du comité de Test qui sont les vrais responsables. Combien d'autres candidats sont morts ainsi au cours des années ? Et combien de candidats ont tué des jeunes gens de leur âge ?

Une nouvelle fois, la colère menace de me submerger. Il me faut un moment pour me calmer et me pencher sur les deux autres bracelets. D'après le docteur Barnes, l'un d'entre eux est la réponse à ma question. Le premier est celui de Roman, un X dans un cercle. Sur le deuxième, le symbole gravé représente une fleur stylisée dans un triangle. Des images de notre voyage de Cinq Lacs à Tosu me reviennent. Zandri flirte avec Tomas en tripotant son bracelet. Avec ce même symbole.

Mais pourquoi est-il en ma possession ?

Je me repasse tous les événements qui se sont déroulés pendant le Test. Un par un. Ma course dans les ruines de Chicago. L'oasis piégée. Les orbites vides de Nina. La fuite devant les loups mutants. La rencontre avec Stacia, Vic et Tracelyn. La ville au labyrinthe. Will. Le massacre de Brick. L'attaque de Roman. Les coups de feu alors que nous étions si près du but. Will et Tomas qui se battent. La modification du vélo pour ramener Tomas jusqu'à Tosu.

Et soudain, un détail me revient. Insignifiant. Will venait de nous trahir, Tomas perdait son sang. J'avais besoin d'allumettes. J'ai fouillé dans le sac de Tomas. C'est là que j'ai trouvé le bracelet. J'ai alors cru que c'était le deuxième bracelet de Nina.

Mais je me trompais. C'était celui de Zandri.

Que faisait-il dans le sac de Tomas ?

Durant les trois semaines et demie du Test, Tomas et moi avons toujours été ensemble, sauf la première journée. Avait-il trouvé ce bracelet à Chicago avant que nous nous retrouvions ? Dans ce cas, pourquoi ne pas me l'avoir dit ? Parce qu'il n'avait pas le cœur à m'annoncer que Zandri avait échoué alors que nous venions à peine de commencer ?

C'est possible. Je ne serais pas étonnée que Tomas ait voulu me protéger. Mais est-ce bien ce qui s'est passé ?

Tomas et moi avons été séparés une seule autre fois.

La vérité me claque au visage comme une gifle.

Le sang sur le couteau de Tomas.

Son regard hanté.

L'avertissement de Will affirmant que Tomas n'est pas celui que je crois.

Le candidat qu'ils ont rencontré pendant mon absence n'était pas un inconnu sans nom originaire de la colonie de

Colorado Springs. C'était Zandri. Les éléments se mettent en place dans ma tête avec une force qui me coupe le souffle. Je ne peux plus bouger, plus respirer. Je ne parviens qu'à serrer dans mon poing le bracelet de cette magnifique jeune fille dont le talent était admiré de tous à Cinq Lacs, qui essayait d'attirer l'attention de Tomas.

Que Tomas a très probablement tuée.

Non. Je ne peux pas le croire. Tomas est incapable d'un tel acte. Sauf s'il n'avait pas le choix. Je l'ai laissé avec Will. C'est sûrement lui qui s'en est pris à Zandri. Ils se sont peut-être disputés et…

Les différents scénarios possibles défilent dans ma tête. Les produits chimiques que j'ai ingurgités aujourd'hui m'empêchent d'avoir les idées claires. Le bracelet à la main, je parcours ma chambre de long en large comme si ça allait m'aider à découvrir la vérité. J'ai beau refuser de croire Tomas capable d'avoir tué Zandri, je suis troublée par son refus de me raconter ce qui s'est passé ce jour-là.

Colère, sentiment de trahison, peur, douleur, tous ces sentiments me frappent avec violence. Je tombe à genoux. Mais je ne pleure pas. Je refuse. Je n'ai pas oublié la caméra dans le plafond et il est hors de question que je donne au docteur Barnes et aux autres officiels la satisfaction de mes larmes. Ce sont eux les véritables meurtriers de Zandri. Ce sont eux qui ont inventé ce jeu cruel en nous demandant d'y survivre à tout prix. Quoi qu'ait fait Tomas, je suis certaine que ce n'était pas pour obtenir une place à l'université mais parce qu'il a pensé que sa vie était en danger.

Un coup à la porte me fait sursauter. J'ouvre sur un officiel qui me tend un plateau et m'annonce que le comité est toujours en train de délibérer. Le verrou de la serrure claque.

Il ne me reste qu'à attendre.

Le menu est extravagant. Un énorme steak grillé, rose et juteux à l'intérieur, des pommes de terre à la vapeur – la variété créée par Zeen –, des crevettes avec un quartier de citron et du beurre, une salade de légumes frais et de noix, un verre glacé rempli d'un liquide transparent et gazeux, une bouteille d'eau et un gâteau.

Un repas pour célébrer dignement notre succès – nous ne sommes pas encore morts, ça se fête ! Jamais de ma vie je n'ai eu moins envie de me réjouir de quelque chose.

Mais la caméra m'observe et je coupe ma viande. Elle est sans doute délicieuse mais j'arrive à peine à avaler chaque bouchée sans vomir. Je goûte au liquide gazeux et le repose immédiatement. C'est de l'alcool. C'est la même boisson que Zeen m'avait apportée pour me consoler le soir de la remise des diplômes. Elle avait ce soir-là le goût de la déception. Aujourd'hui, elle a le goût de chez moi.

Je vide la bouteille d'eau d'une traite et bois de minuscules gorgées d'alcool ; ça me donne un peu l'impression que Zeen est avec moi. J'arrive à manger la salade et je laisse le gâteau de côté. Les derniers rayons du soleil disparaissent à l'horizon et je me demande si le comité aura pris sa décision avant l'aube.

Un officiel vient récupérer le plateau. Une fois la porte refermée, j'entends de nouveau le verrou tourner. La lune me tient compagnie pendant que les minutes et les heures s'écoulent. Je pense à Zandri et Malachi, j'analyse chaque instant de mon entretien pour essayer de déterminer si j'ai la moindre chance. Je finis par m'endormir, recroquevillée sur mon sac.

Au matin, on m'apporte un nouveau plateau. La délibération n'est toujours pas terminée. L'officiel me demande d'être patiente et s'en va.

Des plateaux arrivent, des plateaux repartent. Toujours pas de nouvelles.

Je cherche quelles raisons auraient pu pousser Tomas à s'en prendre à Zandri et n'en trouve aucune. Zandri était certes une forte tête qui ne se laissait pas marcher sur les pieds, mais je ne l'imagine pas un instant attaquer Tomas. Je sais qu'elle l'appréciait. Peut-être était-elle même un peu amoureuse de lui. Et maintenant, elle est morte.

J'essaie de dormir pour empêcher mes pensées de me torturer, mais le docteur Barnes et d'autres officiels m'attendent dans mon sommeil. Ils évaluent un par un les candidats morts.

Ryme, Nina, Malachi ; Boyd, Gill, Annalise, Nicolette, Roman, Zandri. Des corps s'empilent dans un coin de la salle. Les officiels me fixent, le docteur Barnes secoue la tête et déclare que j'étais une candidate prometteuse mais que malheureusement, j'ai suivi les mauvaises personnes. Un dirigeant ne peut pas se permettre la moindre erreur. J'ai échoué. Un officiel sort une arbalète de sous la table, me vise et tire. Le carreau me pénètre dans le ventre et je hurle.

Je me réveille par terre.

Rester enfermée dans cette chambre sans aucun autre contact humain que l'officiel qui m'apporte à manger menace de me rendre folle. Je fais les cent pas puis je m'assois et je reste sans bouger pendant des heures. J'attends encore et encore, mais rien ne vient. Cette attente fait-elle partie du Test ? Le docteur Barnes et ses amis sont-ils assis derrière leurs écrans à observer nos réactions ? Les autres candidats sont-ils aussi nerveux et impatients que moi ? Mes cauchemars jouent-ils en ma défaveur ou un sommeil ininterrompu serait-il interprété comme une indifférence indésirable ?

Je fixe la caméra. Je me fiche que les membres du comité comprennent que je suis au courant de son existence. Peut-être même que j'ai envie qu'ils le sachent. Pour leur prouver que je suis assez intelligente pour avoir compris qu'il y en avait une. Alors que je m'endors, je pense une nouvelle fois aux candidats morts et qui seront bientôt effacés de notre mémoire si Tomas et moi ne trouvons pas un moyen de l'empêcher. Les candidats ayant échoué à la première épreuve ont-ils été éliminés ou le comité s'est-il contenté d'effacer leur mémoire ? Ces cent dernières années, la population de la communauté a-t-elle augmenté suffisamment pour que le gouvernement puisse se permettre de rayer de la carte des dizaines de ses citoyens les plus prometteurs ? Et si ces candidats sont toujours en vie, où sont-ils ?

Après le plateau du matin, je commence à ne plus supporter les yeux qui me regardent et les oreilles qui m'écoutent hurler dans mon sommeil. Face à la caméra, je détache mon bracelet et le dépose à côté de celui de Zandri et Nina. J'ôte également le bracelet de mon sac que je prends avec moi avant de m'enfermer dans la salle de bains.

L'illusion d'être seule – vraiment seule – me permet de décompresser un peu. Je prends une douche, puis je m'assois par terre et sors mes affaires de mon sac. Mes vêtements que ma mère a cousus, le couteau que mon père a touché, le transcommunicateur avec lequel mon frère Zeen a travaillé. Ces objets ont un lien avec celle que j'étais. Débarrassée du poids de la caméra, je m'autorise à pleurer en portant chacun de ces objets à mon visage. Cette fille des Cinq Lacs me manque. Son optimisme et son espoir me manquent. Sa foi en l'avenir. Si les cachets de Tomas ne fonctionnent pas, l'oubli la ramènera-t-il ? Effacer mes souvenirs effacera-t-il également les ombres qui me hantent ?

Peut-être, et pendant quelques instants, j'ai envie de cette ignorance bénie. Je veux de nouveau rêver sans avoir peur.

Je sursaute en entendant une voix masculine. Je cherche d'où elle vient avant de comprendre que c'est du transcommunicateur serré dans ma main.

« Le sol du secteur 4 montre des signes encourageants. Le taux de radiation est presque inexistant. La nouvelle formule semble efficace. »

Zeen. Sa belle voix grave si familière. J'ai mal de l'entendre. J'ai dû, sans m'en apercevoir, appuyer sur un bouton qui a déclenché la lecture d'un enregistrement. J'ignorais que le transcommunicateur avait également cette fonction.

« Prévenir papa que des animaux sont malades dans le secteur 7. Peut-être à cause des nouvelles baies que nous cultivons là-bas. Nous devrions entamer un protocole de tests. »

Je me rappelle avoir entendu mon père et Zeen en discuter lors d'un dîner une semaine ou deux avant la remise des diplômes. Ils avaient débattu de ce problème jusqu'à une heure avancée, m'autorisant même à participer et à proposer une ou deux théories. J'avais été fière qu'ils me considèrent comme une adulte. Ça me semble si puéril aujourd'hui.

Pendant un moment, j'écoute la voix de Zeen qui décrit les zones à l'extérieur des Cinq Lacs que mon père et son équipe tentent de revitaliser. Il dit un gros mot et ça me fait rire. Et puis pleurer.

Ce n'est que plus tard que je me demande comment fonctionne l'enregistreur. Je finis par trouver le bouton.

Manifestement, cette partie a été ajoutée, sans doute par Zeen. Avec le tournevis de mon couteau, j'ôte la plaque de protection. Une petite boîte noire a été calée entre les circuits. Je n'ai pas besoin d'observer très longtemps le travail soigneux de mon frère pour comprendre comment il a utilisé l'émetteur et le récepteur afin de les transformer en micro et en haut-parleur. C'est pratiquement indécelable.

Un coup à la porte me fait lever la tête. Je range prudemment mes affaires dans mon sac avant d'aller ouvrir. Dans le couloir, une officielle, un plateau à la main, me scrute l'air inquiet.

– Tout va bien ? me demande-t-elle.

Je suppose que ma disparition dans la salle de bains a été remarquée. Je m'empresse de la rassurer.

– Ça va.

Mais au bruit que j'entends dans le couloir, je devine que ce n'est pas le cas de tout le monde. Un autre candidat se serait-il suicidé ? Je m'inquiète malgré moi pour Tomas. Même si le Test l'a changé, il sera toujours à mes yeux le garçon de Cinq Lacs que j'ai connu. Je ne veux pas qu'il meure.

La femme me tend le plateau et m'annonce, comme à chaque fois, que les délibérations suivent leur cours. Elle referme la porte à clé derrière elle. Étrangement, la solitude ne m'angoisse plus. Je déguste le poulet à la sauce tomate. Délicieux. Puis je retourne m'enfermer dans la salle de bains.

La voix de mon frère me réconforte un moment, mais l'idée qu'un autre candidat est peut-être mort ravive une colère mêlée de panique. Un de moins, une chance supplémentaire pour moi. Voilà ce que je devrais me dire, mais je n'y arrive pas. Encore un élève prometteur voué à l'oubli éternel. L'oubli. Si seulement quelqu'un pouvait se souvenir.

Je tiens toujours le transcommunicateur à la main.

Il me faut quelques minutes avant de comprendre comment je peux m'enregistrer et alors, je commence à parler. D'une voix calme, j'évoque Malachi. Son sourire, sa timidité, sa voix chantante. Et sa mort. Ryme, ses biscuits au maïs, son arrogance. Je raconte comment je l'ai trouvée pendue au plafond de notre chambre. Je raconte mon réveil dans la boîte au début du quatrième examen. Les rues de Chicago, l'arbalétrier, ma terreur, le recul du revolver dans ma main.

Mais l'appareil n'a pas une contenance infinie et je dois faire un choix. Quels souvenirs dois-je préserver en priorité ? Le cœur brisé, j'efface ma première version. Ils méritent tous de ne pas être oubliés mais certains le seront. À plusieurs reprises, mes larmes m'empêchent de continuer. Quand j'ai terminé, mes poumons semblent sur le point d'exploser et ma gorge est douloureuse. Mais j'ai réussi.

Renverront-ils mes affaires à mes parents si je ne suis pas choisie pour l'université ? J'en doute. Mais peut-être que je peux demander à Michal de s'en charger. Avec la lame de mon couteau, je grave un symbole au dos du transcommunicateur. Puis, je le range dans mon sac. J'y enfourne ensuite mes vêtements et le reste de mes affaires et je me nettoie le visage à l'eau claire. Quand l'officielle m'apporte le plateau du soir, elle me demande une nouvelle fois comment je vais. Une nouvelle fois, je lui promets que je me porte comme un charme. Avant de fermer la porte, elle lance :

– Les délibérations sont terminées. Les résultats seront annoncés après le petit déjeuner.

Demain, tout prendra fin.

CHAPITRE 22

Pour la première fois depuis des semaines, j'ai dormi d'un sommeil de plomb sans qu'aucun cauchemar ne vienne interrompre ma nuit. J'ai rêvé de chez moi. À l'idée que tout est bientôt terminé, je suis habitée d'un sentiment de paix et de soulagement. Je suis réveillée par un coup frappé à la porte. Un plateau accompagné d'une requête. Je dois m'habiller et avoir préparé mes affaires dans une heure. On viendra me chercher.

Je déjeune de framboises fraîches, d'un porridge épais adouci de raisins secs et de noisettes. Le jus d'orange est agréablement acide, les roulés à la cannelle couverts d'un glaçage au sucre. J'essaie de profiter de chaque bouchée même si une boule dans l'estomac m'empêche de manger autant que je le voudrais.

Je rattache les bracelets à mon poignet et à mon sac. Je pense à mon père et à ce qu'il a dû ressentir en attendant le verdict final. Je me demande aussi si j'ai une chance de croiser Tomas avant que les officiels n'effacent nos souvenirs. Trouvera-t-il le moyen de me passer un cachet ? Lira-t-il mes soupçons à son égard dans mes yeux ?

Quand on vient me chercher, je suis prête. Le sac sur l'épaule, je suis la femme aux cheveux noirs dans le couloir. Mon petit déjeuner roule dans mon estomac. Nous prenons l'ascenseur. Le visage de la femme est impassible. Elle ne sourit pas mais ne fronce pas non plus les sourcils. Impossible de deviner quel sort m'attend.

Au bout d'un autre couloir, une porte est ouverte. L'officielle me fait entrer dans une grande pièce très éclairée. Les mains dans les poches pour les empêcher de trembler, je me retrouve face à plus d'une dizaine d'officiels derrière une grande table. Le docteur Barnes est au centre. Devant lui, une petite enveloppe blanche. Évidemment, son expression est indéchiffrable. Je vais m'asseoir.

Le docteur Barnes me sourit avec chaleur.

– Nous sommes désolés de vous avoir fait attendre si longtemps, mais la décision n'était pas aisée.

Très lentement, il prend l'enveloppe, se lève et fait le tour de la table. Il s'arrête devant moi. Mon cœur va exploser.

– Je suis certain que vous avez hâte de connaître les résultats et je ne vous ferai donc pas patienter plus longtemps.

Il ouvre l'enveloppe et en sort une feuille. Il me fixe un moment comme s'il hésitait avant de me la tendre. Je maîtrise à peine ma main et quand je prends la feuille, ma vision est si floue que je ne parviens pas à lire ce qui y est écrit. Puis, je discerne :

Reçue

J'ai réussi.

Un sourire s'étale sur mon visage. Autour de moi, j'entends des félicitations. Le docteur Barnes me serre la main en affirmant qu'il est fier de moi. Puis, je ressens une piqûre au niveau du cou et tout devient noir.

J'ai échoué.

Devant le miroir, je passe les doigts sur les cinq lignes gravées sur mon épaule droite. Je suis dans mon appartement, à l'université. J'ai trois pièces pour moi toute seule : une chambre, un salon-cuisine et une salle de bains. J'ai réussi le Test. Et je ne me rappelle absolument rien.

Je suis sûre d'avoir essayé de trouver un moyen de garder mes souvenirs. Et j'ai échoué. La seule image qui me revienne est celle de notre trajet des Cinq Lacs à Tosu. Ah si, je me rappelle aussi un garçon ébouriffé à l'air sournois en train de faire un croche-pied à Malachi, et la fille qui partageait ma chambre. Elle avait des biscuits au maïs. Et puis, je me suis retrouvée dans un amphithéâtre avec d'autres candidats. J'ai cherché des yeux un visage familier pendant qu'un homme barbu, vêtu de violet, montait sur l'estrade. Il nous a adressé un sourire chaleureux et nous a félicités.

– Bravo à tous. Vous avez été choisis pour entrer à l'université.

Surprise, joie, confusion aussi. Et puis la prise de conscience que le Test était terminé. J'avais réussi. Le docteur Barnes nous a annoncé qu'on nous emmènerait dans notre nouveau chez-nous dès que cette réunion serait terminée. Une petite fête était prévue afin que nous fassions tous connaissance. Mais entretemps, j'avais trouvé quelqu'un que je n'avais pas oublié. Le cœur gonflé de bonheur et de soulagement, j'ai reconnu les yeux gris de Tomas. Je me suis jetée dans ses bras. J'étais si heureuse de ne pas être seule dans l'inconnu.

C'était il y a trois semaines. Depuis, Tomas et moi passons toutes nos journées ensemble. Nous arpentons Tosu et apprenons à connaître les autres étudiants. La seule idée de le retrouver tout à l'heure me rend presque fébrile.

On frappe à ma porte. Je baisse ma manche pour dissimuler les cicatrices sur mon bras.

J'ouvre à Stacia. Elle râle en voyant que je porte ma tunique blanche et mon pantalon brun.

– Tu n'es pas prête ! Tu ne peux pas aller à la fête habillée comme ça ! Qu'est-ce que les autres vont penser ?

Je hausse les épaules en riant.

– Ce n'est que dans une heure et ne t'inquiète pas, je vais faire un effort vestimentaire.

– T'as intérêt.

Elle fronce les sourcils mais je devine son sourire derrière sa mine fâchée. Elle a un visage dur qui maintient presque tous les autres candidats à distance, y compris Tomas. Mais pour une raison que j'ignore, je suis allée vers elle et nous nous entendons plutôt bien. Nous nous sommes probablement rencontrées pendant le Test. Peut-être même que nous sommes devenues amies.

Je referme la porte derrière Stacia et décide de suivre son conseil. Il est temps que je commence à me préparer. Après tout, cette fête est en mon honneur.

Entre les réunions avec les professeurs, les visites des bâtiments et l'emménagement, aucun d'entre nous n'a eu le temps d'aller s'acheter des vêtements. Des étudiants de l'année supérieure nous en ont donné quelques-uns et le docteur Barnes nous a promis que nous pourrions bientôt aller faire les magasins. Je choisis donc un pantalon propre et une tunique bleue dont les manches couvrent ma cicatrice. Je n'attache pas mes cheveux parce que Tomas m'a dit l'autre jour qu'il les préférait libres. Il est naturel que nous soyons attirés l'un par l'autre. Nous sommes les deux seuls des Cinq Lacs à avoir réussi le Test. Mais il y a aussi autre chose. Un sentiment plus riche, plus complexe et plus excitant que l'amitié. C'est peut-être idiot de ma part, mais je me demande si nous ne sommes pas amoureux. Maintenant que le Test est terminé, rien ne m'empêche de m'en assurer.

Quand Stacia revient, je finis juste d'attacher mon bracelet d'identification gravé d'une étoile, le symbole des première année. Dehors dans le parc, des murmures nous accueillent et je ne peux retenir un sourire en voyant la grande bannière accrochée entre deux arbres.

Bon anniversaire, Cia.

Sur une table, un gâteau couvert de bougies et autour, des gens au visage joyeux. Tomas, le docteur Barnes. Tous les élèves de ma classe et quelques officiels sont venus pour fêter mon anniversaire.

Certains se mettent à chanter. J'ignore si toutes les colonies ont la même chanson traditionnelle pour célébrer les anniversaires ou si c'est Tomas qui leur a appris les paroles, mais je me mets à pleurer.

La chanson terminée, Tomas s'approche de moi et m'essuie doucement la joue.

– Je ne voulais pas te faire de peine. Cette chanson était une mauvaise idée.

Je secoue la tête.

– Non, c'était parfait ! Merci.

– C'est vrai ?

Il se penche vers moi et nos lèvres se frôlent. Je souris.

– Oui, c'est vrai. Promis.

– Eh, t'es pas le seul à vouloir embrasser la reine de la fête !

Tomas réprime une grimace. Will s'approche et m'embrasse sur la joue en passant son bras autour de mes épaules. Il a noué ses cheveux en queue-de-cheval et ses yeux pétillent de malice et de bonne humeur. Je l'apprécie beaucoup.

Le jour où nous avons appris que nous avions réussi le Test, il a levé la main pour demander où était Gill, son frère jumeau. Quand le docteur Barnes lui a expliqué que son frère avait échoué et que comme tous les candidats dans son cas, il avait été assigné à une autre colonie, Will est devenu fou. Il a fallu quatre officiels pour le sortir de l'amphithéâtre. Il ne nous a rejoints à l'université que plusieurs jours après. Une rumeur a couru : les officiels pensaient faire revenir un des candidats qui avait échoué pour prendre sa place et l'envoyer dans la même colonie que son frère. Mais Will a fini par nous rejoindre. Et j'en suis heureuse.

Will m'embrasse sur l'autre joue et se moque des protestations de Tomas.

– Ton petit ami est jaloux, on dirait. Il a peur qu'on nous demande de faire équipe pour l'orientation. Perso, je dirais que de toute façon, tu es trop bien pour nous deux, Cia !

Ses mots résonnent familièrement à mon oreille. Ce n'est pas la première fois que j'ai cette impression de déjà-vu et j'essaie en vain d'identifier le souvenir qui flotte à la surface de ma mémoire.

Tomas proteste. Il n'est pas jaloux. Il sait qu'il est mon préféré, affirme-t-il. D'autres étudiants se joignent à notre petit groupe. Un grand garçon du nom de Brick me tend un bouquet de fleurs. Puis la conversation dévie sur notre orientation. Avant le début des cours, chaque étudiant passe quatre semaines à rencontrer des officiels de Tosu et des représentants de chaque colonie. Nous devrons aussi apprendre à mieux connaître cette ville dans laquelle nous vivrons durant les prochaines années. Les étudiants sont nommés par paires, et comme le disait Will tout à l'heure, Tomas a peur que Will soit désigné pour être mon coéquipier. Mais ce n'est pas parce qu'il est jaloux. Si Tomas s'entend à peu près bien avec tout le monde, il ne parvient pas à s'accorder avec Will. J'espère qu'ils réussiront à résoudre leurs différends au cours de l'année.

Quelqu'un allume une radio solaire et nous nous mettons à danser. Même le docteur Barnes entraîne une officielle sur la piste. Juste avant de partir, il nous la présente comme sa femme.

Au coucher du soleil, j'ai les pieds en compote et j'ai mangé trop de gâteau. J'ai envie de rentrer. Mais j'aperçois une silhouette familière appuyée contre un arbre. Je chuchote à Tomas que je reviens tout de suite et me dirige vers Michal Gallen, l'officiel qui est venu nous chercher à Cinq Lacs.

– Bon anniversaire.

– Merci. Vous êtes là depuis le début ?

Il secoue la tête.

– Non, j'ai préféré attendre que certains de tes invités soient partis. Pour avoir un peu le temps de discuter avec toi. Félicitations d'avoir réussi le Test. Je n'ai pas été surpris en l'apprenant. Tu es très intelligente et forte aussi. Je savais que tu y arriverais.

Une nouvelle fois, cette impression d'avoir déjà vécu ce moment, mais comme d'habitude, mes souvenirs s'effilochent à mesure que j'essaie de me concentrer.

– Ça ne va pas, Cia ? s'inquiète Michal.

– Si, ça va. C'est juste que j'aurais pu jurer vous avoir déjà entendu prononcer ces mots.

Il sourit sans me contredire.

– Je t'ai apporté quelque chose, annonce-t-il brusquement en me tendant un paquet qu'il cachait dans son dos.

Je commence à enlever le papier cadeau mais il m'en empêche.

– Non, tu l'ouvriras plus tard. Quand tu seras seule. Sinon, on risque tous les deux d'avoir des ennuis. La règle veut que les étudiants aient le minimum de contacts avec leur famille, mais je ne voyais pas le mal qu'il y avait à t'apporter ça.

Ma famille. Je retourne le paquet dans mes mains.

– Comment est-ce possible ? Vous avez vu ma famille ?

– Je devais aller m'occuper de quelqu'un à la colonie de Madison la semaine dernière. J'ai su que ton père y donnait une conférence et j'en ai profité pour passer le voir. Il m'a donné ça pour toi.

Une personne serviable fait quelque chose de gentil pour une fille loin de chez elle, rien d'extraordinaire *a priori*. Mais je sens qu'il y a plus que ça. Nos regards se croisent. Je cherche dans ses yeux les réponses à certaines questions quand j'entends qu'on m'appelle. Tomas et quelques autres me font signe. Je leur promets que j'arrive dans une minute mais quand je me retourne vers Michal, il a disparu.

Quelques étudiants me taquinent parce qu'un officiel m'a apporté un cadeau. J'explique qu'il nous a accompagnés jusqu'à Tosu, ce qui ne fait qu'accentuer l'hilarité des filles. Même Tomas lève un sourcil, mais je lui fais comprendre en silence que je lui expliquerai tout plus tard. Je ne raconte à personne que ce cadeau vient de ma famille. Michal a enfreint le règlement pour me l'apporter et je ne veux surtout pas lui causer de problèmes.

La nuit commence à tomber et la fête se termine. Tomas m'accompagne à la porte de chez moi et m'embrasse tendrement avant de me murmurer qu'il m'aime. Je lui réponds que je crois moi aussi être amoureuse de lui, et il me scrute comme s'il voulait s'assurer que je ne mens pas. Après un dernier baiser, nous nous séparons. Je suis enfin seule avec mon cadeau. Ma famille n'a pas oublié mon anniversaire.

J'ouvre la boîte et y trouve deux cartes et un bouquet de roses séchées dans un petit pot de fer étamé. Des fleurs créées par mon père et mes frères et le pot que ma mère tient de sa propre mère. Je ne pouvais rien rêver de mieux.

J'installe le bouquet sur ma table de chevet et je m'assois sur mon lit pour lire les cartes. La première est de Daileen. Je lui manque et elle me promet de me retrouver à l'université l'an prochain. L'autre vient de ma famille. Trois de mes frères ont griffonné une ligne de circonstance ; Zeen a pris un peu plus de place pour me féliciter et me dire qu'il regrette son comportement le soir de mon départ. Il demande aussi que je lui rende son transcommunicateur.

Je ris et je sors l'appareil de mon sac. Je suis certaine que mon père a déjà fourni un nouveau transcommunicateur à mon frère, mais oui, je vais le lui renvoyer. Sans me priver de le taquiner. C'est à ça que servent les petites sœurs, non ?

Je range l'appareil dans mon sac que je glisse sous mon lit. En allant à mon placard prendre mon pyjama, j'entends un cliquetis.

J'ai dû allumer le transcommunicateur sans le faire exprès.

J'ai déjà essayé de m'en servir pour contacter ma famille, mais je suis évidemment trop loin. Qui sait, après un an à l'université, je réussirai peut-être à trouver le moyen de renforcer le signal. J'adorerais pouvoir parler à mon père, à ma mère et à mes frères dès que j'en aurais envie.

Je reprends le transcommunicateur pour l'éteindre. Je m'apprête à le ranger de nouveau quand une égratignure au dos de l'appareil attire mon attention. Je suis presque sûre qu'elle n'y était pas quand j'ai quitté la maison. La marque mesure à peine plus d'un centimètre mais elle me fait penser à quelque chose. Oui, à l'éclair, le symbole gravé sur mon bracelet de candidate. En passant le doigt sur le boîtier, je sens un minuscule interrupteur. Il est bien caché mais il n'y a pas de doute. Ça ne m'étonne pas que Zeen veuille le récupérer. Il l'a manifestement modifié. J'ai dû m'en rendre compte pendant le Test et laisser une marque pour me le rappeler.

Tout sourires, je me laisse tomber sur mon lit et j'appuie sur le bouton. Il va peut-être se passer un truc incroyable. Avec Zeen, il faut s'attendre à tout.

Et effectivement, c'est incroyable.

Une voix s'élève. Ma voix. Elle raconte une histoire que je ne peux pas croire.

À suivre…

Dans la même collection

ENTRE CHIENS ET LOUPS

de Malorie Blackman

Entre chiens et loups
de Malorie Blackman

Traduit de l'anglais
par Amélie Sarn

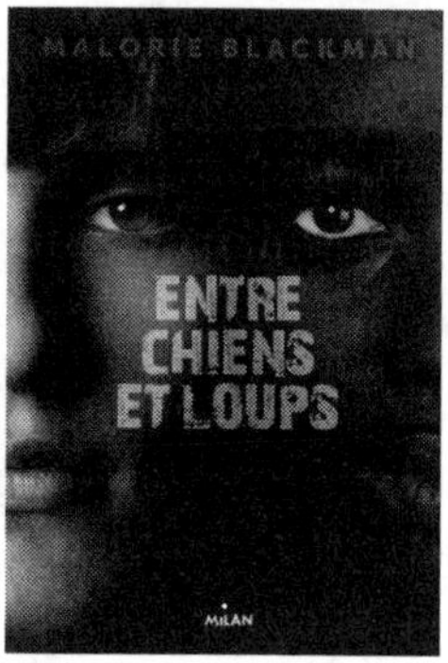

Imaginez un monde. Un monde où tout est noir ou blanc. Où ce qui est noir est riche, puissant et dominant. Où ce qui est blanc est pauvre, opprimé et méprisé. Un monde où les communautés s'affrontent à coups de lois racistes et de bombes.

C'est un monde où Callum et Sephy n'ont pas le droit de s'aimer. Car elle est noire et fille de ministre. Et lui blanc et fils d'un rebelle clandestin…

Et s'ils changeaient ce monde ?

Extrait :

Callum m'a regardée. Je ne savais pas, avant cela, à quel point un regard pouvait être physique. Callum m'a caressé les joues, puis sa main a touché mes lèvres et mon nez et mon front. J'ai fermé les yeux et je l'ai senti effleurer mes paupières. Puis ses lèvres ont pris le relais et ont à leur tour exploré mon visage. Nous allions faire durer ce moment. Le faire durer une éternité. Callum avait raison : nous étions ici et maintenant. C'était tout ce qui comptait. Je me suis laissée aller, prête à suivre Callum partout où il voudrait m'emmener. Au paradis. Ou en enfer.

La couleur de la haine

de Malorie Blackman

Traduit de l'anglais
par Amélie Sarn

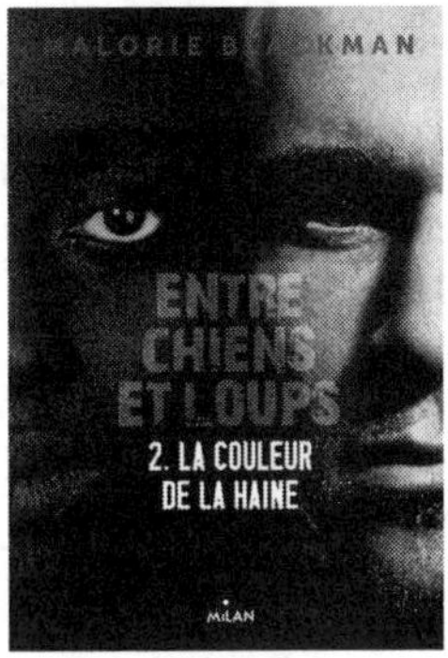

Imaginez un monde. Un monde où tout est noir ou blanc. Où ce qui est noir est riche, puissant et dominant. Où ce qui est blanc est pauvre, opprimé et méprisé.

Noirs et Blancs ne se mélangent pas. Jamais. Pourtant, Callie Rose est née. Enfant de l'amour pour Sephy et Callum, ses parents. Enfant de la honte pour le monde entier. Chacun doit alors choisir son camp et sa couleur. Mais pour certains, cette couleur prend une teinte dangereuse… celle de la haine.

Extrait :

J'ai compris que je ne savais rien de la manière dont je devais m'occuper de toi, Callie. Tu n'étais plus une chose sans nom, sans réalité. Tu n'étais plus un idéal romantique ou une simple manière de punir mon père. Tu étais une vraie personne. Et tu avais besoin de moi pour survivre.

Callie Rose. Ma chair et mon sang. À moitié Callum, à moitié moi, et cent pour cent toi. Pas une poupée, pas un symbole, ni une idée, mais une vraie personne avec une vie toute neuve qui s'ouvrait à elle.

Et sous mon entière responsabilité.

Le choix d'aimer
de Malorie Blackman

Traduit de l'anglais
par Amélie Sarn

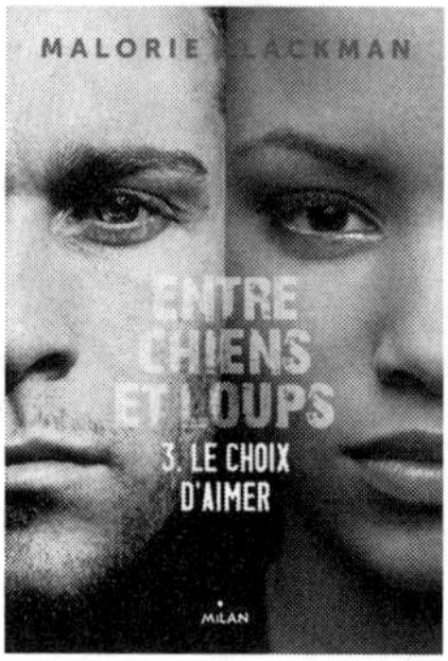

Imaginez un monde. Un monde où tout est noir ou blanc. Où ce qui est noir est riche, puissant et dominant. Où ce qui est blanc est pauvre, opprimé et méprisé.

Dans ce monde, une enfant métisse est pourtant née, Callie Rose. Une vie entre le blanc et le noir. Entre l'amour et la haine. Entre des adultes prisonniers de leurs propres vies, de leurs propres destins.

Viendra alors son tour de faire un choix. Le choix d'aimer, malgré tous, malgré tout…

Extrait :

Voilà les choses de ma vie dont je suis sûre :

Je m'appelle Callie Rose. Je n'ai pas de nom de famille.

J'ai seize ans aujourd'hui. Bon anniversaire, Callie Rose.

Ma mère s'appelle Perséphone Hadley, fille de Kamal Hadley.

Kamal Hadley est le chef de l'opposition – et c'est un salaud intégral. Ma mère est une Prima – elle fait donc partie de la soi-disant élite dirigeante.

Mon père s'appelait Callum McGrégor. Mon père était un Nihil. Mon père était un meurtrier. Mon père était un violeur. Mon père était un terroriste. Mon père brûle en enfer.

Le retour de l’aube
de Malorie Blackman

Traduit de l’anglais
par Amélie Sarn

Tobey est amoureux de Callie.
Fou amoureux. Pour son anniversaire,
il veut lui offrir un cadeau digne d’elle,
un cadeau de valeur. Alors il va accepter
le pire : effectuer une livraison pour le gang
de McAuley. En échange d’un peu d’argent.
Un peu d’argent qui le conduira
directement en enfer…

Extrait :
De l’intérieur de la voiture, McAuley a tiré. Son arme était pointée sur nous. L’arme a sauté dans la main de McAuley. Il a tiré encore. Et encore. Je n’avais pas le temps de prévenir Tobey ou de le pousser. Je me suis placée devant lui. Le temps s’est soudain accéléré. Il est passé à toute vitesse. En m’oubliant derrière lui.

Achevé d'imprimer en Italie par Grafica Veneta
Dépôt légal : 4e trimestre 2017